未来犯罪

第一季

影三人 著

江苏凤凰文艺出版社
JIANGSU PHOENIX LITERATURE AND ART PUBLISHING, LTD

我时常会想象未来世界的样子。十年之后，二十年之后，三十年之后……一百年之后……

未来，像一朵美丽而诱惑人心的罂粟花，每个人都会忍不住想它，忍不住想要窥探它的真面目。

未来为什么那么有魔力？因为未来充满着无限可能。

我为你们打开未来世界的大门，那里一样有着爱与恨，罪与罚。

这是一段未来世界的犯罪者与惩罪者的故事。

目录

第一案 造物主

公元2050年，京古市，中国的三大政治中心之一。

傍晚，夕阳渐落，春风和煦。

一位男子行色匆匆走入一条正在整修的古街道，此时街上只有零星几个行人，他们大多戴着有着长长天线的方形眼镜，男子知道那是最新的高科技产品——虚拟观光眼镜。那些人看似行走在街道上，精神说不定在某个旅游胜地神游。

男子没有那些闲情逸致，他还有重要的事要做。想到这儿，他不由得加快了脚步。

古街深处，人更少了，周围的寂静令男子有些不安，他知道自己正处在非常时期，随时都可能有危险。

前方岔路口，有一个人影快速闪进了一条小巷，男子觉得那个人好熟悉。

难道是？

他快步跑了过去，就在这时手机响了。

男子接通匆匆说了几句便挂断了，走进小巷里，他再不见那个人影，只隐约听到巷子里传出阵阵哭声。

男子一步步走了进去，他想不到这将是一条不归路。

1.

清晨，朝阳初升，东方吐白，乳白色的光晕穿过窗户洒在屋内，铺在桌上。

一位身材伟岸，身穿警服的中年男坐在桌前，他面容冷峻，如钢似铁，一双眼睛如鹰隼般尖锐明亮，不怒自威。

中年男正蹙眉瞪目地看着手里的卷宗，眼中好像藏着火，他一只手翻动着，另一只手使劲按在桌上，可以清楚地看到手掌上的青筋，仿佛要将桌子按碎。

半晌，卷宗翻到最后一页，中年男如同脱力一般仰坐在了椅子上，目光空洞地望着窗外发呆。

一声提示音打断了他，中年男眼前弹出了一个虚拟屏幕，屏幕上清楚可见站在门外的人，经过确认门自动打开。

“赵部长。”随着一声呼喊，一位约四十来岁，身材高大健硕、国字脸、高鼻梁、浓眉大眼的男人走进了屋。

“来了，胡金。”赵部长站了起来，严峻的面庞带了些许笑意，上前拍了拍胡金的肩膀。

“部长，案子我已经听说了，还请您……”胡金欲言又止。

赵部长疲倦地摆手：“放心吧，我没事。”

赵部长重新做回桌前，端起茶杯轻抿一口，用尽量平缓的语调说道：“江科长已经请辞了，这也是首长们的意思。”

胡金没有表现得多惊讶，显然对这个结果早有预料：“现在特一科失去了灵魂人物，警员们又沉浸在悲愤中，恐怕……”

赵部长突然抬起头，目光坚毅：“正因如此，我打算重组特一科，这也是我叫你来的原因，我想让你去找下庄帅。”

“哈哈，他呀。”胡金笑了起来，“他倒也合适，不过其他人呢？”

“另外有两个人选应该快到部里了。”赵部长说。

“部长，那……科长是谁？”胡金的表情严肃了起来。

赵部长不说话了，他取出一根雪茄点上，烟雾弥漫四周，气氛也顿时凝重起来，终于赵部长开口：“左丘启。”

“什么？”胡金吃了一惊，眼睛瞪得浑圆，“您确定要用他？他……”

“他是最合适的人选。”赵部长眼中闪过一丝精光，“如果说警察是一把剑，那左丘启就是最锋利、最无坚不摧的那把。”

“可是……”胡金犹豫道，“您也知道他的身份，恐怕……”

赵部长抬手阻止胡金说下去：“当年参与‘魔警计划’的罪犯都已经死了，而且那件事他才是最大的受害者，他绝对是清白的。”

“部长！”胡金还欲争辩，被赵部长一句话堵上了：“这事我已经决定了，我会和上面申请。”

胡金有些不忿，站在一旁闷声不语。这时敲门声响起，赵部长看了看虚拟屏幕说道：“另外两位，来了。”

门缓缓打开，先后走进来两位女孩，一位一头波浪发，身材高挑火辣，皮肤白皙，瓜子脸，五官完美如冰雕玉琢。另一位身材稍矮，长相甜美，齐刘海长发披散在肩上，一双水汪汪的大眼睛如精灵一般灵动诱人。

两人同时敬了个军礼，波浪发的女孩先说道：“赵部长好，g省公安厅刑侦总队副总队长秦雨寒前来报到。”

另一位女孩接着说：“赵部长好，齐周市公安局刑警关思颖前来报到。”

“好，都来了。”赵部长点了点头，“从今日起，你们便是特一科的警员，希望你们能谨记警察的职责和荣耀，真正成为警界表率。”

“是！”两位女孩同时应道，眼中充满了炽热的火光。

方圆侦探事务所坐落在一幢200层的大厦上，是京古市最具盛名的侦探事务所，胡金独自走了进去，秦雨寒跟关思颖等在外面。

一间空旷的房间里摆着一张红木办公桌，一位穿白西装，约三十多岁的男子正坐在桌前斜靠着一个黑皮座椅，跷着二郎腿。那青年身材高挑，剑眉星目，长得颇为英俊，只是坐姿太过不羁。

那青年便是庄帅，听到敲门声，他打开了门，也不看来人滔滔不绝道："需要什么服务？查婚外情抓小三五万起步，抓贼寻找丢失物品一万起步，寻人最低三万，视难度而定上不封顶。"

话说完来人一直不作声，庄帅这才抬头看了一眼，这一眼使他如泄了气的皮球，慢慢腾腾地回到了座位上。

"胡师哥，您现在贵为公安部部长特别助理，怎么有空来我这小地方了？还想劝我回去做警察？我都跟您说过了……"

"这次不一样。"胡金打断了庄帅的话。

"哪里不一样？"庄帅撇了撇嘴，"当警察太没劲了，现在都快22世纪了，推理案情、指导工作由警界主脑，就是那个超级智能计算机负责，抓捕工作由机械战警出动，我们警察就相当于个打杂的，只是做些善后工作，这算什么？当初真不该学这个。"

"你不应该浪费你的才华和所受的教育。"胡金说。

"对，师哥说的对。"庄帅点了点头，"要不是怕浪费了这些，这侦探事务所我也不开了，但就是干这个也比做警察有意思。"

"呵呵。"胡金笑了起来，"你才做了几年警察？你对警界了解多少？现在部长有意请你去特一科。"

"特一科？"庄帅一脸不屑的样子，"之前也有警局招我，说去特殊部门，名字起得五花八门，还不是一样打杂？"

“这不一样！”胡金的表情突然严肃了起来，“特一科全称第一特属科，是公安部最特殊的部门，只接受公安部部长的直接领导，特一科的警员被称作罪案终戒者，是最高级别的警察，专门处理地方警察无法解决或影响重大的案件，最重要的是我们破案不借助警界主脑，因为我们相信人有远超机器的能力。”

“竟然还有这种部门？”庄帅动容了。

“怎么样？你应该满意了吧。”胡金说。

“这个……”庄帅眼看就要答应，但眼珠子一转，“我还是再考虑考虑吧。”

“没事。”胡金笑了起来，“先认识下我们特一科的警员。”说着他打开门喊了一声，片刻秦雨寒跟关思颖踏着优雅的步子，款款走来。

胡金正要介绍，但几秒钟的工夫庄帅已经走上了前，他站得笔挺，眼睛直勾勾地盯着两位女孩，说道：“师哥，这两位美女是？”

“她们是特一科警员，秦雨寒、关思颖。”胡金分别指了指说道。

“哦，原来是秦小姐跟关小姐。”庄帅展颜，露出洁白的牙齿，同时伸出了手，“我是你们的同事，庄帅，你们可以叫我帅哥。”

关思颖一愣，秦雨寒则直接将头扭到一边，胡金插话道：“庄帅，你不是要考虑考虑吗？”

“师哥，我已经考虑好了，决定加入特一科，为国家的和谐稳定而战。”

“很好。”胡金拍了拍庄帅的肩膀，但又靠到他耳边小声说了一句：“小子，别以为我不知道你在想什么，你给我注意点。”

庄帅装作没听见干笑了两声。众人准备离开，刚走到门口，秦雨寒突然凑了上来，在胡金耳旁说道：“胡助理，不要利用我，男人怎么都喜欢动这些歪心思？”

胡金看着秦雨寒尴尬一笑，心中暗想：这次特一科的家伙可都不省心呀。

京古市丰台镇是政府保护的原生态古镇之一，这里保留着为数不多的古建筑，一切都是古色古香的模样。

此时正是傍晚，西方的天空，一片橘红色的晚霞正绚丽地燃烧着，小镇街道被染得金黄，这景象如一幅油画，令人陶醉其中。

小镇的一条狭窄的古巷，一个名叫清兰香的豆浆店前围满了食客，细心观察会发现大多是一些年轻漂亮的姑娘，她们像一丛娇滴滴的花朵，像一群叽叽喳喳飞舞的翠鸟，将整个古巷带入了“春天”。

“吱”一声，豆浆店的门开了，一位一身黑衣的青年走了出来，青年一头茂密的黑发，脸蛋白皙光洁，透着棱角分明的冷峻，五官好似伟大艺术家的作品，看不出瑕疵，尤其是那双眼睛，如夜空般深邃又如黑洞般吸引人。如果非要找出缺陷那便是青年下巴边上的那道一两厘米长的浅浅疤痕，但那反而使他多了一种特殊的气质。

随着青年出现，少女们骚动起来，站在最前面的女孩忍不住喊：“阿木哥，好帅！”

青年面无表情，淡淡道：“如果买豆浆，请排队。”

少女们瞬间排开，大家都井然有序，但有一人却无视队伍堂而皇之地站到了最前面。

“大叔，你干什么？”那人身后的一位女孩拽了拽他的肩膀，愤愤道。

那人并不理女孩，而是看向青年，微笑道：“好久不见，启，没想到你卖豆浆也是如此优秀。”

青年冷峻的面容难得舒展了下：“您也会开玩笑了？请进吧。”

青年将赵部长领进了屋，回头对众食客们说了一句“暂停营业”，便关了门。

房间并不大，装饰素朴典雅，窗台边上种了一排兰花，清风吹来依稀能闻到淡淡的香气。

左丘启请赵部长坐下，倒上了一杯茶，说道：“没想到我搬到了这儿您也能找到。”

赵部长笑了笑说：“我也没想到你来了京古市。”

“五年未见，您专程赶来，一定有事吧。”

“嗯。”赵部长微微颔首，眼中闪过一丝悲怆，“我遇到点麻烦，想请你帮忙。”

“是第零局的事？”左丘启说。

赵部长摇了摇头：“我已经不在国防部第零局了，现在任公安部部长。”

“哦，那到底是什么事？”左丘启问道。

“梁勇卓去世了。”

“什么？”左丘启的眼睛一下子瞪开。

赵部长眼中的悲怆更深：“公安部有一个像第零局一样的特殊部门，叫特一科，当年梁勇卓随我一起离开了第零局，他担任了特一科警员。虽然终日跟最凶狠、狡猾的罪犯打交道，危险程度甚至高过第零局，但我没想到他会出事。”

“他……是被人杀害的？”左丘启问。

“嗯。”虽然没有吸烟，但赵部长还是猛地吐出了一口气，仿佛这能释放他的压抑，“他的尸体于昨日清晨被发现于京古市昌易区的一条老旧小巷里，尸检判断死亡时间为前日傍晚6点左右，死因为锐器割断颈动脉造成的脑死亡。”

随着赵部长的叙述，左丘启脑中闪过了这样一个画面：在一间封闭的密室里他绝望地瘫坐在地上，鲜血染满双手，泪如雨水般滴落，这时一队武装部队破门而入，带队的一人蹲下身子将他慢慢扶了起来，那人便是梁勇卓。

“启。”赵部长的声音突然加重，将左丘启的思绪拉了回来，“我想让你担任特一科科长，抓住杀害梁勇卓的凶手，我相信你有这个能力，没有人比你更合适。”

“是吗？”左丘启苦笑了一下，“您知道，我不想有这种能力，从没有想过。”

接下来是一阵沉默，良久赵部长开口：“我一直感觉‘魔警计划’另有隐情，加入特一科无疑是调查的最好途径，这样做不仅是为了梁勇卓，也是为了那些无辜死去的人，包括玄和兰。”

左丘启突然站了起来，他缓步走向窗台，看着那一排正开得灿烂的兰花，深深一嗅。终于他转过身来：“好，我答应你。”

一辆黑色红旗轿车驶入气势恢宏的公安部大院，几经转弯车停在了一栋三层小楼前，小楼外面站了几位荷枪实弹的武警，守卫森严。据赵部长介绍特一科虽然设立在公安部内部，但却是严格保密的，而且特一科的警员不必穿着警服，因此绝大多数公安部的人甚至不知道他们的职务。

走出车门，赵部长将一本卷宗递到了左丘启手上，说道：“当地警方的侦查并没有太大进展，但有一条重要线索，这个案子很可能跟

2·11车祸案有关。”

“车祸案？”左丘启有些惊讶。

“嗯。”赵部长点了点头，“一个多月前，就是2月11号，具体时间是上午10点左右，a大细胞生物学教授赵东宇和妻子苏梅驾车出游被一辆卡车撞了，两人当场死亡，当地警方定性为车祸。我们也是后来才发现，梁勇卓在出事前曾私自查这个案子。”

“嗯，我知道了。”左丘启说。

赵部长重重地拍了拍左丘启的肩膀道：“我就不跟你进去了，其他特一科的警员都在二楼的办公室里，他们以及这个案子我就全权交给你了。”

说完赵部长转身离去，身影渐行渐远。左丘启突然觉得赵部长苍老了许多，再不是当年那个神勇甚至带一丝莽撞的人了。

左丘启站在特一科办公楼的大门前，伸手从上衣口袋里掏出了一个小巧的蓝色香包，轻轻一嗅，兰花的香气冲入鼻腔，心情顿时安定了许多。

他进了大门拾阶而上，很快到了第二层，眼前有一个显眼的红色大门，上面挂着一个牌子：警员办公室。

他并没有急于上前，而是立在原地，18年前的一幕仿佛又浮现眼前。一位身穿迷彩服的中年男将还是孩童的他扔进了一间小木屋，木屋里还有一男一女两个小孩，中年男对他说：“以后你们就是一个组，同进退，共生死。”

“同进退，共生死。”这句话一直在左丘启耳边回荡。

这一次，我一定守护好你们。

他推开了门。

2.

屋内，秦雨寒正跟关思颖聊天，胡金坐在桌前看文件，窗台旁摆了两盆兰花，挂了两个鸟笼，庄帅正在那里逗鸟。

胡金第一个反应过来，看向左丘启，其他人也依次看去。

左丘启皱了皱眉，问道：“你们都是特一科的警员？”

庄帅第一个开口言语中带着一丝不屑：“是，怎么了？你是谁？”

左丘启上前几步出示了证件：“我是你们的科长，左丘启。你们这是在干什么？逛集市吗？”

庄帅正欲反驳，被胡金拉了一下，胡金上前跟左丘启握了握手道：“我是赵部长的助理，胡金，奉赵部长之命在此等待启科长。”

左丘启只是微微点头：“嗯，有劳。”

之后胡金将特一科警员的名册交给左丘启，便离开了办公室。

左丘启翻看着名册，念出了第一个名字：“庄帅，30岁，2040年毕业于z大，刑事侦查学博士学位，师从著名犯罪学家罗新华教授；CI（犯罪侦查）虚拟测试成绩为满分10；精通易容术。”

说完看了庄帅一眼道：“有点天赋和小聪明，但不要以为做警察会理论就可以了，破案也不能靠那些虚拟测试。”

“是吗？”庄帅笑了笑，“敢问启科长做警察多少年？”

左丘启不答接着念下一个人：“秦雨寒，27岁，g省公安厅刑侦总队副总队长，擅长刑事技术鉴定、实战格斗。立个人一等功三次，二等功五次，蝉联三届警界搏击大赛女子组冠军。”

念完看着秦雨寒说道：“既然擅长搏击，为何留这种头发？罪犯可不和你按套路对打。”

秦雨寒说："我知道你的意思，没有人能抓到我的头发。"

"是吗？"左丘启淡然一笑，"三分钟之内，只要你能打中我一招，算你合格。"

话音刚落，秦雨寒连出两脚，但左丘启一步不退便全都躲了过去。秦雨寒打了一套组合拳，拳速很快，阵阵生风，左丘启身子一晃，踏了一小步，拳头没有伤到他丝毫。秦雨寒稍作停歇，踢出一记高鞭腿，直袭左丘启面部。左丘启一躲，秦雨寒竟脚下一滑，晃晃悠悠眼看就要失去平衡。左丘启下意识地去扶，就在这时，秦雨寒突然转身，一记回旋踢踢中了左丘启的腹部，与此同时她倒在了地上。

左丘启拍了拍衣服，将秦雨寒拉了起来："不错，拳法精准、步伐灵巧，而且会运用战术，比我想象的好。"

秦雨寒身子一抖，很快甩开左丘启的手，站到了一边。

左丘启有些疑惑，在他碰到秦雨寒时，他从她眼中看到了一丝惊恐。

左丘启定了定神，看了一眼名册，接着将目光转向关思颖说道："你就是关思颖？你的资料是，23岁，齐周市公安局刑警。实话说，就这个条件，你并不适合这个队伍。"

左丘启说了半天，发现关思颖正痴痴地看着他，像出了神，便干咳了一声："关思颖？"

关思颖反应了过来，脸上染上了一抹红霞。

"你有什么特长？"左丘启问。

"我……我脾气好，我特别温柔。"

左丘启愣了，缓了一两秒说："我是说，你在工作方面的特长。"

"这个……"关思颖抓着衣角，"我听力好，我……我还擅长绘图。”

左丘启的眉头越皱越紧，这时秦雨寒说话了：“她是唯一的异语者。”

“异语者？那是什么？”庄帅抢着问。

“顾名思义，就是能跟一些非人的动物交流的人。”一个陌生的声音突然传了过来，办公室的门被慢慢推开，一位穿灰布褂，戴眼镜，头发蓬松如鸟窝的青年踱步走来，青年好像还没睡醒，揉了揉他的小眼。

左丘启看着青年说道：“你就是最后一位特一科警员，陈尚学？”

陈尚学摆了摆手：“我隶属于公安部某研究所，只是受人之托来给你们做科学顾问的。”

左丘启看了眼名册，说道：“陈尚学，史上最年轻的中科院院士，精通高科技研发、生命科学，还是位电脑黑客高手，不错。”

陈尚学的目光并不在左丘启身上，他几步走到关思颖面前，上下打量着：“你就是关思颖？”

“嗯。”关思颖微微点头，声音很低。

陈尚学侃侃而谈：“最近二三十年，动物语言学发展迅速，有很多动物的语言被破解，人们也制造出了一些发声器，用来模仿动物的叫声，但随着研究的加深，人们发现动物的语言远比想象的复杂，貌似相同的叫声也有极细微的差别，同样的叫声因为表情和肢体语言的不同，也能表达完全不同的含义。这些信息人们无法很好地区分，因此虽然制造出了一些动物语言翻译器，但仍无法达到和动物交流的程度，除了一个人，就是你——”说到最后陈尚学直勾勾地盯着关思颖的眼睛。

“思颖，你这么厉害呀。”庄帅突然说道，他张大着嘴，一脸崇拜。

“或……或许这就是天赋吧，是上天赐予我的。”关思颖低头摆弄着长发，一直表现无忧无虑的她此刻眼中闪过一丝忧伤，“我小时候曾经失明过，我住在乡村的家里，没有朋友，只有那些小动物陪伴我，那时我就感觉我好像能听懂它们的话。再……再后来，动物语言学家们发现了我的天赋，经过科学系统地学习，我便具备了这种能力。”

因为想起了一些伤心的往事，话说完关思颖的眼圈已经红了，秦雨寒凑过来，轻轻地抱了抱她。

“这么说，那两只鸟是你的？”左丘启指了指挂在窗边的鸟笼，“在办公室养鸟，不太合适吧。”

“小麻和小灰可不是普通的鸟。”关思颖着急地说，“它们是齐周市公安局和我共同开发的侦查鸟，也是鸟王，智力比一般同类要高。”

“哦，侦查鸟？”左丘启来了兴趣。

“因为只有我才能和它们交流，所以我便是它们的训导员。麻雀跟灰喜鹊是大陆地区最常见的两种鸟类，数量多分布广，喜好群居生活，只要将罪犯的信息转化成它们可以理解的，告诉它们，它们就可以召集各自的鸟类社会，帮助我们完成部分搜寻工作。这两个小家伙可都是立过大功的。”关思颖兴致勃勃道。

“思颖，不是我不信，那些鸟就那么听它们的？”庄帅说。

“当然啦。”关思颖盈盈一笑，“我们适当提升了它们的智力，它们就像人类社会中的‘神’是被神化了的鸟，自然很有威信。”

陈尚学又补充了一句：“动物社会比你们想象的高级、复杂得多。”

左丘启拿出卷宗放在了桌上："既然大家都认识了，马上工作。"目光中透着一种不容置疑的坚决。

众人在长桌两旁坐开，左丘启将卷宗交给他们，依次传阅。

大家看完后，脸上都写满了惊愕。

左丘启说："没想到？疯狂的杀戮者从不顾忌目标的身份。"

"可是……不对呀。"庄帅又将卷宗快速翻阅了一遍说，"案发地点在京古市昌易区，'天眼'不是已经完全覆盖京古市了吗？没有留下凶手的影像？"

"案发地点在盲区里。"左丘启回答。

"这点我来解释吧。"陈尚学抓了抓自己蓬松的头发说，"京古市是'天眼'的唯一试点城市，所谓天眼就是卫星超级遥感系统，目前主要是可见光遥感，已经有了极高的分辨率，能达到与实地摄像相似的效果，但由于系统是由三个小型卫星共同配合完成的，所以随着卫星的运转每次都有一块不固定的盲区。"

"这个盲区是可预测的吗？都有什么人知道？"秦雨寒问。

左丘启摆弄着手里的香包，放在鼻前慢慢嗅着："盲区是可预测的，据赵部长说知道盲区的仅有包括特一科在内的几个特殊部门。"见众人想开口，他紧接着又补充了一句："这事不能随便下结论，也有可能是巧合。"

庄帅甩了甩额前的头发说道："据我分析，这个案子明确犯罪动机是关键。"

"这点大家都知道，用你说？"秦雨寒撇了撇嘴。

"好了。"左丘启轻拍了下桌子，"当地警方已经查到了线索，这件案子很可能跟一件车祸案有关。"说着便将赵部长的话重复了一遍。

“我知道了，凶手一定是想杀人灭口。”关思颖终于逮到了机会，说道。

左丘启说：“车祸案先放放，查案得一步步来。”

左丘启安排了任务，庄帅跟秦雨寒先去昌易区跟当地警方对接，了解梁勇卓案的案情细节，对凶案现场进行再勘查并寻找目击证人。关思颖则负责排查天眼影像以及案发地附近的监控，寻找可疑人员和一切有关的线索。而左丘启本人还有更重要的事，他要去见一下特一科原科长江原。

翌日，大家分头行动。

左丘启驾车几经辗转，来到了城郊的一个二层小院前，这里是京古市为数不多的别墅区之一，住的多是一些政要人士。这个小院与周围的院子略有不同，装饰得更为内敛、典雅。

左丘启按响了门铃，经过简单通话表明身份，他成功进了院子。刚走几步便闻到了熟悉的香气，左丘启一看，院门两旁栽种了一些兰花。

“启科长也喜欢兰花吗？”一个粗犷的声音传来，一位四十来岁，体格健壮的男人阔步走来，与体格表现出的年龄不同，男人鬓角斑白，额头满是皱纹，看上去十分憔悴。

“是呀。”左丘启点了点头，眼中闪过一丝不易察觉的忧伤。

院子里有一个小圆桌，江原请左丘启坐下并倒上了茶。

茶香扑鼻，左丘启轻抿了一口道：“不知该如何称呼？”

“呵呵。”江原笑得苦涩，“我现在已是闲人一个，不再任任何职务了，累了，累了。”

“您一定知道我的来意吧，我就不多客套了。”左丘启放下了茶杯。

“为了勇卓的事吧。”说到这儿江原低下了头，眼圈通红，脸上如沟壑般的褶皱都堆了起来，“如果我能早发觉他在偷偷查2·11车祸案就好了。我给他打电话时离他被害的时间很近，我质问他为什么私自查案，他说已经有了发现，很快会向我负荆请罪，接着就挂断了，我再给他打已经关机了。如果当时我能问出他的位置，赶过去就好了，而且我花了这么久才发现他偷偷查案的事，是我的失职。”

听了这个细节，左丘启的大脑在快速运转，嘴上说道：“如果是梁勇卓故意隐瞒，那你也很难查出来。”

“我……我的失职之处不仅在此。”江原似乎在哽咽，“勇卓之前在科里提过申请，他对2·11车祸案调查结论高度怀疑，要求重启案子，我给否决了。”

左丘启明白了。依照规定，特一科的警员有权对地方各级的案子进行审查，觉得有问题的可以提出重启案子的申请，这次江原出事，代表着那个案子极有可能有问题。作为特一科科长误判了案子，因此还损失了一位特一科警员，这确实是重大失职。

“我对不起特一科，也对不起赵部长。”江原抬起颤抖的手，摘下眼镜，擦了擦眼角，就像一个向老师告饶的孩子，哪有曾为副部级干部的雄风。

左丘启突然生出了一种同情，他很少对陌生人动容，是因为江原诚恳的忏悔，还是因为院子里的那几簇兰花？左丘启叹了口气，拍了拍江原的肩膀。

临走时江原告诉左丘启，梁勇卓私自查案的细节都已经被他查出来了，资料在特一科档案室放着，他可以去查看。

离开江原的家，左丘启直奔特一科。很快他取到了江原所说的资料，不再耽搁迅速赶往京古市昌易区公安局。

昌易区公安局虽然不大，但建筑大气、威严，公安局刘局长带领各级警官列队欢迎，当左丘启从车上下来时，刘局长明显一愣，但很快反应过来，迎上前恭敬道：“恭迎启科长前来指导工作。”

左丘启像块木头，没有反应。

刘局长继续堆着笑脸，说已经摆好了酒席，左丘启像没听到往前迈了一步：“给我一间办公室。”

办公室位于10楼顶楼，宽敞整洁，办公桌侧面是宽大的落地窗，屋内明媚暖和。左丘启坐在桌前，朝窗台一望，空空如也，不禁有些失望。

左丘启正在看资料，敲门声响起，经过确认门自动打开，秦雨寒、庄帅、关思颖三人走了进来。

“辛苦了，有什么发现？”请众人坐下，左丘启直入主题道。

秦雨寒报告说：“我跟庄帅仔细勘查了现场，未发现凶手留下的指纹、足迹等线索，也并未找到凶器。我亲自询问了报案人，他说大约清晨5点钟发现的尸体，当时天刚蒙蒙亮，没看到可疑人员。至于案发前后的目击证人仅找到了一个，是一位三十多岁的青年，据青年说他傍晚5点40分左右路过梁勇卓被害的小巷，隐约听到小巷深处传出奇怪的哭声，但当他驻足时哭声又停了，他站了会儿便离开了。”

左丘启说：“案发时为傍晚6点，按说人流量不小，为何没有其他目击者？”

秦雨寒解释道：“那段路比较偏僻，再加上当时正在修路所以人很少，至于那条小巷，里面堆满了垃圾箱，几乎没有人去。”

“嗯。”左丘启颔首道，“目击证人这块交给当地警方去查吧，不能放弃。”

庄帅继续报告工作：“我指派了法医专家组对尸体进行了详细的尸检。尸检结果跟昌易区公安局的结果相同。”说着便将尸检报告递给了左丘启。

左丘启细看了一遍，眉头拧了起来：“梁勇卓身上除了颈部割伤外并无其他外伤。这是条重要线索，梁勇卓是武警出身，能在他不反抗的情况下割了他的喉咙，凶手要么身手极高，要么是个他意想不到或者极其信任的人。”

“思颖，你有什么发现？”左丘启问道。

关思颖正在发呆，左丘启干咳了一声，她反应过来，脸色微红，上前将一个微型投影装置交给了左丘启，道：“我……我调取了附近一户商家的监控，从监控影像可以看到，案发当日傍晚5点53分梁勇卓走入监控范围内，他径直前行，神色正常，快走出监控时他突然驻足，接着左转走进了案发地，即那条小巷里。”

左丘启打开投影装置，一小段影像投射了出来，和关思颖所说一致。

左丘启问：“就这些？”

关思颖说：“当日在天眼的盲区之外也见到了梁勇卓，不过他的行为非常正常，我认为那些影像并没有价值。”

“下面该调查梁勇卓的社会关系，寻找凶手的杀人动机。”庄帅说道。

“这没必要查了。”秦雨寒双手环抱，笑了笑，“梁勇卓单身，平日深居简出，除了警察很少与其他人打交道，也并没有与人结仇。”

左丘启将众人提供的线索收入脑中快速整理，沉思片刻，说道：

“看来是时候调查2·11车祸案了。我之前见了特一科原科长江原，他说梁勇卓在出事前曾告诉他，对于2·11车祸案的调查已经有了发现，但他还没来得及说，当日便被害了。”

“那知道梁勇卓发现了什么，便找到了案件的突破口。”秦雨寒说。

“没错。”

左丘启再次翻开了从特一科取回的资料，梁勇卓到底发现了什么呢？

3.

办公室的门被推开，一位身穿警服，宽脸浓眉，身板挺直的中年大汉走进了屋，他朝左丘启敬了个军礼，声音浑厚响亮：“报告长官，我是京古市公安局昌易区分局刑侦大队长李俊山，我们刑侦大队全员全权听从您的指挥。”

“好。”左丘启点了点头，“我现在就给你安排个任务，你听从庄帅的指挥。”

庄帅跟李俊山进了一家黑旅馆，旅馆在一栋大厦的30层，正好能看到对面的一栋叫天庆园的公寓。

两人入住了一间大床房，看管旅馆的大妈抱以异样的眼光。

一进旅馆，庄帅就坐到了床边透过窗户一丝不苟地盯着对面。他表情严峻，心里却在苦笑，这次干的活儿跟原来抓小三也没什么两样呀。

李俊山一直很疑惑，终于忍不住抓了抓脑袋道：“庄长官，我们住这儿干什么？”

庄帅回头看了李俊山一眼：“梁勇卓出事前两天就住这间房。”

李俊山不由得脊背一凉，问道：“那我有什么任务？”

“看对面。”庄帅指了指公寓楼。

“看什么？”李俊山不解。

庄帅耸耸肩：“我们来这，就是要弄明白我们该看什么。”

江原留的资料表明，梁勇卓曾乔装打扮在两个地方进行了蹲守，一处在撞人的卡车司机刘田家旁边，另一处便是这里。梁勇卓到底发现了什么？答案很可能就在窗户外面，那栋正对着的公寓里。

特一科临时办公室，左丘启翻阅完了2·11车祸案的卷宗，开始观看一段影像。现在距车祸发生已经过去了一个多月，现场勘查难以进行，所有的物证都已丢失，两辆因车祸报废的车也已经变卖处理，现在想查明真相可以说难若登天。

不过幸好还有2·11车祸案的影像资料留了下来，车祸的过程被天眼完整记录。

当时赵东宇的妻子苏梅驾车行驶在一段环山路上，赵东宇在副驾驶，车一路匀速行驶，在经过一个弯道时突然停住。很快苏梅下了车，她往前走了几步做了一个很怪异的动作，她蹲下身，伸出了一只脚。过了一两分钟，苏梅又回到了车上，接着怪事又发生了，她竟然跟赵东宇打了起来，赵东宇被扇了一巴掌，神情激动，抓住苏梅的头发，拳头如雨点一般砸在她身上。接下来车祸就发生了，司机刘田驾驶着一辆大卡车撞了上去，好像是因为汽油泄漏，刘田刚逃出卡车没多久就发生了爆炸，赵东宇和苏梅当场死亡。

简单地根据影像来看，这确实是一场意外。苏梅停下了车子，因为和丈夫争吵并没有注意到卡车，因为停的位置在环山路拐弯处正巧有视线遮挡，而且卡车的智能系统坏了司机用的是手动驾驶，这一切的巧合促成了意外车祸，任何条件都缺一不可。

左丘启不断地暂定，重播，但他还是没有解开心中的疑惑，这场车祸到底有什么问题？

左丘启的思绪被打断，秦雨寒推门走了进来，左丘启连忙坐起身："刘田调查得怎么样了？"

秦雨寒坐到沙发上，整理了下头发道："他现在人找不到了，据他老婆的哥哥说，因为车祸的事他欠了一屁股债，说是要出国打工还债，但我并没有查到他的出入境记录，现在谁也联系不上他。"

"他到底认不认识赵东宇和苏梅？"

"肯定不认识。"秦雨寒说，"我已经把他调查透了，他父母双亡，无儿无女。老婆宋玉亭八年前得了癌症，他不离不弃，还获选了京古市'感动中国'十大人物。就在车祸后不久，他老婆去世了，接着就传出了他要出国的消息。"

"有买凶杀人的可能吗？"

"更不可能了，他不像将钱看得那么重的人，为了他老婆也不可能，因为当时他老婆已经没救了。"

"那个电话号码呢？"左丘启接着问。

据2·11车祸案卷宗记述，刘田曾在开车过程中接过几个电话，都是同一个号码，当时刘田说是骚扰电话，警方没有细查，但梁勇卓私下调查过那个号码。

秦雨寒回答："号码我查了，卡主不承认打过电话，我怀疑是复制卡。"

左丘启愁眉不展，他习惯性地攥住左手腕，可以看到手腕上有一道粗长的疤痕，如一条狰狞的蜈蚣。

秦雨寒在办公室内扫视了一圈，问道："怎么没见关思颖？"

"启科长？"秦雨寒喊了一声。

左丘启反应过来，慢慢松开了右手："我安排她去a大调查了。"

"我们也过去？"秦雨寒说。

左丘启挥了挥手："等等再说，我们还有要事去做。"

左丘启开车载着秦雨寒赶往车祸现场，车渐渐驶进深山，周围车很少，高山层峦叠嶂，山上绿树成荫，空气散发着清香。一男一女开车行驶在这种环境中，在外人看来，就像是一对游玩的情侣。秦雨寒的头始终扭向窗外，长发随风飘动，渐渐地她的身影在左丘启眼中幻化成了另一个人……

"吱——"一声，左丘启踩下了刹车。

秦雨寒有些惊慌地转过头问："怎么了？"

"没什么。"左丘启说，"案发现场近了。"

左丘启调整车位，重新启动车子，他打算按照刘田的驾车路线来一次现场模拟。案发地位于下山路段的一个拐弯处，左丘启开得很慢，全神贯注地盯着前方。由于路十分狭窄又有凸出的岩壁，左丘启的视线确实被挡住了，当离案发地五六米时才看清，在这种情况下卡车刹车是很难的，车祸必然发生。

左丘启打开车窗往外探了探说："这条路拐弯处太窄，违规了。"

"据刘田说他当日是去钢铁厂拉货，明明有其他更好走的路，他为什么要来这儿？"秦雨寒提出了疑问。

通过了案发地，左丘启找了个平台调头，再次模拟苏梅的驾车过程，他一直死死盯着路面，没有任何异样，到了苏梅的停车处，他停下了车。下了车，他一步步往前走，苏梅那怪异的动作一直令他疑惑，他学着她的样子蹲下了身子。

“启科长，您怎么了？”秦雨寒用诧异的目光看着左丘启。

左丘启慢慢站了起来，问秦雨寒：“你说如果这不是场意外，凶手会怎么做？”

“凶手一定会事先勘查现场。”秦雨寒往周围看了一圈，山坡的树林中有一群鸟在飞，叽叽喳喳地叫着，认不出是什么品种，“如果关思颖在，说不定能找出几个‘鸟证人’吧。”

左丘启笑了笑：“我们还有更可靠的办法，继续查天眼影像吧。”

此时，关思颖已经带着几位基层刑警赶到了a大，对赵东宇和苏梅的社会关系展开调查。赵东宇跟苏梅都是a大的老师，两人育有一子，名叫赵千帆，之前一直在国外工作，夫妇俩出事后便回了国。

关思颖跟刑警小张在赵东宇、苏梅夫妇的家里见到了赵千帆。

得知两人的来意赵千帆神情激动，有些不善道：“那个卡车司机撞死了我父母，你们警察不管，现在事情都过去一个多月了，你们还来干什么？”

关思颖资历尚浅，碰了一鼻子灰，一时不知如何作答，小张比较有眼力见儿，连忙开口：“那个案子目前的定性是意外车祸，你父母违反了交通规则负主要责任，因此卡车司机刘田并没有构成交通肇事罪。”

一听这话赵千帆直接从座位上弹起：“我才不管谁负责任，我只知道死的是……是我的父母！”说到这赵千帆的气焰被悲伤浇灭，一屁股坐下，抱着头，声音也哽咽了起来。

关思颖清了清嗓子，说道："我们这次来也是为了查清楚那场车祸，据你所知你父母有没有跟什么人结过仇？"

"你这话什么意思？难道那不是意外？"赵千帆双眼一亮，直勾勾盯着关思颖。

关思颖被盯得有些不好意思，略微低下了头："我们只是例行调查，还望你配合工作。"

"哦。"赵千帆平静了下来，"我这些年一直在国外学习工作，据我所知并没有谁跟我们家结过仇。"

"车祸后的车是你处理的吗？智能系统的芯片留下来了吗？"关思颖问。

"那车已经没法修了，我直接卖废品了。芯片我没留下来，当时你们警察不是检测了吗？车一切正常，排除了人为制造车祸的可能。"

"哦，我只是再确认下。"

赵千帆明显有些不耐烦，随着关思颖的下一句话彻底爆发了。

关思颖问："你父母的感情怎么样？有没有什么婚外情之类的？"

"啥？！"赵千帆再次站了起来，脸上青筋暴起，"你们不要再说了，我不是犯人没必要配合你们的审问，你们请离开吧。"

关思颖没想到会这样，脸涨得通红，忍不住要动怒，但却被刑警小张拉走了。出了屋子，小张小心地问："关长官，您这样询问，是……是不是有点不太合适？"

"怎么了？"关思颖一脸茫然，完全不像是装的。

这下小张蒙了，不知该说什么。

接下来关思颖跟刑警们围绕着赵东宇的同事、学生们展开了调查，有些人的说法引起了他们的注意。据说，赵东宇在出事前有那么一段时间变得有些奇怪，具体怎么奇怪说不出来，就是感觉性格和习惯上有些变化。不过这点并没有引起关思颖等人的重视，他们很快得知了一个重要线索：赵东宇真的和人发生过冲突，而且还闹出了人命。

当时恰逢国家鼓励科研的热潮，各个大学都得到了一笔数额巨大的科研基金，a大也不例外。不过名额只有一个，自然是最具科研价值的项目才能赢得。当时的主要竞争者有两位，赵东宇和一位名叫吴城的医学教授。吴城的科研项目是抗排斥反应新药，据说几乎达到了使人体百分之百不发生排斥反应的效果，这意味着今后人体器官移植将不再需要配型。项目一公布就引起了轩然大波，大家都以为吴城胜券在握，可就在申请的前一天，吴城的实验出现了意外，因为一个小失误，他将要完成的研究功亏一篑。也就在当天吴城找上了赵东宇，一向斯文的他破口大骂，说是赵东宇偷换了试剂致使他的实验失败，赵东宇不承认，两人大打出手。之后警察来了，但因为没有证据这事不了了之。尽管吴城退出了，赵东宇也不见得一定能获得项目名额，但令人没想到的是临申请前赵东宇竟突然更换了研究项目，提出他研制出了一种可以延缓人体细胞衰老的酶，虽然还不完善，但足以延长人五分之一的寿命。项目同样引起了轩然大波，赵东宇终于得偿所愿。赵东宇升入了天堂，而有人跌入了地狱，一个多月后吴城自杀了，他从实验楼的顶层一跃而下，当场死亡。关思颖本以为吴城自杀是因为名额被抢，后来经过调查才得知，这一切都是因为他的女儿。吴城有一儿两女，其中小女儿患有尿毒症，一直没有找到合适的肾源，在这种情况下，吴城的研究就成了挽救女儿的救命稻草，他的实验失败就意味着女儿生命的终结。就在吴城自杀后不久，他的小女儿病情加重，也去世了。

关思颖联系上了吴城的儿子吴尚、女儿吴筱敏。她本想自己去询问，但当将线索告诉左丘启后，左丘启决定亲自走一趟。

一时无事，关思颖去了学校的咖啡馆打发时间。咖啡馆不大，四周装饰黑色原木墙板，房顶挂着各色的小吊灯，配着舒缓轻松的音乐，真是一个享受浪漫的好地方。旁边座位上已经坐了几对情侣，正谈着甜蜜的恋爱。

关思颖选了一个位置坐下，要了一杯浓咖啡，用汤匙百无聊赖地搅着。这一刻她仿佛又回到了学生时代，而现在她的装扮也很相符，咖啡色短裤、白色T恤与青春一样直率热烈。

关思颖沉浸其中，这时一个穿着花里胡哨，梳着大背头的青年靠了过来，有些鬼祟地搭讪："美女，我能坐这吗？"

关思颖还在搅动着咖啡，没有说话。

青年突然换了一个神情，悄悄说道："我有重要线索要提供。"

关思颖有些意外，抬头看了青年一眼。

青年解释："我知道你是警察，你一直跟那些刑警在一块。"

"有什么线索？说吧。"

也不等关思颖允许，青年麻利地坐到了对面，伸着头，神情比刚刚还要鬼祟："我知道你们是在调查2·11车祸案，那事在我们学校可轰动了，虽然最后警察认定是意外车祸，但还是有不少人怀疑，毕竟现在智能汽车都普及了，车祸太少了。"

"哦，那他们有什么想法？"关思颖饶有兴致地盯着青年。

青年顿时神采飞扬："大多数人都认为是吴城吴教授家里人干的，毕竟两家结了大仇，不过我并不那样认为，我觉得设计杀人者另有其人，而且我知道是谁。"

“是谁？”关思颖瞪大了眼睛。

青年似乎很满意眼前的这一幕，得意地笑了笑，开始肆无忌惮地打量着关思颖，说道：“你让我牵一下手就告诉你。”

关思颖扑哧一声笑了：“你长这么大，没牵过女孩的手？”

“我交过很多女朋友，不过……”青年又看向关思颖，在她的小脸蛋上上下扫荡着，有些结巴道，“不过……她们跟你比可差远了。”

关思颖犹豫了一下，说：“那……你先说说，我看看有没有价值。”

“许少衷你们调查过吗？”青年像特务接头一般，神神秘秘，“他是赵东宇的研究生，争夺科研项目名额的那段时间，赵东宇经常独自在实验室待到很晚，我连续好几次看到，许少衷偷偷摸摸地进去，就他一个人。”

“这怎么了？”关思颖不解道。

“哎呀，这都想不明白？”青年显得有些着急，“像那么重要的项目老师怎么会让学生参与？许少衷与赵东宇的关系肯定不一般，你想想，三更半夜，两个男人共处一室，会发生什么？”

“能发生什么？”关思颖反问。

青年挑了挑眉：“现在这个年代，不只是孤男寡女才会发生故事，这男人之间……”

“哦。”关思颖明白了过来，“你的意思是他俩是同性恋？”

“对。”青年扬了扬头，带着傲意，“我这个观点有独创性，真理往往掌握在少数人手里，他俩绝对有不可告人的秘密。”

“好，谢谢你提供的线索。”关思颖将咖啡喝完，转身要走。

“喂，你不是答应我了吗？”青年几步上前，充满期待地看着关思颖。

关思颖俏皮地笑了笑："我好像没答应吧，只是让你先说说，然后你就忍不住说了。"

"啊？！"青年哭丧着脸。

"配合警察调查是每个公民应尽的义务。"关思颖丢下这句话就出了咖啡馆。

刚走了几步，关思颖感觉身后有人靠了过来，那人拍了拍她的肩膀接着就要抓她的手，关思颖转身正欲怒斥，结果一看竟是秦雨寒。

"思颖，你怎么了？"秦雨寒见关思颖神情古怪，问道。

"没什么。"关思颖摆了摆手，"我还以为是那个小色狼追来了。"

"什么？有男人欺负你？"秦雨寒竟气得抖了起来，她瞪着眼睛，脸上可怕地鼓起一块，卷曲的头发像要着火。

"雨寒，你怎么了？"关思颖抓着秦雨寒的手，"其实……其实也没发生什么。"

秦雨寒渐渐冷静了下来，但眼中依旧含着怒火："以后如果真有男人欺负你，告诉我，看我不废了他。"

关思颖吃了一惊，她不明白秦雨寒为什么生那么大的气？

秦雨寒带着关思颖跟左丘启会合，关思颖将她调查到的情况汇报给了左丘启，接着他们便一同赶往吴尚家里。

4.

吴尚家住a大附近的高层公寓区，众人坐电梯直达80层，在一扇装饰考究的大门前停住。吴尚开了门，他二十多岁，长相斯文，此刻却绷着脸，冷若冰霜。显然三人并不受欢迎。

吴尚淡淡说了声请，便将他们领进了屋。客厅很大，装潢高端大气，在客厅一边的黑皮沙发上坐着一位年轻女孩，女孩穿一袭白色连衣裙，留着偏分短发，面容娇美，只是明显带着悲色。

“这位是我的妹妹，吴筱敏。”吴尚说。

吴筱敏微微点头示意。

左丘启入座，没有客套，直入主题道：“吴先生，我们正在调查2·11车祸案，想跟两位了解一下情况。”

吴尚显然早知众人的来意，表情没有任何变化，说道：“请问吧。”

左丘启端起桌上的水，喝一口，润了润嗓：“两位跟赵东宇教授熟悉吗？之前有没有过往来？”

“不熟，就见面打打招呼。”吴筱敏先回答。

“那个败类？！”吴尚怒瞪双眼，毫不掩饰恨意，“我之前还跟他笑呵呵的，早知道他是那种人渣，我非吐他一脸口水不可。”

“你们父亲呢？跟他关系怎么样？”左丘启继续问。

吴筱敏低着头，摆弄着手上的戒指：“一般同事关系，我爸对每个人都很实在，没想到他……真是知人知面不知心。”

谈到关键地方，左丘启紧盯着两人，注意着他们的表情变化，问道：“你们认为你们父亲的研究失败跟赵东宇教授有关？”

吴筱敏默不作声。吴尚则猛地一按桌子怒道：“不跟他有关跟谁有关？我爸的实验就差最后一步了，他研究这个项目花了十多年，一向严谨细致的他怎么会用错试剂？就是赵东宇偷换的，当时实验室里只有他一个人。”

“请不要那么激动。”秦雨寒提醒道。

“哈哈，你们也不用拐弯抹角，我知道你们怀疑我们兄妹。”吴尚露出了恶魔般的狞笑，“我是恨不得他死，但是他出车祸的事跟我们无关。如果是我动手，他死的绝不会那么舒坦，我会将他扒皮抽筋，令他痛不欲生。”

一番近似发泄的话说完，吴尚又恢复了冷淡：“你们还有什么要问的吗？没有就请离开吧。”

关思颖想了想开口：“2月11号上午你们在哪儿？”

“那天？”吴尚冷哼一声，“我在公司上班，我的同事都可以作证，不信你去问。”

吴筱敏小声说：“我自己在家里。”

问完话，关思颖、秦雨寒两人向左丘启投出询问的目光，左丘启点了点头，一行人就此离开。

左丘启觉得有必要调查一下那个叫许少衷的研究生，因为有时候一些无稽之谈往往成为了破案的关键线索。众人本想找许少衷问话，结果从其他同学口中得知，许少衷已经很久没来学校了，他在外面租住，辅导员想找他都找不到。左丘启联系了许少衷的父母，通过委婉的方式询问得知许少衷并不在家，也没有跟他们联系。

众人驱车赶回公安局，一路上两女都沉默寡言，左丘启通过后视镜注视着她们，问道：“有什么看法？可以说说。”

两三秒沉默后，关思颖先说道：“我觉得那个吴尚真是恨死赵东宇了，还有点变态倾向，他的嫌疑很大。”

“雨寒呢？”左丘启问。

秦雨寒将目光从车外转回来，淡淡道：“许少衷很可疑，深夜出入赵东宇的实验室，而且失踪了很久。”

左丘启启动了智能驾驶，放慢了车速，说道："吴尚的性格与凶手不符，凶手靠精密的设计杀人，一定十分沉稳冷静，相比较，吴筱敏的嫌疑反而更大。至于许少衷现在还不能妄下定论，不过有必要继续调查。"

话刚说完，车内的视频电话亮起，左丘启扫了一眼，是庄帅打来的，他马上接通。

庄帅已在黑旅馆守了一天，此刻他坐在床上，刑侦大队长李俊山还在全神贯注盯着窗外。

庄帅的眼有些浮肿，他揉了揉，苦涩道："老大，已经等了这么久了，没有任何异常，我请求主动出击。"

左丘启抚着下巴，考虑片刻："可以，但注意掩饰身份，不要打草惊蛇。"

庄帅跟李俊山带上了一队刑警，冒充户籍管理人员对黑旅馆对面的公寓进行了排查，在排查过程中两人遇到了可疑分子，李俊山冲进屋，还没看清情况，对面就冲出一位手拿砍刀的歹徒，李俊山立刻开枪将其击倒。屋内共发现三名不法分子，两人将他们全部抓获，本以为有了突破性进展，结果发现三人竟是毒贩与案子无关。完成了户籍登记，将三位毒贩移交其他刑警，庄帅跟李俊山回到了公安局。

庄帅向左丘启汇报了工作。左丘启命令李俊山带领刑警队对两百多位住户的信息进行一一核查，寻找可疑人员。

除了陈尚学，大家都集中在了办公室里，左丘启将天眼拍到的车祸影像又放了一遍。众人看影像时，左丘启端着一杯茶细细品着。

影像放完，左丘启将茶杯放下，问道："怎么样？大家有什么看法？"

“疑点太多了。”秦雨寒抚了抚长发，“车并未出现故障，苏梅为什么突然停车？”

关思颖皱着眉头似乎还在回味：“苏梅下车后的动作好诡异，我想起了几十年前的一宗悬案，被害女孩在电梯里也做了很怪异的动作，还曾一度被认为是灵异事件。”

左丘启笑了笑：“只要捅破了那层窗户纸，你会发现事情都有合理的解释。”

左丘启又将影像放了一遍，在观看过程中庄帅突然激动地一拍手：“老大，有发现，3分52秒，在副驾驶座旁，你看——”

经过庄帅的提醒，众人再看，果然，几乎在苏梅上车的同时，副驾驶座旁有东西亮了一下，只是因为角度问题，很难察觉。

左丘启一下子坐了起来，同时拨出了一个电话：“尚学，你马上过来一下，快！”

秦雨寒在一旁嘀咕：“这个陈尚学凭什么不来开会？”

左丘启的目光还在影像上，随口解释道：“他可以待在实验室里进行自己的研究，寻常的破案工作不用参与，这也是赵部长的意思。”

几分钟后，陈尚学气喘吁吁地跑了进来，抹了把汗道：“启科长，有事找我？”

左丘启朝影像一指：“你想办法提高下这段影像的清晰度。”

“这个简单。”陈尚学将影像传入电脑，经过简单处理，那段影像又被投影了出来，画面被定格，一点点放大，这次终于看清了发光物，竟然是一部手机！

“做得好。”左丘启拍了下庄帅的肩膀。

“你有两把刷子呀。”关思颖笑嘻嘻道，“看来不只是会装帅而已。”

“那当然。”庄帅得意一笑。

左丘启正在沉思，随着调查的进行他越来越相信这场车祸绝不是意外而已，而且他还坚信另一点，凶手一定提前到过现场。他已经察看了案发地最近一个月的天眼影像并没有发现，因此左丘启认为凶手很可能是晚上去的。

由于夜晚天眼并不开启，左丘启安排关思颖和庄帅查看案发地附近的夜视监控，寻找出现的可疑人员。另外安排秦雨寒想办法找寻赵东宇和苏梅的手机，并查两人的通讯记录。

秦雨寒那边最先有了消息，虽然未找到两人的手机，但经查实，苏梅当时接收过一段音频，与天眼影像中手机亮起的时间相符。对方是通过一个通信软件发送的，那个通信软件绑定了一个手机号，竟然就是给卡车司机刘田打电话的那个号码。

苏梅跟赵东宇吵起来，很可能与那段音频有关。

案件取得了重大进展，但左丘启却高兴不起来，因为就在刚刚他得知了一个消息，使这个本就离奇的车祸案变得更加扑朔迷离。

将工作移交当地警方，特一科四人再次聚齐，左丘启将一张照片放在了他们面前。照片拍摄于千里之外的天台市的一处街道，街边坐着一位蓬头垢面，穿着破烂的中年人，那人目光呆滞，好似没有魂魄的木偶。重要的是那人的面貌，众人一眼便认出，是赵东宇！

看着照片关思颖吃惊地捂着嘴：“这是几年前的照片呀，赵教授也有这么落魄的时候？”

“是呀，这也太惨了。”庄帅附和道。

左丘启说：“你们都认为这人是赵东宇？”

众人点了点头。

接着左丘启放出了一个爆炸性消息：“这张照片拍摄于昨天下午，首发于某论坛。”左丘启将论坛帖子给众人看，大致内容就是细胞生物学教授街头乞讨，呼吁政府提高科研人员福利。显然拍摄照片并发帖的人不知道赵东宇已经车祸身亡的消息，胡扯一通。这事很快被评帖子的人点破，帖子爆红，被好事者称为第一例有真凭实据的灵异事件。现在帖子已经被删除了。

庄帅目瞪口呆：“这……难道这人并不是赵教授？”

左丘启沉思片刻打了一个电话，不一会儿公安局刘局长带着一众警官赶到。看到照片，刘局长眼睛差点掉出眼眶，他信誓旦旦道：“这……这绝不可能，我们已经做了DNA检测，车祸死者就是赵东宇和苏梅，照片上的人绝不是赵东宇。”

刘局长的话左丘启并不怀疑，这么简单的DNA检测他们不可能出错，也没必要撒谎。但他依然觉得有必要去天台市走一趟，弄个清楚。

陈尚学对此事很感兴趣，主动要求同去，众人赶到天台市经过一番打听找到了发帖人。发帖人叫张恒，是一位普通白领，他讲述了那天的经历。

张恒在天台市郊区一家传媒公司工作，当日他提前下班便到附近的普天公园逛了逛。公园边上有一条大河，路过河边小路，他看到一个流浪汉模样的男人呆呆地蹲着，周围不时有人上去扔一些零钱。张恒动了恻隐之心，也过去扔了几枚硬币，听到响动那个流浪汉突然坐了起来，张恒吓了一跳，流浪汉的双眼通红，甚至已看不到黑眼珠。流浪汉一点点向他靠近，不停地小声嘀咕，反复说着一个字：“花，花……”当流浪汉靠得够近了，张恒愣在原地，他竟然是著名细胞生物学专家，赵东宇教授。

“你确定他是赵东宇？”秦雨寒打断了张恒的话。

“当然确定。”张恒笃定道，“我曾经采访过赵教授，只是……我不知道他已经出车祸死了。”

“死了的人又出现了？”关思颖一脸不相信。

“也许死的那个不是赵东宇。”张恒说。

“后来发生了什么？那个流浪汉去哪了？”左丘启问。

“认出他来我就拍了一张照片，后来人越聚越多，我就走了。”

一番询问并没有得到什么关键线索，左丘启等人决定亲自去普天公园看看。到了公园，他们寻找打听了半天并没有找到流浪汉，却在公园的河边树林旁看到了几辆警车，里面一块地方还被警戒线围了起来。左丘启他们想进树林看看，被守在外面的警察拦住了。

一位身穿警服的年轻小伙操着地方口音道：“警察查案，闲人免进。”

庄帅笑了笑：“把你们的长官找来。”

小伙撇了撇嘴有些不屑：“我们长官岂是你说见就见的？”

秦雨寒一步迈了上去，横眉冷对，厉声道：“你最好别拦我。”

“喂，喂——”小伙有些蒙了，他刚做警察不久，还真没遇到过这种阵势，“你……你们是要袭警吗？”边说着边要掏警棍。

“小刘，你在干什么？”此时从树林里走出了一位大圆脸，身材稍胖的中年人，肩上顶着一级警督的肩章。

“王……王副局长。”一见来人小伙慌了神，如同老鼠见了猫。

秦雨寒也不废话直接走上前，递上了证件。

王副局长看了一眼，身子如触电般一哆嗦，他伸手想要摸一下，秦雨寒直接收回了。

王副局长很快判断出左丘启便是众人的头，几步上前敬礼："天台市公安局副局长王天英见过长官。"

左丘启点了点头，淡淡道："叫我启科长就行。"

庄帅问："这里发生了什么？"

"一起命案。"王副局长面带愁云，"我们已经勘查了现场，尸体就剩一堆骨头了。"

"哦？"同行一直一言不发的陈尚学突然来了兴趣，"快带我去看看。"

众人随着王副局长进入了树林，林子比想象中更加浓密幽深，走到最里面便看到了被围住的凶案现场，几位警官正在进行勘查。此时可以清楚地看到，地面上有一副黝黑残破不全的骨架，骨架旁还有零星糜烂的碎肉。

左丘启闻到了一股特殊的酸臭味，那并不是尸体腐烂的味道。陈尚学几乎是一路小跑，蹿到了尸体旁边。

看到王副局长，一位正在进行尸检的老法医走上了前，显然是跟王副局长很熟，他直呼其名："天英，据尸检判断，死亡时间为昨日晚上7点左右，死者被菜刀、砍刀等多种锐器砍伤致死，其中手臂受伤最为严重，左手被完全砍断，死因应该是桡动脉断裂造成的大出血。从损伤情况来看，凶手应该不止一人，凶器也不止一种，而且凶手们对尸体进行了处理，尸体的身份目前没法确定。"

"为何？"王副局长紧皱眉头，"这不是有骨骼和肌肉组织吗？没法进行DNA鉴定？"

老法医叹了口气："我带的最专业的检测仪器并没有反应，看来凶手很可能破坏了细胞的DNA结构，用的可能是某种酸性溶液，具体是什么还没法判断。"

"嗯，确实如此。"陈尚学蹲在尸体旁边看边说，"DNA已经被完全分解了，恐怕无法进行鉴定。"

老法医疑惑地看了陈尚学一眼，转头问王副局长："这位是？"

王副局长在他耳边小声嘀咕了一句，老法医再看陈尚学时已经充满了敬意。

此案与特一科无关，左丘启等人还要继续查案便要离去，王副局长热情相送。出了树林，王副局长跟在左丘启身后几次欲言又止。

左丘启抬头看了他一眼说："有话就直说吧。"

王副局长终于开口："启科长，这个案子我始终找不到突破口，您……您能提点下吗？"

左丘启沉默片刻道："寻找目击证人，这个案子是多人作案，并且发生在公园一定有目击者。从细节来看，作案人预谋性不强，有可能是激情犯罪。"

"好好，谢谢。"王副局长忙点头。

离开了犯罪现场，左丘启等人继续在附近打探流浪汉的下落，但直到深夜始终一无所获。第二天左丘启已经有了离开的打算，不料王副局长联系上了他，提供了一个令人振奋的消息。

按照左丘启的提示，王副局长重金寻找目击者，果然很快有了收获。目击者名叫章成，是一位三十来岁的青年，家住普天公园附近。

那天傍晚六点半左右，天蒙蒙黑，章成在公园散步，走着走着突然尿意上来，便跑到树林里撒尿。他刚提上裤子，模糊看到林子里围了不少人，他悄悄靠近，看到那伙人在围殴一个穿着邋遢的流浪汉，手里还拿着各种刀具。流浪汉被揍倒在地，后来拔腿就跑，那伙人拿着菜刀、砍刀追了上去。章成怕惹事，没有跟进去，只是偷偷躲在林子里看。大约过去了二十多分钟，那伙人惊慌失措地跑了出来，章成清楚地看到，他们衣服上有血。

章成不仅提供了目击证词，而且还拍摄了照片，这几乎是铁证。

得知这个消息，众人迅速赶到了天台市公安局，见到了王副局长跟目击者。

左丘启也不废话，立刻拿出赵东宇的照片给章成辨认，章成确定他看到的流浪汉正是照片中人。

左丘启当即表示接手此案，王副局长说根据章成的供述已经锁定了一名犯罪嫌疑人，外号刀疤脸，是当地一个叫火龙帮的黑势力团伙的头，据说天台市市西区的乞丐都归他管。之前火龙帮一直小打小闹，干些打架斗殴，抢占地盘的勾当，警察们往往抓住一个惩处一个，没想到他们这次犯下了大案。

王副局长将火龙帮的资料递给左丘启，嘴里说道："很显然，流浪汉占了火龙帮的地盘，所以惨遭报复。"

左丘启翻阅着资料并不出声。

秦雨寒突然站了起来，说道："启科长，我请求带队抓捕。"

左丘启合上了资料："我亲自去。"

王副局长吓了一跳，差点没坐稳："启科长，我们有最新款的机械战警，您大可不必……"

左丘启摆了摆手，态度坚决："机械战警也需要人的领导。"

众人在公安局的警械、武器库里见到了机械战警。这种被称为机械战警j2的全新警用机器人，身高约两米，全身用钛合金打造，配备包括高能激光枪在内的多种中等破坏性武器。机械战警j2的大脑是一个小型计算机，经过天台市公安局局长授权，左丘启、秦雨寒成为了四位机械战警的临时指挥者。

警察们经过秘密侦查很快锁定了火龙帮的窝点。左丘启决定当晚行动。

夜，郊外只有零星的灯光，两辆黑色轿车停在了小山旁。左丘启跟秦雨寒下了车，山坡上一片漆黑，那儿是一个荒废了的别墅开发区，里面全是烂尾楼，据说是火龙帮的巢穴所在。

左丘启点燃一根烟吸了一口，除了特殊时候他很少吸烟，因为烟会破坏香包的香气。

左丘启看着秦雨寒问："为什么偏要跟来？"

秦雨寒拢了拢被风吹乱的头发，淡淡道："这是我的职责。"

左丘启打了个响指，道："出发。"话音刚落，四位机械战警跟了上来。

两人四机械渐渐上了山坡，借着月光他们看到山坡上共有六栋烂尾楼，一时不知火龙帮在哪栋楼上，左丘启只能命令一位机械战警前去试探。

机械战警连去了三栋烂尾楼，当走到第四栋时数名火龙帮的人从楼上冒了出来，他们用自制的土炸药向机械战警一阵猛攻，炸药的威力着实不小，纵使机械战警坚固无比也受了损伤，在系统故障之前它射出了一个烟雾麻醉弹，冒头的火龙帮成员都瘫倒在地。

"可恶，没想到他们还有这种武器。"秦雨寒怒声道。

左丘启将手里的烟扔下踩灭："现在硬闯是不可能了，只能再牺牲一位机械战警来吸引注意力，我们和其余的机械战警从后面绕进去。”

左丘启的计划很成功，所有的火力都集中在了那位机械战警上，而他们成功进了烂尾楼。近身战火龙帮的土炸药无法使用，他们只能挥着砍刀，硬着头皮上，最后都被机械战警制伏。

两人有些掉以轻心了，这时旁边突然蹿出来两个火龙帮小混混，他们发射出了两个类似渔网的东西，罩在了机械战警的头上，两位机械战警瞬间瘫软在地。

“哈哈，哈哈哈！”一位高大的壮汉走了出来，他赤裸上身，胸前文了一条火红色的蛟龙，他大笑着，脸上的刀疤如蛆虫一般蠕动。

来人便是火龙帮的头——刀疤脸。

刀疤脸身旁跟了一男一女两人，男的扛着把大砍刀，女的拿着长匕首。

刀疤脸笑够了，蔑视地盯着左丘启跟秦雨寒，说道：“就你们两个？一个小白脸，一个小妞，小妞留下，小白脸快夹着尾巴逃吧。”

扛大砍刀的壮男淫笑着附和：“别说，这个妞可真俊，大哥好口福呀。”说完毫无品位地咽了下涎水。

秦雨寒怒不可遏就要动手，左丘启伸手拦住。壮男还在笑着，但下一秒笑容凝在了脸上，左丘启纵身一跃，壮男还没看清便被打了脸，身体如箭一般射出，在地上滑行了数米。

“来人，来人！”刀疤脸的腿软得像面条，不停地哆嗦，在他的呼喊下又冲出来了五六个小混混。所有的小混混，包括那个女孩一起冲向了左丘启。左丘启回头说：“你别动手。”接着便迎敌而上。五六个小混混两三下便被左丘启打倒在地，但面对那位手持匕首的女孩时，左丘启愣了一下，本应打下去的拳头停在了半空中，他闻到了一股香水味，是兰香。女孩并没有留手，匕首划破了左丘启的腹部，就在这瞬间秦雨寒冲了上去，一脚将女孩踢开。

“抓……抓住刀疤脸。”左丘启说。同时一股强烈的眩晕感袭来，他捂着头，踉踉跄跄倒了下去……

一片黑暗，左丘启感觉自己的身体像被山压着，动弹不得。一道强光照了进来，仿佛有人强拉开了他的眼皮，一幕影像浮现眼前。

木屋中坐着两男一女三个小孩。

“怎……怎么办？”女孩揉着红红的眼睛，脸上满是未干的泪痕。

较高的男孩抹了抹脸上的污渍，说道：“我们只能听他们的，按他们的要求取一个新名字吧，反正我们都是孤儿。”

“嗯。”女孩点了点头。较矮的男孩无话。

“我会背百家姓。”说着女孩将中国姓氏都背了一遍。

“我没什么文化。”较高的男孩摸了摸头，“你看着取吧。”

“嗯……”女孩沉思了好一会儿说，“就取左丘吧。”

“左丘……为什么是左丘呢？”较矮的男孩突然说话。

“丘就是小山的意思，我住的‘孟爷爷的福利院’就在小山边上，孟爷爷收养了很多孤儿，他……”说着女孩又哭了起来，较高的男孩在安慰她。

“我……我想好了。”女孩停止了抽泣，嘟着嘴道，“孟爷爷给我取名兰儿，我就叫左丘兰吧。”

“这个名字好听。”较高的男孩笑道，“那我就叫左丘玄，怎么样？帅气吧。”

“嗯。”女孩点了点头，来到较矮的男孩旁微笑地看着他，“你怎么不说话？你之前有名字吗？”

较矮的男孩摇了摇头。

女孩似是很同情他，抓住了男孩的手：“那我们帮你取一个，你最喜欢什么呀。”

男孩抬头看着天空，此时正是群星璀璨。

“哦。”较高的男孩恍然大悟，“那你就叫左丘星。”

“太难听。”女孩皱了皱眉，也看向那星空，说道，“夜空中最亮的星星是金星，金星又叫启明星，你就叫左丘启吧。

男孩愣了一下，接着狠狠地点头，眼里满是泪花。

……

黑暗，又是一片黑暗，当光再次亮起时眼前出现了一间密室，两位青年正缠斗着，一位拼命进攻，另一位却一味地闪躲。

“为什么？玄，我不想跟你打。”闪躲的青年突然停了下来，但进攻的一方并未收手，匕首刺进了青年的腹部。

“为什么？为什么？”泪一颗颗滴露，混进鲜血里。

“启。”玄突然开口，“我们之间只能活一个。”

“啊！啊！”启发出野兽一般的嘶吼，匕首直接刺进了玄的胸膛。

……

“不！”左丘启猛地一下坐起，这才发现他正躺在一张洁白的床上，手上正打着点滴。

“醒了？”从隔帘外走来一人，是陈尚学，“您可真是好运，匕首上的蛇毒毒性并不强，如果是黑曼巴或者太攀蛇这种剧毒蛇的毒液，我恐怕也救不了您。”

左丘启并不理这茬，说：“我睡了多久？刀疤脸那伙人呢？”

陈尚学答：“三个小时，他们还在公安局关着。”

"带我走。"左丘启说着便要拔针头。陈尚学一把按住了他："必须打完这瓶。"

一小时后左丘启赶到了天台市公安局，副局长王天英见到左丘启竟像个孩子一样哭哭啼啼："启科长，您……您要是真出点什么事，我们……"

"这次是我莽撞了。"左丘启打断了王天英的话。他看到了站在一旁的秦雨寒，上前拍了拍她道："做得好。"

庄帅跟关思颖站在秦雨寒身后，庄帅上前嘿嘿笑道："您没事就好。"关思颖痴痴地站着一言不发，但目光饱含关切。

工作开始。当日涉嫌杀人的疑犯都被分开审讯，左丘启和秦雨寒亲自审问刀疤脸。

左丘启："姓名？"

刀疤脸："苏武。"

左丘启："年龄。"

刀疤脸："四十五。"

左丘启："大前天傍晚6点至7点你在哪？"

刀疤脸："普天公园湖边树林。"

左丘启："知道为什么被抓吗？"

刀疤脸："聚众斗殴，打了一个抢地盘的乞丐。"

秦雨寒一听，怒了，猛地拍了下桌子："老实点，你的罪可不是聚众斗殴那么简单。"

刀疤脸笑了笑："那是什么？"

左丘启说："昨日警方在树林中发现了尸体，经法医尸检确定是被锐器砍伤致死，现场发现了诸多脚印，经对比与你们的脚印相符。

另外我们还找到了目击证人，证明案发时你们在追砍一名流浪汉，而且我们有这个……”

左丘启将照片按在了桌上，照片中间一个人被清楚地照了下来，正是刀疤脸，他赤裸上身，脸上还有血。

“现在铁证如山，你不招也没用。”秦雨寒使劲攥了下拳头，咯咯作响，“我们自有办法让你开口。”

刚才还硬气的刀疤脸顿时蔫了，鼻涕一把泪一把道：“我……我也不容易呀，手下那么多人都靠我养活，你说有人抢我地盘我能不管吗？这次我们本想吓唬吓唬他，结果……结果差点丢了命，我们可是正当防卫呀，顶……顶多算防卫过当。”

“你糊弄鬼呢？”秦雨寒怒目而视，“你们六个人拿着砍刀追砍一个流浪汉，还说是正当防卫？”

“我说了我们就是想吓唬他。”刀疤脸竟显得很委屈，“可是怎知道那家伙不好惹……他……他根本不是人。”

“胡说什么？”秦雨寒气得要站起来，被左丘启拉住。

“我……我说的是真的。”刀疤脸微微抖着，“他……他的手……手里有嘴，那嘴还会咬人，我一个弟兄胳膊被咬了，结……结果那胳膊变得不像是自己的了。——你们叫他过来看看就知道了。”

“你最好没有撒谎。”秦雨寒指着刀疤脸。另一间审讯室里，一位外号叫猴子的小混混被送了过来，据刀疤脸说，被咬的就是他。

左丘启注意到猴子虽然热得满头大汗但仍穿着长袖，一只手紧紧攥着另一只手的袖口。

刀疤脸说：“猴子，你把袖子挽起来给他们看看。”

猴子赧然低头，如初次偷盗被抓住的小偷：“老大，我……”

“快点！”刀疤脸怒声道。

猴子一点点将袖口往上拉，手臂渐渐露了出来，左丘启跟秦雨寒看得目瞪口呆。整个手臂干瘦如柴，看不到一丝肉，皮肤色如纸灰，皱皱巴巴如同枯死的树皮。这哪像二十多岁的小伙子的手臂，就算一百多岁的老人也不过如此。

“怎么样？我所言不假吧？”刀疤脸微微得意，秦雨寒上去给了他一拳，终于老实了。

左丘启招呼过来一位刑警在他耳边说了几句，刑警马上离开，几分钟后披头散发，目光灼灼的陈尚学赶了过来，他几步上前一把抓住了猴子的手。

“你们这么做不合规矩。”陈尚学不顾猴子的呼喊，抓住他将他拉走，如同收到了一件新奇的玩具。

左丘启跟秦雨寒完成了接下来的审讯。刀疤脸承认流浪汉是他们砍死的，左手被他们砍掉扔进了河里，凶器和带血的衣服都已被他们处理了。但他拒不承认毁坏尸体一事，坚决声称他们砍完人就跑了，至于是真是假难以判断。

凶手已被抓住，虽然流浪汉的身份还未确定，但中国无法确定身份的流浪汉何止百万？当地警方想结案，但左丘启未同意。对于特一科来说，有个疑点必须要弄清楚，那就是流浪汉到底是不是赵东宇。要想得知答案必须进行DNA鉴定，那就需要找到流浪汉的左手。

经过考虑，左丘启安排陈尚学跟关思颖留下，陈尚学负责研究工作，关思颖则负责监督、协助当地警方继续侦查流浪汉被杀一案，寻找遗失的左手。

回到昌易区公安局，左丘启等人得知案件又有了重大突破。李俊山带领几位刑警队骨干，查看了车祸地附近的近一个月的监控视频，终于有了发现。2月1号，即2·11车祸案发生前10天，一辆黑色面包车于晚上10点41分驶入车祸地前方监控，于晚上11点13分驶出车祸地后方监控。这点很不合常理，因为按正常行驶速度，面包车通过那段路仅10分钟即可。那辆面包车有重大嫌疑。另外，警方还找到了一位目击证人，当时有一辆黑色轿车驶过，目击证人便是轿车的车主。据车主说，他经过那段路时发现有一辆黑色面包车停在拐弯处，他很好奇，便放慢车速看了几眼，发现有一位中年男子蹲在路边，手里拿着一个罐子，往路面上倒着什么。当时路灯很暗，他并没有看清男子的长相，也无法判断面包车里是否还有其他人。通过对监控视频进行技术处理，李俊山得知了面包车的车牌号，并迅速锁定了嫌疑人周旗。

左丘启看到了周旗的资料：男，四十二岁，高中学历，离异，曾经是某化工厂工人，两年前失业，靠做些小买卖为生。

左丘启调用大部分警力寻找周旗，但一时未找到人。

另外天庆园公寓住户信息的核查也进行完毕，刑警们共发现了四位可能和赵东宇、苏梅有关联的人。一位是a大的物理系教授，蒋胜言，男，四十八岁。另外三位都是a大的女学生：一位叫丁霞，二十六岁，生物化学研三学生；一位叫顾雪，二十二岁，数学系大二学生；一位叫许百芳，二十三岁，法语专业大四学生。三人都是租住的房子，为邻居，平日里经常往来。

左丘启本打算亲自赶往a大对四人进行深入调查，但接到了赵部长的邀约，只能改派庄帅、秦雨寒前去。

天茗园是京古市有名的一家茶餐厅，建筑风格模仿中国古代宫殿建筑，琉璃瓦、红砖墙、飞檐翘角。左丘启直上五楼，在最里面的一间包间前停下，敲了敲门。片刻，门自动开了，赵部长从一把太师椅上坐起，招呼左丘启坐下。

左丘启坐到赵部长对面，说道："我已经将最新的案件调查报告放到了您的办公室，为何在这里谈工作？"

"尝尝吧，这里的茶不错，茶点也好。"赵部长朝方桌指了指，"今天我们不谈工作。"

左丘启端起茶杯，此时热气蒸腾，茶的香味被完全催化了出来，香气扑鼻、浓郁不衰。倾起茶杯，放嘴边轻嘬一口，香气清高、滋味甘醇，应为上品龙井茶。

品茶时赵部长一直沉默，半晌，突然开口："启，将梁勇卓的案子抛给你，不闻不问，我是不是有些失职？"

左丘启一愣，嘴唇翕动着，始终没有开口。

赵部长慢慢低下了头，揉了揉通红的眼眶："勇卓跟了我十五年，或许……或许是我不想去面对……呵呵，没想到吧，身为公安部部长的我却也会逃避，感情用事。"说到最后，赵部长干笑了两声。

左丘启再次端起茶杯，不再是品，如饮酒般一饮而尽："我可以理解。"

"嗯。"赵部长点了点头，看着左丘启突然转移了话题，"听说你在天台市受伤了，没大碍吧。"

"没事。"左丘启笑笑，"如果这点小事都挨不下来，我早死了几百回了。"

"启。"赵部长突然目光凝重，"我是不是做错了，你本该享受平静的生活的，我……"

"不。"左丘启打断道，"我是自愿的。"

赵部长长叹了口气，拍了拍左丘启的肩膀：“谢谢。”

左丘启陡然转身：“这也是我欠你们的，放心吧，我一定会抓到凶手。”

左丘启回到公安局没多久，庄帅跟秦雨寒便赶了回来，两人汇报了如下的调查结果。

蒋胜言已婚有子，家庭和睦，为人和善，和诸多老师关系都不错，跟赵东宇、苏梅夫妇也私交甚好，并未发生过冲突，他们之间也没有任何利益上的利害关系。丁霞是京古市本地人，品学兼优，数次获得奖学金，是学校重点培养的科研人才，平日里与同学、老师们处得也很好。不过就案子来说，她的身份有一个特殊之处，她是吴城带的五个研究生之一，据说两人的师生关系极好，吴城自杀后她还曾找赵东宇讨要说法，但赵东宇污言秽语，说她是吴城的小蜜，两人发生了激烈的争执。顾雪是约半年前转入a大的，入学时还带着一个三四个月大的婴儿，学校很多人传言她是未婚生子。她长得美艳动人，但一向寡言少语，和同学、老师们交往不多，她曾经选过苏梅的课，不过跟赵东宇没有接触。至于许百芳，她的社会关系比较复杂，据说认识不少外籍人员和社会人士，她也曾是苏梅的学生。另外，经过询问，车祸发生时仅蒋胜言有不在场证明。

左丘启陷入了沉思，就目前的调查来看，四个人的嫌疑都不大，但如果真凶就在他们四人当中，那丁霞的可能性最大。但是梁勇卓只是对天庆园公寓进行过监视，这并不代表2·11车祸案的真凶就在公寓里，所以一切都还是未知数。

目前并没有其他线索，左丘启只能安排加紧警力寻找周旗以及许少衷。

天台市普天公园，案发地树林。

关思颖手拿一个鸟笼站着，天台市公安局副局长王天英以及几位刑警跟在她身后。

一位戴眼镜的年轻刑警在王天英耳旁嘀咕："王副局长，这是要干什么？难道是遛鸟？"

王天英抬手拍了他脑袋一下："瞎说什么？老实看就好了。"其实王天英也有疑惑，今天一早关思颖提着个鸟笼对他说要寻找目击者，他不敢反驳便跟着来了，可是这四周哪有什么目击者呀。

所有人的目光都集中在关思颖身上，关思颖将鸟笼打开，一只小麻雀欢快地飞了出来，但麻雀并没有飞走而是停在了关思颖的手背上，接着令人瞠目结舌的事发生了。

关思颖将一个火柴盒大小的黑盒子套在了脖子上，接着按了几下手表，黑盒子竟然发出了麻雀的叫声，叽叽喳喳，惟妙惟肖。更令人惊奇的是，小麻雀竟然回应了，也叽叽喳喳地叫了几声。就这样，双方你来我往，就像在对话。片刻，小麻雀飞了起来，它盘旋在半空中高声鸣叫，一两分钟过去，树林周边传出此起彼伏的鸟鸣，一群群麻雀如黑压压的云朵，呼啸而来。

所有的麻雀都围绕着小麻雀飞着，整个麻雀群就像是一个小型龙卷风。

关思颖在一旁轻描淡写地说："我让小灰将附近的麻雀都叫来了，里面说不定有目击者。"

王天英等人如丢了魂，呆愣愣地站着，像一个个稻草人。

片刻，麻雀群散开，关思颖鼓了鼓嘴，有些失望道："没找到。"

几日后，昌易区警方终于有了收获，刑警们在周旗的出租屋连续蹲守终于堵到了他，将他带回了警局。

左丘启见到了周旗，他虽然四十多岁但面容憔悴苍老，一看就是饱经生活沧桑的人。周旗并没有多少抗压能力，在证据面前他很快招了。

钱是个好东西。当周旗失业时他深刻体会了这句话。

周旗出生于一个普通的工人家庭，上学时没什么能耐勉强读完高中便退了学，在社会上游荡了两年最后去了一家违规偷建的化工厂，子承父业，成为了一名工人。从二十岁到四十岁，周旗流了二十年的汗水，呼吸了二十年的污浊空气，却没有攒下一点点积蓄。他一直安慰自己，有老婆有孩子，这就不错了。但这点安慰随着化工厂的倒闭瞬间化为泡影。周旗失业不到一年，她老婆就带着孩子跟别人跑了。周旗又回到了起点，一无所有。

当一个人到了这一步，他很难守住底线。

就在车祸发生前一个月，周旗在一个叫轻松兼职的网站上看到了一个另类的招聘信息。发帖人叫“蔚蓝”，声称雇用一个人做一件小事，可以给一笔可观的收入。周旗看到这条消息，当即决定：干！

他火速私信了发帖人，表明诚意并留了电话，很快一条短信发了过来。

“懂化学吗？”

周旗回：“在化工厂干过二十年。”

“等我联系你吧。”

五天后，周旗收到了雇主的短信：“在一条环山路上倒点东西，我给你五万元。”

周旗回：“犯法吗？”

“不犯法，一会儿我告诉你配方，那东西你得自己配。”

很快配方发了过来，上面罗列了三十多种化学试剂，周旗和化工打交道那么多年却看不懂，不知道会配出个什么玩意儿。

一会儿又一条短信发了过来：“你2月1号那天深夜去，不要被人发现，具体倒在哪，我之后告诉你。注意，2月20号才会给你钱，如果你告诉别人，走漏了风声，别想拿到钱。”

就这样，1月31号晚上周旗接到了短信，得知了具体地点。2月1号深夜他开着面包车，将配制出的古怪液体倒在了指定位置。做完了他就感到有些不安，这种不安终于在2月11号变成了现实。周旗看新闻得知那里发生了车祸，他没有天真地认为只是一个巧合，他知道极可能和他做的事有关。他曾想过报警但很快打消了念头，一是怕担责任，二是怕拿不到钱。

经过一番忐忑的等待，2月20号，周旗又收到了神秘雇主的短信。短信通知他晚上11点到南州市建设区光明大街工商银行旁的垃圾桶拿钱。周旗开车火速赶往，如愿在指定地点拿到了钱。

周旗的供述为案件打开了突破口，左丘启马上确定了三个侦查方向。

李俊山负责调查招聘信息的发帖人以及与周旗进行联系的电话号码。陈尚学已经得知了液体的配方，他负责寻找液体与车祸案之间的联系。他本人则带着秦雨寒、庄帅赶往了南州市调查最关键的一条线索。

南州市是京古市的邻市，风景宜人，为著名的旅游胜地。建设区光明大街是一条环湖街道，也是南州市最繁华的商业中心之一。左丘启等人赶到时正是最繁忙的时候，整条街人头攒动，他们一路打听终于找到了工商银行，在银行旁边果然有两个垃圾桶。这条街人流量极大，通过询问路人寻找2月20号的目击者几乎不可能。没办法左丘启他们只能通知当地警方，调来了部分警力，一方面去银行以及银行周边的店铺询问，寻找当天出现在附近的可疑人员，另一方面在南州市广发悬赏通告，寻找一切线索。

第二天便有了收获，南州市警方寻找到了目击者，是一位拾废品的老太太。警察想将老太太带到公安局里，左丘启严词拒绝了，他和秦雨寒、庄帅亲自赶往了老太太的工作地，南州市市区的一个垃圾桶旁。

一位身穿警服的小伙正站在老太太身边，老太太的神情有些局促。左丘启摆手将小伙支走了。

“领……领导好，您是领导吗？”老太太有些紧张，看着左丘启结结巴巴道。

左丘启尽力令自己露出一个热情的笑容：“大娘，您安下心来，我们找您是需要您的帮助。”

“哦，对了。”老太太拍了下脑袋，“你……你们说会给10万元奖励，是……是真的吗？”

“是真的。”左丘启点头道。

“那太好了。”老太太笑得咧开了嘴，接着絮叨了起来，“我那个孙子呀，找了个漂亮的女朋友，脸蛋好看，白白高高，比我年轻时好。有了这个钱，我孙子就能少打两年工，快点娶她了。”

三人耐心听完老太太的话，秦雨寒问：“老人家，那您说说吧，您都看到了什么？”

老太太开始了陈述：“那天晚上，我在光明大街边走边拾废品，大约晚上10点多钟吧，我路过工商银行旁的那个垃圾桶，我刚要上去翻一翻，一个站在垃圾桶旁戴口罩和墨镜的女孩上前阻止了我，她说刚刚有人倒进去了一些碎玻璃，让我去别处捡。”

女孩的形迹可疑，有重大嫌疑。

根据老太太的描述左丘启等人勾勒出了女孩的大致形象：长发，身材苗条，身高170厘米左右。

一时未找到其他线索，将调查工作暂交当地警方，一行人赶回了昌易区公安局。

刚到办公室没多久，李俊山便兴冲冲地冲了进来，喘着粗气，满头大汗：“启科长，有重大发现。”

左丘启正嗅着手里的香包，缓言道：“不急，慢慢说。”

“我查到了，和周旗进行短信联系的号码与之前的号码一样为复制卡，发信息的人不可查。不过对发帖人‘蔚蓝’的调查有了发现，我们从网站管理人员那里调取了‘蔚蓝’的所有操作记录，记录显示当时‘蔚蓝’确实发了那个招聘的帖子，不过过了不到一小时便删除。通过详细研究‘蔚蓝’发的帖子以及她与其他人的对话信息，我们推断出了‘蔚蓝’的身份，是……”李俊山想一口气说完，但到关键处还是憋不住，停了一下。

“快说呀，是谁？”秦雨寒催问。

李俊山擦了把汗：“是a大研究生丁霞。”

庄帅说：“长发，身材苗条，身高170厘米左右。我们调查到的可疑人的形象与丁霞相符。”

李俊山笑了笑：“启科长，看来这个案子要破了呀。”

“言之过早。”左丘启摇了摇头，“还是先等等陈尚学的研究结果，不可打草惊蛇。”

在左丘启的催促下，陈尚学加紧工作，一天后便赶回了昌易区公安局。

陈尚学穿着不甚整洁的白衬衣，提着个黑皮箱，风尘仆仆地进了特一科办公室。

庄帅好奇地凑上前，指着黑皮箱："尚学，怎么还拿一个箱子？给我们的礼物？"

陈尚学只说了一句："打开看看吧。"

庄帅将皮箱打开，里面竟有一个装满了黑色黏稠液体的玻璃罐。庄帅晃了晃，液体如胶一样黏在瓶壁上。

秦雨寒微微蹙眉："这是什么？这么恶心。"

陈尚学一屁股坐到沙发上，半躺着道："这是根据那个配方配制出来的液体，我经过一番研究终于发现了它的秘密。"

"时间紧迫，别卖关子。"左丘启走了过来。

陈尚学从皮箱中拿出了一块薄木板，问大家："你们仔细看看，发现了什么？"

庄帅茫然地摇头："看不出来。"

秦雨寒撇了撇嘴："就一块破木板。"

陈尚学又从皮箱中拿出了一瓶无色透明溶液，以及一块玻璃片，将玻璃片在溶液中浸泡了一下，取出，溶液挥发极快，仅几秒钟便看不出痕迹。

"您透过这个再看下。"陈尚学将玻璃片交给左丘启。

左丘启透过玻璃片再看木板，上面出现了一个立体的黑洞，如塌陷了一般。

"原来是这样。"左丘启抚着下巴，点了点头。秦雨寒跟庄帅也看了下，恍然大悟。

陈尚学解释道：“经过刚刚的处理，玻璃片表面形成了一层薄膜。这块木板事先涂抹了配制的液体，液体蒸发干后肉眼不可见，但透过薄膜便可看到。因为木板上涂抹的液体薄厚不均，在光照下会有色泽和层次的变化，看上去就像立体的。而且这种液体极易燃烧，我想这便是爆炸发生的原因。”

“路面上有这种液体，那么——眼镜，苏梅戴的眼镜！”庄帅一拍大腿，反应了过来。

“对。”秦雨寒说，“眼镜一定被动过手脚，如此，苏梅下车后的奇怪举动也有了解释，她以为路面有异，便蹲下身子去试探。”

“没错。”左丘启赞同道，脸上开始浮出一抹笑意，“这个车祸案最关键的一环已经被解开了，凶手的手法是这样的——通过陈尚学解释的一番设计令苏梅停下车，接着发送未知内容的音频令苏梅跟赵东宇起争执，拖延时间并分散两人的注意力，然后刘田开卡车经过，未发现轿车，两车相撞。这说明凶手跟苏梅、赵东宇、刘田都很熟悉，他事先知道苏梅驾车出游的详细细节，同样他知道刘田哪天会出车，走哪条路线，甚至能估算出刘田开到某个位置的时间。”

陈尚学说：“凶手一定对两辆车进行了实时定位，可能安装了某种追踪器。”

“尚学，好像还有一件事吧。”左丘启想了想问，“那个小混混研究得怎么样了？他的胳膊到底是怎么回事？”

“啊，这个……”刚刚还在兴奋状态中的陈尚学突然吞吞吐吐起来，“他那只手臂的细胞都在快速衰老，速度大约是正常细胞的一万多倍，而且衰老速度还在不断加快。至于到底为何这样，我……我没有研究出来。”

庄帅张大了嘴，故作惊讶：“尚学，还有你研究不出来的呀。”

陈尚学闷声不响。

左丘启笑了笑：“没事，无法解决的科学难题太多了。”

讨论完案情，特一科再次联系上了赵千帆，询问他是否留有他母亲的眼镜，结果赵千帆说并没有见过什么眼镜，这个结果令人失望，眼镜很可能已毁于车祸。针对苏梅、赵东宇、刘田三人的第二轮社会关系调查也陷入了僵局，并未找到与三人皆相熟的人。

凶手精通化学，这点与丁霞的身份相符，左丘启觉得是时候找下丁霞了。

左丘启带着秦雨寒、庄帅一起赶到了天庆园公寓，在27层，中间一户门前停下。片刻，一位穿米黄色连衣裙，长发，戴眼镜的女孩打开了门。看女孩的身材的确与老太太说的相符。

女孩认出了秦雨寒跟庄帅问道：“警官们，有事？”

秦雨寒扭头看了看左丘启，说：“丁霞女士，这位是我们的领导，我们再来了解下情况。”

“请进吧。”丁霞将一行人让进了屋。

这时众人才发现屋里还坐着两位女孩，一位肤白如雪，穿着洋气，戴着碧色美瞳。另一位留着金黄色波浪短发，身材婀娜，五官秀美，不过比起女孩更加吸睛的是她怀里的婴儿，婴儿肥嘟嘟的，小手抱着奶瓶不停地吮吸，很是可爱。

见到众人，两位女孩起身告辞，丁霞连忙去送，这时庄帅向左丘启解释：“这两位便是许百芳和顾雪，都是大美人呀，可惜不是我喜欢的类型。”

秦雨寒瞥了他一眼："切，你不喜欢还一直盯着看？"

庄帅说："我是看看她们可不可疑。"

丁霞回来给众人倒上了茶，左丘启说了声谢谢，开始了询问："丁霞女士，你是吴城教授的研究生？听说你们师生关系很好。"

"没错。"说到这，丁霞的眼圈竟有些红了，"吴教授博学多才，和蔼可亲，同学们和他的关系都很好，不只是我而已。"

"吴城教授去世后，你曾找过赵东宇？还和他发生了争执？"左丘启问。

丁霞大方地承认："没错，我是找过他，我相信吴教授绝对不会冤枉别人，赵东宇一定捣了鬼。我也只是想讨个说法，没想到赵东宇恶语相向，我实在没忍住。"

"那赵东宇说的……"庄帅暗示道。

"造谣，无耻的造谣。"丁霞说，"我跟吴教授就是单纯的师生关系。"

"哦。"左丘启端起茶喝了一口，"2月20号晚上10点左右你在哪里？"

丁霞略微考虑："那时候呀，我应该在驾车，从南州市赶回京古市。"

"你去了南州市？"秦雨寒问，声音不由得高了，"你去那干什么？"

秦雨寒略带审问的语气令丁霞有些不悦："怎么了？我大约晚上9点在那里见了个朋友，和她吃了顿饭，有问题吗？"

"有谁能证明你10点钟在驾车？"秦雨寒接着问。

丁霞摇了摇头："我自己开车，抄的近道，也不知道那段路有没有监控。”

秦雨寒看了看左丘启，左丘启接着询问：“你在一个叫轻松兼职的网站注册过账号，账号名叫‘蔚蓝’，对不对？”

“对，怎么了？”

左丘启将打印好的发帖记录拿了出来，递给了丁霞：“这些帖子都是你发的吗？”

丁霞仔细看了一遍，指着一个帖子道：“这个不是。”她指的正是那个雇用周旗的帖子。

左丘启不作声，庄帅脸色阴沉道：“不是你发的，是谁发的？”

丁霞说：“我的账号可能被盗了，这种情况时有发生。”

“我们查了发帖人的网络地址，与这栋公寓的无线网络相符。”庄帅紧跟了一句。

“这也说明不了什么。”丁霞回答。

“希望你不要狡辩！”庄帅一字一顿道。

“呵呵。”丁霞突然冷笑了一下，“警官，你怀疑我？我有什么理由害赵东宇和苏梅？就因为我是吴教授的学生？”

庄帅有些怒了，左丘启拉了他 下，看向丁霞道：“放心吧，我们警察办案全凭证据，不会冤枉好人。”

丁霞默不作声。

询问结束，一行人很快离开。

一出公寓，庄帅就忍不住说：“启科长，我觉得这个丁霞有重大作案嫌疑。”

“是有嫌疑。”左丘启说，“不过还有个重要问题没解决，她跟卡车司机刘田并不认识。”

庄帅不以为然："可能是没查出来。"

"是吗？"左丘启笑笑，"她的作案动机也不成立，我不相信她会为了老师杀人。"

庄帅有些倔，说道："不行，我还得查她。"

没多久案子又有了新进展，一直神秘失踪，不曾露面的许少衷在齐安市出现了。这件事得从齐安市的几起收容所盗尸案说起。

齐安市与京古市毗邻，是一个规模较小的地级市，属于欠发达地区。原来当地的支柱产业是煤炭业，但后来资源耗尽，煤炭业破产，虽然大部分的工人得到了安置，但仍有一部分老弱病残之人无力工作，只能流落街头。其中有一些弱势者，几乎没有生存能力，为了安置这些人，齐安市建了许多收容所。收容所里时常有人去世，尸体都会在储尸间放上几天，如果无人认领就会火化安葬。由于死去的都是一些年老有病之人，尸体并没有什么价值，这么多年从未发生过丢失事件，但就在最近一个月，尸体开始丢了。

第一个丢尸体的收容所在齐安市的郊外，由于缺少资金收容所建得很简陋，一共就一层，像一个大厂棚，中间用一道厚水泥墙隔开，活着的人住前面，死了的人就送到后面。收容所一共有五个工作人员，一个所长，一个副所长，两人都兼干护工，还有一位医学院毕业的男医生，是学历最高的。剩下两个，一个是肥硕的厨师，一个是独眼瘸腿的老汉，专门看管尸体。发现尸体丢失的便是这位老汉。

老汉从小残疾，饱受讥讽，他一辈子没娶上老婆，为了生存不得不去火化场烧尸体，一干就是三十年。收容所建成后，他换了工作，来这里看尸体。

别人都怕尸体，但老汉不怕，相反他跟他们说话。

老汉从小便没有亲人、朋友，如果不是尸体，他已经丧失了语言功能。

一个人死后便失去了名字，老汉给尸体起了新名字。

一天，老汉有些想念小安和小虎了，他拉开了储尸柜，扒开一层层的冰块，想要看他们的脸，但冰块下面什么都没有。

“小安，小虎！”老汉嘶吼了起来，他竟然流泪了。

往后像是发生了连锁反应，多个收容所的尸体开始一具接着一具地丢，短短不到一个月便丢失了十几具，最后终于引起了当地领导的重视。

领导下令，将收容所的储尸间全部安上监控，如此那个偷尸体的人终于露出了真面目。

本来这个案子和特一科扯不上关系，但京古市的一个警员在闲聊时得知了这件事，他出于好奇看了眼监控影像，意外地发现监控中的人竟和许少衷极其相像，于是两件事便联系了起来。

左丘启看到了神秘的偷尸人。他戴着鸭舌帽，大墨镜，全程一直低着头，但还是能判断出这个人定是许少衷无疑。

疑问接踵而来，许少衷为何去了齐安市？他偷尸体干什么？

大家有两种观点，一种观点认为许少衷与2·11车祸案无关，他偷尸体和案子没有半点关系，庄帅便这么想。另一种观点认为两个案子之间存在着某种还未探知的联系，这是左丘启跟秦雨寒的想法。

庄帅坚持按照自己的思路破案，他询问了南州市公安局，得知丁霞当时驾车的那段路并没有监控，如此丁霞便没有不在场证明，显得更加可疑。

庄帅准备申请搜查证，对丁霞的家进行搜查。

左丘启跟秦雨寒赶到了齐安市，见到了主管收容所盗尸案的刑警支队长任川。据任川说市局对案子高度重视，准备调用大量警力对收容所周围的住户进行逐一排查，并广发悬赏通告寻找线索。

左丘启有不同意见，他跟秦雨寒商量了对策，准备进行诱捕。经过筛选他们选中了独眼瘸腿老汉所在的收容所，调用了三位刑警赶了过去。收容所的杨所长亲切接待了众人，左丘启没有多客套，要求见看管尸体的老汉。

老汉姓张，收容所的人也不知道他的名字。

左丘启见到了张老汉，他实际五十多岁但看上去却像六十多，头发稀疏杂乱，一只残缺的眼睛配上暴露在外的大牙，面相确实难看。

张老汉说话并不清楚，经过所长的反复解释，他才明白了警察们的来意，露出了灿烂的微笑。

经过考虑，左丘启给他安排了一个任务。

夜很快来了，储尸间很是昏暗，只有一丝阴冷的月光照着，实在瘆人，如现于人间的阎罗殿。储尸间的铁门虚掩着，张老汉躺在门口的仰椅上打起了盹儿。寂静持续了没多久，一个矫健的身影，蹑手蹑脚地进来，轻轻拉开铁门，闪了进去。

“启科长，有动静。”储尸间正中摆着五张床，上面盖着白布单，秦雨寒躺在一张床上悄悄说道。

“嘘，别说话，他终于来了。”左丘启说。

这是左丘启布的一个局，他先广发消息说收容所有大量尸体需要认领，接着便守株待兔，没想到偷尸者这么快就来了。

储尸间寒气逼人，闯入者紧了紧衣服，来到了床前。左丘启悄悄掀开白布单，看着来人的位置，等到恰当的时机，他一声令下：

“动手！”

左丘启、秦雨寒以及另外三位刑警一跃而起，打开了手电，灯光正好照到了那人的脸，正是许少衷。

许少衷完全没有心理准备，吓了个踉跄，接着连滚带爬朝铁门跑去。

左丘启和秦雨寒也不着急，他们早令张老汉锁住了门，一切尽在意料中。

这……怎么会？

左丘启瞪大了眼，秦雨寒咧开了嘴，许少衷竟然拉开门跑了出去。五人连忙向外追，出了铁门发现张老汉竟然晕倒在地。左丘启和秦雨寒留下照看张老汉，另外三个刑警继续追。

左丘启抱起张老汉，这才发现他竟紧紧抓着一顶假发，连忙取下，放在物证袋里。秦雨寒掐张老汉的人中将他唤醒，张老汉慢慢睁开了眼，竟一直嘿嘿地傻笑。

“发生了什么？”左丘启问。

“美女，美女……”张老汉一边傻笑一边说。

片刻，三位刑警回来了，他们并没有追到人。询问了张老汉半天，事情的经过终于得以还原。

按照左丘启的安排，张老汉假装熟睡，等许少衷进去便锁住了门。之后张老汉躺在仰椅上闭目养神，过了有几分钟，走廊里突然响起了脚步声，张老汉睁开了眼，一个俏丽的身影在朦胧的月光下，款款走来。

张老汉血脉贲张，他像痴呆了一般，看着女孩慢慢走近。光很暗，他看不清女孩的脸，但那一头长发，S形的魔鬼身材，疯狂地吸引着他。

女孩站在了他身边，吐气如兰，张老汉下面瞬间立起了“定海神针”。

“大叔，你觉得我怎么样？”女孩的声音勾魂摄魄，张老汉全身都酥了。他笑着，露出一口黄牙，奋力睁开那只先天残缺的眼：“好……好着嘞！”

女孩妩媚地笑了：“你去打开那扇门，我让你摸一把。”说着挺了挺胸口。

张老汉像耗子一样，刺溜一下蹿下床，掏出钥匙，打开了门。完成了任务，他迫不及待地回来，两眼放光，不停地搓着手，吞咽着口水。

女孩一步步向张老汉走来，双手背后，胸前双峰一览无余。张老汉张着黑手，颤抖着伸去。

“嘿嘿，软……”

下一刻他的脖子被扎了一下，瞬间倒地，不过他抓下了女孩的头发。

随行的三位刑警怒斥张老汉：“你不仅辜负了警方对你的信任，而且你还是帮凶，罪大恶极。”

张老汉还是嘿嘿地傻笑。

左丘启说：“算了，别为难他了，我们还有线索。”

左丘启从假发中提取到了皮屑，准备带回昌易区公安局，而齐安市警方则继续追寻许少衷的下落。

在回去的路上，左丘启联系了庄帅，得知他已经申请下来了搜查证，正在赶往丁霞家中。

左丘启跟秦雨寒回到公安局办公室没多久，庄帅便兴冲冲地进了屋。他神情激动，满面红光道：“启科长，你猜我们发现了什么？”

“什么？”左丘启问。

庄帅取出了一个透明小盒，里面装着两个电话卡：“这是从丁霞家里搜出来的，正是与刘田通话和与周旗联系的那两个复制卡。”

“哦。”左丘启淡淡道。

这个反应令庄帅很意外，他继续补充：“另外，刑警们在丁霞家里发现了大量的化学试剂，其中有很多都是配制那个液体的必需品。”

左丘启不作声。

庄帅忍不住提醒：“启科长——”

左丘启终于开口：“庄帅，你觉得设计车祸案的那个幕后凶手怎么样？”

庄帅愣住了，突然他明白了过来。据案子推断，凶手狡猾、谨慎、逻辑思维能力和反侦查能力都极强。这样的凶手怎么会犯如此低级的错误？从某种意义上来说，找到这些“证据”就更加表明丁霞极可能不是凶手。

左丘启笑了笑：“想明白了？”

庄帅低下头，有些羞愧道：“是我破案心切，糊涂了。”

秦雨寒说：“启科长，您的意思是，丁霞是被陷害的？”

左丘启说：“十有八九，凶手太心急了，反而露出了马脚。”

左丘启否定了嫌疑人丁霞，调查又陷入了僵局，直到一个电话打到了庄帅的手机上，那人一开口庄帅便听出了，他是卡车司机刘田的小舅子——宋少峰，特一科在调查刘田时曾多次找过他。宋少峰说他又想起了一些关于刘田的事，可以告诉警方，但条件是庄帅必须单独去找他，而且那些事只能告诉负责案子的最高领导。

左丘启觉得这个要求很古怪，提出要一同前去，但就在要出发时又有一个重大消息传来：齐安市警方经过走访调查，找到了许少衷经常出入的场所，疑似他的住处。

这条线索也很关键，众人只能再次分开行动：庄帅去见宋少峰，左丘启跟秦雨寒则赶往齐安市。

左丘启再次见到了刑警支队长任川，本次行动由他负责。据任川说，他们调查发现，许少衷经常在一家废弃工厂出入，他们准备进行搜捕。左丘启、秦雨寒跟随任川带领的刑警队，来到了那家工厂，工厂之前从事机械加工，已经荒废了十多年，里面有数间旧仓库，其中一间引起了众人的注意。

那间仓库大门紧闭，外面锁着一个大铁锁。

左丘启看了几眼，铁门锈迹斑斑但锁却很新，他冲身后的刑警队说：“打开它。”

一名刑警取出了激光切割机，很快就将铁锁弄开，大门开了一道缝，里面是一个未知的世界。

门还没开，一股独特的臭味袭来。

众人推门进去，灯光一打，一个胜似十八层地狱的世界近在眼前。仓库里横七竖八堆了十余具尸体，一些比较新鲜像在安然入睡；一些已开始腐烂眼珠子爆裂，肚子鼓得像个球；还有的露着大部分骨架，像是被啃过的排骨。

尸体上面都萦绕着淡淡的雾气，那便是臭味的来源，大家都捂着口鼻，显得十分痛苦。

“没想到是这种情况。”任川使劲捏着鼻子，脸通红，“早知道戴防毒面具。”

左丘启强忍着说：“应该只是难闻而已，并没有什么危害。”

左丘启话音刚落，一个人发出“啊”的一声惨叫，大家精神一紧，朝那看去。惨叫的是一位年轻刑警，他紧抓着自己的右手，痛苦地在地上打滚。

“喂，小邓！怎么了？”任川连忙跑过去，按着那人的肩膀，神情紧张。

“尸……尸体……”小邓的嘴唇如筛糠一般上下抖动，断断续续道，“尸体上面有……有东西，我被咬……咬了。”

任川抓过他的右手一看，手面上有个指甲盖大小的伤口，周围的皮肤已变成了紫黑色。

“快，东西拿来。”任川回头喊，片刻一位刑警递过来了一个钢制小瓶。任川拿过瓶子朝小邓的伤口处喷了喷，没一会儿，那块皮肤便蒙上了一层冰霜。

“现在不知道他被什么咬了，只能进行急冻，阻止血液流通。”任川解释。

左丘启脸色难看，下令道：“这些尸体有问题，大家不要乱动。”

渐渐地雾气开始散开，尸体之上的东西令所有人大吃一惊。

那是一朵朵从未见过的异花，花茎细长，花朵硕大如人头，共四瓣，形若鸡冠，色如晚霞。最诡异的是花根，根须乌黑细长，如女人的长发，令人胆寒的是上面竟长了一串红色的嘴。那些嘴仿佛是独立的生命体，它们蠕动着，不断啃食着尸肉。

几位刚工作的刑警，腿一软，踉跄了一下差点跌倒。

任川也有些失态，哆哆嗦嗦地说：“这……这他妈是什么鬼东西？”

秦雨寒却显得很镇定，说道：“任警官，麻烦看下，这些尸体是不是收容所丢失的？”

任川强忍着恶心，查看了几具尸体：“有一部分是，还有一些腐烂得太严重了，无法判断。”

左丘启点了点头，令大家继续搜查，片刻，前方的一位刑警报告：“老大，前面有个小屋。”

任川跨过尸堆，冲到了刑警面前，嘴里嚷着：“快，带路。”

这间仓库面积不小，小屋在仓库边上，是一间简易板房。任川指挥刑警队小心靠近，他们撬开了屋门，一伙刑警端着枪冲了进去，屋内空无一人，只有一张木板床孤零零地摆着。

“可恶。”任川骂了一声，一拳砸在了门上。

左丘启看向秦雨寒道：“仔细勘查现场，不要放过一丝一毫物证。”

秦雨寒带领几位刑警进行勘查，一位刑警在床板上提取到了毛发，他蹲身看床底时，发现一个火柴盒大小的东西在发光，那光断断续续，越闪越快，等他用手电一照，顿时脸吓得煞白，扯着嗓子喊：“有炸弹！”

秦雨寒蹲下看了一眼，只说了一个字：“跑！”

如发令枪响起，众人早顾不得什么形象，一溜烟疯跑出去，一直冲出仓库。“嘭”一声巨响，火光亮起，后面涌来一股热浪，仓库刹那间变为了一片火海。

这一场火，不知有多少证据会烟消云散，左丘启的心揪了起来。

回到齐安市公安局，刑警们检测了毛发的DNA，与许少衷父母的DNA进行了比对，确定为许少衷本人。

许少衷的下落依旧成谜，左丘启、秦雨寒赶回了昌易区公安局。

庄帅还没有回来，左丘启一人静坐在办公室里，取出口袋里的香包轻嗅着。在思考时这是他最好的调剂品。现在2·11车祸案案情逐渐明朗，最让左丘启忧心的却是那些看似与案子无关的离奇事件。不管是另一个“赵东宇”还是那开在尸体之上的诡异花朵，左丘启总觉得这些与车祸案有着某种关联，但他始终猜不透，这种无力感是他最头痛的。

一阵疲惫感袭来，左丘启揉了揉太阳穴，目光落在了手里的香包上，上面绣着一朵粉红色的兰花，左丘启突然笑了笑，甜蜜又苦涩。

兰，如果你在，会给我什么建议？

“叮！”一声提示音响起，打破了某种静谧。

左丘启看了一眼虚拟屏幕，点了点头。秦雨寒推门而入，激动道：“启科长，有重大发现，苏梅的眼镜找到了。”

“什么？”左丘启猛地站了起来，刚才低落的情绪一扫而空，“快说，怎么回事？”

秦雨寒解释道：“其实第一个赶到车祸现场的是苏梅的老母亲，她在现场周围发现了苏梅的眼镜并偷偷收了起来，赵千帆也是刚知道。”

“眼镜现在在哪儿？”

“我已经派人去取了。”

“做得好。”左丘启长出了一口气，心中的压抑也舒散了几分。

没等多久，庄帅赶回了公安局，他第一时间来到特一科办公室，可以看出那貌似平静的面容下隐藏了强烈的喜悦，仿佛随时都会溢出。

“快说吧，有什么发现？”左丘启问。

庄帅一直在等这句话，他三步并作两步跑到左丘启面前，眉飞色舞道：“我已经见过宋少锋了，他和我说的线索，你们一定想不到。”

“少卖关子。”秦雨寒说。

庄帅语出惊人："顾雪跟刘田是情人关系，这便是证据。"说着将一个U盘扔在了桌上。

原来刘田的妻子宋玉亭是自杀的，她留下的遗书后来被弟弟宋少锋发现，遗书使刘田、宋玉亭的故事换了个版本，这次里面多出了一个人物：顾雪。

刘田没学历，没能力，他是一个卡车司机。在这个高度科技化、娱乐化的社会里，他就像沙滩上的一粒沙子，消失或者存在，没有多少人在意。刘田本以为他要一辈子做沙子，但突然有一天他的人生转变了，转变的原因是他的妻子得了癌症。这带来了两个结果：他的生活变得更加窘迫了；他开始引人注意。后者使刘田受宠若惊，各种新闻报道、记者采访接踵而来，这一切使他忘记了第一个结果。他尽心尽力照顾妻子，他越来越瞩目，直至获得了京古市"感动中国"十大人物，他感觉攀上了人生的高峰，变成了珍珠。就在这"巅峰时刻"，一个年轻貌美的女孩出现了，她便是顾雪。我们不知道刘田当时有没有犹豫，如果他犹豫了是因为害怕丢失荣誉，还是因为他还爱着妻子？总之他俩成了情人。

刘田以为病入膏肓的宋玉亭不会注意，他明目张胆地跟顾雪通话，手机上存着顾雪的照片，甚至将他和顾雪的激情过程录下来，存在U盘里。

刘田错了，其实宋玉亭什么都知道，但她没有指责刘田，选择了安然离去。

自杀对于一个将死的人来说再容易不过了。

在宋玉亭的遗书中有这样的一句话："我不怪你，是我拖累了你，我走了，愿你能幸福。"

宋玉亭错了，她不知道刘田的人生曾经因她而灿烂。

因为这并不是什么光彩的事，宋少峰只打算告诉少部分人。

至此，案子的脉络开始渐渐清晰，最大的嫌疑人成了顾雪。她跟刘田是情人关系，是苏梅的学生，独具作案条件；她是丁霞的好友可以轻易地获取丁霞的账号信息，嫁祸丁霞也是轻而易举；她跟拾废品的老太太看到的可疑女子身材相近，只是身高略低，而这一点完全可以掩饰。

左丘启突然想到了张老汉抓下来的假发，如果是顾雪假扮丁霞，她一定需要那么一顶假发。

假发中皮屑的DNA早已经检测完毕，下面只需要跟顾雪的DNA进行比对。

不久，另一项关键证据——苏梅的眼镜被带到了公安局，眼镜已被严重破坏，但还保留了一小块镜片。跟陈尚学研究的一样，镜片上果然有一层薄膜，成分跟他配制的一致。但是眼镜上并没有提取到指纹等其他证据，破案还需另寻出路。

左丘启集中警力对顾雪进行了细致的调查，发现了一些之前没有注意到的细节。2月20号，即周旗去拿钱的那天，许百芳曾在深夜11点左右去找过顾雪，当时顾雪并不在家。另外通过调查顾雪的同学得知，2月4号晚顾雪和其他几位同学与苏梅一起吃过饭，而且饭局是顾雪挑头的，这对一向独来独往的她来说很反常。

“味尝海蟹”a大分店坐落于盛华大街，身为京古市最繁华的街道之一，晚上正是这条东方的“商业巨龙”最生龙活虎的时候。

庄帅驾驶着警车，从川流不息的车流中穿出，停在了一栋高300多米的大厦旁，这是附近最有名的“美食大厦”。“味尝海蟹”位于大厦的第50层，左丘启、秦雨寒、庄帅三人坐电梯直达。

餐厅像是一个悬浮在高空中的“环”，机器人迎宾员将三人往空桌上引，左丘启对它说：“我要见你们的经理。”

机器人迎宾员露出一个“笑”的表情，还保持着同样的手势。片刻，一位穿红色伞裙的女服务员走了过来：“您好，有什么需要帮助的吗？”

秦雨寒直接出示了警证：“警察，找你们经理问话。”

女服务员朱唇微张，吃了一惊，接着绵言细语道：“好，请随我来。”

三人见到了饭店的负责人杨经理，他竟还记得当日顾雪、苏梅等人就餐的事。杨经理将左丘启他们带到了靠窗的一个座位旁，说2月4号晚上那几位a大的师生就坐在这个位置。他解释因为当时他的一个亲戚正好在旁边桌庆生，所以他记得很清楚。

左丘启看了看那个座位，打扫得很干净。

杨经理给左丘启递烟，左丘启摆了摆手，问：“他们吃了多久？”

“晚上八点多到十点，一个多小时吧。”

“其间有什么异常发生吗？”秦雨寒紧盯着杨经理。

秦雨寒气场强大，杨经理有些发怵，摸了摸额头：“没有，他们就是吃喝聊天，看上去挺开心的。”

庄帅说：“你再仔细想想，我们需要知道一切细节。”

杨经理作沉思状：“这……对了！当时我那个亲戚好像录像了，或许能录下什么。”

杨经理立刻联系上他的亲戚，顺利要来了录像。一见录像左丘启等人兴奋了起来，顾雪和苏梅出现在了录像的一角。可以清楚地看到这样的一幕：顾雪给苏梅倒酒，不小心将苏梅的眼镜碰掉，她弯腰捡起，其间有个小动作，大拇指在镜片上悄悄按了一下。

这段录像太重要了，左丘启已经确信顾雪就是幕后凶手，只是还缺少一个直接有力的证据。

“强强，别跑！”

一个四五岁的男孩，欢快地朝左丘启跑来，打断了他的思绪。在男孩身后跟着一位三十多岁的女服务员，看来是孩子的母亲。

见到母子两个，杨经理面色阴沉道：“谁让你带孩子来店里的？我说过多少次了？”

女服务员窘迫地低下了头，来到左丘启身边想将男孩拽走，可是男孩紧紧抓着左丘启的腿不松手。

左丘启弯腰摸了摸男孩的头：“孩子，你要听妈妈——”左丘启的目光注视到了男孩的右手，声音戛然而止，好似有一股强电流从眼睛钻入，直窜到脑子里。

天台市公安局。关思颖正坐在办公室里看文件，一只小麻雀懒洋洋地躺在办公桌上，肚皮朝天，似是在睡觉。关思颖忍不住挠了挠麻雀的肚皮，麻雀翅膀一撑，来了个鲤鱼打挺，翻了过来，接着直飞天上。麻雀轻轻啄着关思颖的脑袋，叫个不停，似是在发泄不满。

“小麻，我跟你闹着玩呢。”关思颖并不生气，笑着说。

小麻不再闹腾而是飞向窗边，站在窗台上眺望。关思颖跟了过去，说：“你怎么了？想小灰了？”她随着小麻的目光看去，明白了过来，远处飞来了三只小麻雀。

三只小麻雀围着小麻叽叽喳喳叫起来，片刻小麻飞到关思颖耳边，以一种婉转多变的声调叫了几声。关思颖听懂了小麻的话，用发声器表达了谢意。

几分钟后，王天英带着几位刑警来到了公安局操场上，那些刑警都被编号，依次排开，身高呈阶梯式上升，另有几个胖瘦不一的刑警站在前面。

关思颖肩上站了三只麻雀，缓步走来。

王天英对这个古灵精怪的长官很是无奈，上前一步敬礼道："您有何吩咐？"

关思颖并不说话，吹了声口哨，三只麻雀同时飞上天，它们围着刑警们飞了几圈又回到了关思颖肩上。

三只麻雀从左到右依次鸣叫，其间关思颖使用了几次发声器。对话完毕，麻雀们飞走了。

有几位刑警是第一次见证关思颖的神奇，任务结束仍瞠目结舌地站着，像块木桩。

关思颖将信息整理了一下，朝王天英说道："有发现了，在流浪汉死亡当天临近天黑的时候，有一个人去过现场，待了不短的时间，他头发很短，应该是男性，身高在2号和3号之间，胖瘦程度跟8号相似。"

"这……这怎么可能？"王天英嘴张得能塞进去一个苹果，"麻雀怎么能知道这些？"

"这有什么不可能的？"关思颖笑了笑，"麻雀长期和人类居住在一起，它们对人类了解很深的，当然麻雀是没有头发、身高、胖瘦这些概念的，这都是我根据它们的描述推断出来的。"

"可是……"王天英还有些疑虑，"这事都过了好几天了，麻雀能记得住？"

"当然不是样样都记得，但如果是很独特的事就会。"关思颖捋了捋头发，慢条斯理地说，“那天发生了命案，算是独特的事吧，这种事麻雀能记好久，比如得到人救助的麻雀会对救助过它的人表现出一种亲近，而且会持续很久。”

“好吧。”王天英点了点头，算是接受了关思颖的话。

关思颖将调查到的线索电话通知给了左丘启，接到电话时，左丘启、庄帅、李俊山正带领着刑警队赶往顾雪家里。

刑警们将顾雪的家团团围住，庄帅敲了敲门，顾雪打开门，她穿着一件宽松的蓝色上衣，怀抱着孩子看着众人，显得十分平静。

庄帅直接出示了逮捕证，很有气势地说道：“顾雪，你被正式逮捕了。”

“什么？”顾雪先是一愣接着笑了笑，带着一丝蔑视，“莫名其妙，我犯了什么罪？”

“别装了。”李俊山啐了口唾沫，“2·11车祸案就是你干的，你的手段真是厉害，让我们费了这么大的劲，不过有启科长出马，你，不行。”

“我不懂你说什么。”顾雪冷哼一声，“那就是场车祸，你们真会臆想。”

“别废话了。”庄帅上前一步，拿着手铐就要动手，“既然抓你我们就有证据，走一趟吧。”

顾雪眼中闪过一丝愁色，语气也缓和了下来：“能稍等一会儿吗，我已经跟我表嫂约好了，她今天会来接孩子，代为照料。”

李俊山吼道：“哪有那么多事？马上拷走！”

这一吼，小孩醒了，抓着顾雪的脖子哭闹了起来。左丘启皱了皱眉，问：“等多久？”

顾雪看了看手表："快了，最多一个小时吧。"

左丘启答应了，下令让其他刑警先撤走，他跟庄帅、李俊山一起看守着顾雪。约过了半个小时，门铃声响起，庄帅上前打开了门，一个四十来岁农妇打扮的人走了进来，开口便问："你是谁？顾雪在哪呢？"

庄帅反问："你是谁？"

农妇抹了把汗，话中带着一股浓重的乡音："我是她表嫂呀，来接孩子。"

"表嫂，我在这呢。"顾雪尽力挤出一丝笑容喊道。

"你咋坐着不动呢？"农妇边说着边朝顾雪走去。李俊山充满警惕地看着农妇，正考虑要不要拦住，左丘启使了个眼色，他便退下了。

农妇来到顾雪身边抱起了孩子说："放心吧，我会像稀罕自己孩子一样稀罕他。"

"谢谢你了，表嫂。"顾雪笑着说，又有些不舍地看了眼孩子，"记得按我说的照顾好他。"

"知道了。"

农妇带着孩子，警察们押着顾雪，两伙人一个向东一个向西，越走越远。

顾雪被带到了公安局，左丘启跟庄帅负责审讯。

庄帅一只手夹着烟，一只手在桌上敲了敲："快招吧，关于2·11车祸案的一切细节，省得我们浪费时间。"

"我听不懂。"顾雪板着脸，最后又露出一丝狡黠，"你们最好说清楚，不然'警察诬告大学生'这条新闻，媒体一定会很喜欢。"

"真是伶牙俐齿。"左丘启站起来走到顾雪身边，斜靠着桌子站着，鹰隼一般的眼睛直直盯着她，"也不跟你兜圈子了，我将你的犯罪过程说一遍，你看对不对？”

顾雪沉默。

左丘启开始了叙说：“你提前得知了赵东宇和苏梅出游的消息，打听到了他们的具体出游时间和行程路线，然后你就开始预谋这场车祸。你主要做了三个准备工作，一是跟刘田成为情人，方便以后利用他；二是盗取了丁霞的账号，通过发帖雇到了一个叫周旗的人，帮你布置现场；三是寻找机会对苏梅的眼镜动了手脚。其中第二跟第三件事紧密相关，周旗听从你的安排配制了一种液体，倒在了车祸现场，液体蒸发干后肉眼不可见，但透过你动过手脚的眼镜可以看到，并产生路面崎岖不平的错觉。因此当日苏梅驾车受到影响，停在了你预期的位置。你对苏梅的车进行了追踪，得知车停下便发了一段不知内容的音频令苏梅和赵东宇吵了起来。同样你也追踪了刘田的卡车，你通过跟刘田通话令他调整车速，确保两辆车能成功相撞。我想刘田一定对这一切不知情，因此车祸发生后他的表现瞒过了大家——除了一个人。刘田为了保护自己的名誉，也不会提你的事，你很安全。当然就算如此车祸也不一定能发生，但就算失败也影响不到你，而你运气好做成了。”

“哈哈。”顾雪大笑，竟鼓起掌来，“真是大胆而精彩的想象，不过仅是想象，那些事情，你一件都证明不了。”

“胡说八道！”庄帅突然吼了起来，他半坐着，撑着桌子，怒视顾雪，“我们有证据证明你跟刘田的关系，你一定想不到吧，刘田那家伙把你们上床的事都偷偷录了下来，那些视频就是铁证。还有，2月20号晚上你不在家，你是不是给周旗送钱去了？”

“好吧。”顾雪淡然一笑，竟显得无所谓，“我跟刘田是情人关系，这又怎么了？我就喜欢那种重情重义的男人。至于2月20号晚上，我开车出去散心了，也忘了都去过哪了。”

庄帅突然不语，他知道他们还掌握了更重要的证据，而这需要左丘启来说。

“你的设计确实很完美。”左丘启看着顾雪，不急不缓道，“因为你都是在利用别人作案，就算用手机联系也使用复制卡，并且顺便嫁祸给了丁霞，可以说你没有留下任何关键证据。但是有句话叫‘人算不如天算’，你只亲自做了一件事，但就是那件事给你留下了致命伤。”

左丘启将录有顾雪、苏梅等人吃饭的那段录像，放给顾雪看。

看完录像，顾雪紧绷着的身子明显一松：“笑死人了，你这算什么证据？我就是给苏老师捡了下眼镜而已。”

“是吗？”左丘启笑笑，突然话锋一转，“录像里你的拇指指甲很长，还做了美甲，现在怎么剪了？”

“这……”顾雪微微低头，声音明显有些颤，“不喜欢就剪了，就这么简单。”

“不是，你戴了假指。”左丘启说。

顾雪的身子如过电般抖了一下。

左丘启将一个物证袋放在了桌上，里面装着半截塑胶假指，跟录像中顾雪的拇指一模一样。这假指便是从女服务员的孩子手中发现的，小孩从垃圾桶里捡到了假指，并一直留到现在，这点谁也无法算到。

左丘启逼视着顾雪道：“你在假指中装了配制的溶液，趁着捡眼镜的机会将溶液涂在了镜片上。这半截假指里有残余的溶液，上面还有你的指纹，你怎么解释？”

顾雪垂下了头，此刻她如同一个木偶，脸上没了血色，也没了表情。

“看着我！”左丘启吼了起来，整个人变得阴冷，“我知道梁勇卓查过你，他是不是你杀的？”

顾雪沉默。

李俊山进了审讯室，在左丘启耳边低声说了一句，左丘启的嘴角一抽一抽的，看着顾雪说不出话来。

李俊山拿出了一个装着一把水果刀的物证袋，冲着顾雪恶狠狠道：“这是从你家搜出来的，经法医鉴定正是杀死梁勇卓的凶器，上面有你的指纹，你真是好大的胆子！”

听了这话，顾雪如同充上电的机器人，突然抬起了头，接着竟大笑起来：“哈哈，你们既然都查出来了，好，我认，都是我干的。车祸是我设计的，除了梁勇卓我还杀了刘田和许少衷。”

“什么？”庄帅惊得坐起。

“你真是好大的胆子！”李俊山拍着桌子，又重复了一遍。

左丘启说：“说你的动机。”

顾雪的供述还原了整个案子。

顾雪出生于京古市的一个偏远山村，村子叫农耕3村，是京古市仅存的几个还有耕地的村子，他们过得清贫但始终守着那片土地，他们有一个伟大的使命：将农民这个职业传承下去。顾雪是农民的孩子，她出生于乡村医院，住在平房大院里，因为天生丽质、冰雪聪明，她不甘心永远留在村子里。她借考大学的机会离开了乡村，临走时她被全村人大骂了一顿，大家都说她是叛徒，她父母也不例外。顾雪很委屈，发誓再也不回去。城市跟乡村是完全不同的两个世界，不谙世事的顾雪很快迷失于城市的繁华，在大学里她结识了一位英俊的富二代，很快便交往了。在小树林里他们接吻了，那是她的初吻；在酒店的床上，他们做爱了，那是她的第一次。富二代不喜欢戴套，顾雪怀孕了，富二代扔给她两万块钱，让她打了。可以想象，来自乡村的顾雪独自去打胎需要多么大的勇气。顾雪休养期间富二代从未来看过，一个月后他来了，嘘寒问暖了几句，接着就抱着顾雪滚上了床。顾雪第二次怀孕选择休学，生下孩子，但当孩子出生时富二代又消失不见了，她再也联系不上他。当时的顾雪生无所恋，她独自来到湖边准备跳下，结束一切，这时一个四十多岁的中年男人出现了，男人跟顾雪聊了两三个小时终于将她劝下，那男人便是吴城。吴城帮顾雪找了住处，并时常去照顾她。吴城才华横溢，成熟体贴，顾雪对他暗生情愫。后来吴城找人帮忙将顾雪转入了a大，并一如既往地关心她，直到他自杀身亡。

顾雪是为了替吴城复仇，彻底地复仇。她不想被抓住，便绞尽脑汁设计了车祸。本以为就这样结束了，怎知后来发生的事完全超出了她的控制。先是梁勇卓查到了她，后来她又发现许少衷和赵东宇有牵扯，那个科研项目竟是他俩一起做的，许少衷是帮凶。在慌乱中顾雪失去了理智，她杀了梁勇卓，为了防止再被其他人查到，她又杀了刘田，唯独没有立刻杀许少衷，她想知道更多的真相。她勾引上了许少衷，通过暗中调查，发现了许少衷偷尸体养花的秘密，她知道那个延缓人体细胞衰老的项目一定跟那些花有关，为了泄愤，她不仅杀死了许少衷还炸毁了一切。

左丘启从顾雪口中得知了一些他未查出的细节。

顾雪用黑客手段入侵了赵东宇的手机，植入了追踪器。她对赵东宇的通话进行了录音，得知了赵东宇私藏了一大笔钱的秘密，在车祸发生前她将录音发到了苏梅的手机上，致使两人发生了争执。车祸当日刘田并不是去拉货，而是去跟顾雪私会，出行的时间和路线都是顾雪定的。刘田出国也是顾雪安排的，她在去机场的途中将他偷偷除掉。许少衷是她偷偷救走的，她戴了假发掩饰身份，陈尚学将假发中皮屑的DNA与顾雪的DNA进行比对证明了这点。顾雪将许少衷骗到了荒郊野外，在那里结束了他的生命。

顾雪供述了刘田和许少衷的尸体所在地，刑警们前去搜查，果然发现了尸体。两人都是被锐器捅伤致死，凶器和尸体埋在一起。另外秦雨寒亲自带人去顾雪的原大学进行了调查，得知顾雪确实交过一个富二代男友，之后也确实休学了。医生检查了顾雪的身体，有生产过的特征。

种种证据表明，顾雪的口供属实。左丘启再次对梁勇卓被杀一案进行了审讯。

审讯室里，顾雪面对着左丘启显得异常冷静。

她这种淡然、无所谓甚至嘲讽的表情彻底激怒了左丘启，他点燃一根烟，狠狠吸了一口："梁勇卓是怎么查到你的？"

"车祸发生后，我跟刘田在京古市外偷偷见了一面，梁勇卓跟踪刘田发现了我，我当时并未察觉。"

"他当时就查到了你犯罪的证据？"

"没有，但他迟早会查到的，而且我要对付许少衷，他妨碍了我。"顾雪就像在说一件无关紧要的事。

左丘启将烟扔下，一脚碾烂："说你的犯罪过程！"

"我知道他住在我家对面的黑旅馆里，我在他从单位到黑旅馆的必经之路上等着，将他引进了小巷里。里面很暗，他看不到我，我蹲在地上假装哭泣将他引了过来，等他低下头时，我抬手一刀划破了他的喉咙。”

“你知道那个小巷在哪儿吗？天眼盲区！你怎么知道那个地方的？”左丘启逼问。

“我听不懂你说什么。”顾雪撩了撩额前的头发，“我只是觉得那个地方人少，方便下手。”

“我最后再问你。”左丘启深吸一口气，令自己冷静下来，直视着顾雪的眼睛，“你有没有同伙？天台市普天公园树林里有具尸体被销毁，跟你有没有关系？”

“呵呵。”顾雪冷笑了起来，“你们这些无能的警察，什么事都要赖在我身上？”

左丘启不再说话，转身离开了审讯室。

在外面旁听的庄帅、秦雨寒立刻围了上来。

庄帅显得异常兴奋：“启科长，口供、物证、人证俱全，犯罪动机明确，可以结案了。”

“你怎么看？”左丘启问秦雨寒。

秦雨寒点头道：“我赞同。”

“不行，我要立刻将这个好消息告诉思颖，让她回来。”庄帅拔腿要走，左丘启一把拉住了他，问道：“你觉得以顾雪的能力，能配制出那种东西？”

庄帅愣了好一会儿，但还是想出了解释：“大学里有便利的条件，经过一番钻研，有可能。”

左丘启又问秦雨寒：“依你看，梁勇卓的案子，顾雪为什么要选择割喉杀人？这种方式虽然可以一击毙命，但无疑很容易失手。”

秦雨寒闭上眼，似乎在脑海中演练了一番："顾雪说她蹲在地上，等梁勇卓低头时动手，在出其不意的情况下有可能成功。"

左丘启没有回应，但他心里清楚，梁勇卓没有那么容易被人偷袭，他见识过他的身手。而且还有几个问题没解决：天台市死的那个流浪汉到底是谁？毁坏流浪汉尸体的又是何人？这两件事之间到底有没有关联？

左丘启不想多解释，只淡淡地说了一句"暂缓结案"，便转身离去。

左丘启又来到了梁勇卓被害的那条小巷，此时古街道已修好，街边坐了一些纳凉的人，但小巷里面还是空无一人。左丘启从小巷的一头走向另一个头，他走得很慢，渴望能受环境的触发想出些什么，但一无所获。

左丘启颓废地立在小巷口，如同一座孤独守望的雕像，难道是他想多了？

小巷口坐着几位大爷，他们正在闲聊。左丘启并没刻意听，但一位大爷情绪激动，声音很大。

"我说的是真的，你们怎么就是不信？"

大爷们一阵哄笑，其中一个稍年轻点的说："哥，这事你都讲好几遍了，肯定是你看错了，一个满身是血的婴儿在小巷里走，最后爬到地下管道里去了，这怎么可能？"

"不只是我看到了。"大爷奋力争辩，"我儿子也看到了，对了，他今天刚出差回来，我把他叫来。"

"得了，别去了。"那人拉住大爷。

"您……您能详细说一下吗？"左丘启突然来到了大爷身边，看着大爷，眼神中带着一丝急切和渴望。

大爷瞬间来了精神，重新坐了下来。

“那天傍晚6点左右，我跟我儿子出去买菜，路过这条小巷。”说着大爷还朝巷子里指了指，“当时我就随意地朝里面看了一眼，没想到竟看到令人胆战心惊的一幕。一个婴儿，看上去最多一岁大，竟然一步一步地在巷子里走，他光着上半身，我看到他的胸膛上有很多血。他应该没注意到我，走了几步来到了地下管道入口旁，顺着梯子一点点爬了下去。”

左丘启愣了，思维不知飘到哪里去了。

大爷涨红了脸，很投入，眼睛鼓着：“快一岁的婴儿走路没什么可奇怪的，但你不知道，他当时的动作，太可怕了——有板有眼，和成年人一样！”

左丘启的脑子又转了回来：“还记得是几月几号吗？”

“3月份，具体几号忘了。不过……”大爷声音一顿，小声道，“第二天一早有人在小巷里发现了尸体，据说那案子现在还没破呢。”

左丘启的心脏像被人抓了一下，一股热血猛地窜上头，这位大爷竟也是梁勇卓被杀案的目击人。

“警察找过目击证人，你为什么不说？”左丘启情绪激动，话中带着责问。

“我说了呀，警察一出现在凶案现场我就说了，但他们根本没当回事，后来我就不说了。”

看来昌易区警方觉得大爷的证词纯属无稽之谈，便没有汇报。

紧接着左丘启又见了大爷的儿子，他的证词跟大爷的一致。

如果一个满身是血的成人在案发时间出现在案发现场，那么他自然便是最大的犯罪嫌疑人，但现在对象变成了一个不到一岁大的婴儿，左丘启没有了判断。

他在小巷旁想了许久，直到被一个电话打断。

“启科长，是……是我。”电话那边的是关思颖，她的声音透着激动还有疲倦，“有大发现，天台市警方在河下游发现了流浪汉的断手，经过DNA检测，确定是……是赵东宇。”

一阵沉默。

“启……启科长？！”关思颖小心地喊道。

左丘启没有听到，他好像完全和这个世界隔绝了。他脑中一直不停地翻腾着这样的信息：死于车祸的是赵东宇，被砍死的流浪汉是赵东宇，都是赵东宇！

这绝不可能，但这就是真的。

一定有一个解释，左丘启拼命地想，终于脑子中闪出了一个念头：克隆。

现在克隆技术早已经成熟，虽然克隆人被严令禁止，但罪犯最擅长做的就是违反法律。两个赵东宇一定有一个是克隆的，或者两个都是克隆的。

这个想法一出，左丘启想起了一件事。

关思颖曾去a大调查过赵东宇，据她汇报，赵东宇有一段时间变得有些奇怪，性格和习惯上都有细微变化。

当时左丘启并没有多想，现在突然想起感觉心生恶寒。难道赵东宇当时就被替换了，出车祸的那个是克隆的？

这点太可怕了，因为那绝不是简单的克隆，他有着跟赵东宇一样的记忆、思维、学识等等，甚至在性格和习惯上都几乎以假乱真，那简直就是个完美的复制品。

因为第二个赵东宇出现，顾雪的口供变得可疑。特一科紧急开会讨论，大家一致认为，流浪汉赵东宇被杀案是破案的关键。毁坏尸体的那个人的目的昭然若揭，他不想让人知道有两个赵东宇。

左丘启再次审问了顾雪，顾雪坚决声称，她设计杀害的就是赵东宇，她不知道还有另一个赵东宇，另一个赵东宇跟她无关。但是顾雪并没有不在场证明，她的话真假难辨。现在再调查流浪汉赵东宇被杀案已经几乎不可能了，左丘启觉得要破案必须得大胆。

梁勇卓被害的小巷，左丘启、庄帅、秦雨寒包括刚刚赶回来的关思颖都站在一个黑漆漆的洞口前，洞很深，里面不时发出难闻的臭味。

秦雨寒紧皱蛾眉，脸色难看："这是地下管道？怎么跟下水道似的？"

"这个管道年久失修，所以进了污水。"左丘启忍着臭气说。

"那盖子怎么没了？"庄帅问。

"被流浪汉卸走了，他们有些人晚上就住这儿。——你到底有没有好好调查？"秦雨寒不耐烦道。

洞壁上有道垂直的长梯，左丘启带头下去，秦雨寒次之，之后是庄帅。庄帅回头看到关思颖一手抓着梯子，一手捏着鼻子，下得很慢，脸涨得通红。

庄帅有些不忍，说道："启科长，能不能让思颖回去？或者……在上面守着。"

"恐怕不行。"左丘启向上看了一眼，说，"这次的勘验工作很重要，大家都不能缺席。"

"没事，我可以的。"关思颖小声说道。

终于，四人下到了管道底，左丘启拿出了数个照明气球，"气球”很亮并且会随着众人移动，如同一个小太阳。

大家迅速开始勘验，竖梯附近的现场采集到的指纹、足迹众多，但都是成人的，并没有发现所谓的婴儿留下的痕迹。左丘启下令继续往里走。

一路上众人细心留意着周围，但并没有什么线索，不知走了多远，突然传出了光亮，走近一看原来又是一个井口。

庄帅莽撞地上前，被秦雨寒一把拉住：“等等，有发现。”

出口前积了不少淤泥，淤泥上有一个小巧的脚印，长度不过十厘米，很明显是一个小孩的脚印。

“不敢相信。”庄帅拍了一下脑门，仿佛要让自己清醒过来，“那两个目击人说的是真的？”

“当然。”左丘启泰然自若，迅速将脚印的3D模型记录保存下来，“事实就在眼前，没有什么不可能的。”

淤泥上留了脚印说明那个诡异的婴儿从这里上去了，左丘启等人想要爬上去一看究竟，一直走在最后的关思颖突然出声制止：“等等！”

照明气球的强光集中到了竖梯的一角，众人随着关思颖的目光，赫然看到了几块干涸的血斑。

“快取样！”左丘启忍不住喊。

除了血迹，关思颖还在竖梯上提取到了残留的皮肤组织。

众人又仔细勘验了一遍，确定没有其他物证后便顺着竖梯爬出。眼前是一片绿油油的草坪，草坪对面是一个熟悉得不能再熟悉的公寓——天庆园。

“这……那个婴儿该不会是……”庄帅的声音微微颤抖，“是……是顾雪的孩子？”

“怎么会？”秦雨寒也是一惊，她之前一直觉得那个婴儿很可爱。

左丘启使劲呼吸着新鲜空气，将肺中的浊气都吐了出来：“如果真的是婴儿杀人，那么最可能的便是顾雪的孩子，这也能解释凶器为什么出现在顾雪的家里。当然那不可能是正常的婴儿，不排除有人滥用科技，造了一些不该出现的人。”

关思颖听得目瞪口呆：“这……这么说那个婴儿不是顾雪的孩子？可是医生说顾雪确实生过孩子。”

“这说明不了什么，身体的特征完全可以伪造。”说着左丘启轻叹了口气，“没想到我一时好心却犯了大错，放走了不该放走的人。”

众人确定了新的侦查方向，寻找顾雪的孩子。顾雪一直缄默其口，想从她口中得到线索是不可能了，众人决定赶往顾雪的老家，农耕3村。

农耕3村在偏远的大青山，到山脚下警车开不上去，他们步行来到了村子里。左丘启向村里人打听顾雪的家，大多数人听到这个名字转身便走，仅有的几个人用乡音嘀咕了几句，左丘启他们也听不懂。没办法，他们只能找村长，村长也不愿意多说，只是朝一个院子指了指。

院子并不大，院里有三间平房，院门破旧，是一扇很古老的防盗门，左丘启按响了门铃，片刻一个穿着灰布褂，一脸胡楂的中年人不耐烦地打开了门。

左丘启递上了证件说：“我们是警察，来找顾雪的父母了解下案情。”

中年人好像还没睡醒，慵懒地揉了揉眼：“顾雪的爹妈去年就过世了，我是她叔，那丫头犯事了？早就觉得她不老实。”

“案情保密不便透露。”中年人的态度令秦雨寒有些不悦，她表情冰冷道，“顾雪有没有个表嫂在京古市？”

中年人一愣："表嫂？她没有表嫂。"

庄帅急切地问："那她还有其他亲人吗？"

"没了。"

关思颖说："那你知不知道她有一个孩子？"

"孩子？"中年人的声音顿时高了八度，"我没听说她结婚呀。"

中年人直愣愣地看着特一科四人，盼望得到解释。但是四人相互对视，支吾不言。

"好了，我知道了。"中年人阴沉着脸，"那个叛徒不仅离开了村子，还辱了家风，真是造孽呀，你们走吧，她的任何事我都不管了。"

左丘启他们还没反应过来，中年人就关上了门。

此行虽然屡次碰壁，但还是得到了重要线索。接走顾雪孩子的人并不是她的表嫂，顾雪撒谎了。一个母亲会将自己的孩子交给一个陌生人吗？那个婴儿绝对有问题。

警方对顾雪的"表嫂"展开了全城搜查。

第二天，有人声称在京古市城西区见过顾雪的"表嫂"，左丘启等人火速赶往，根据知情人的消息他们来到了一栋老旧公寓旁。四人在公寓外面守了没多久就当场抓到了顾雪的"表嫂"。

经过讯问，他们得知，这个所谓的"表嫂"只是顾雪在人才市场花五千元钱雇的，顾雪让她冒充她的表嫂前去接孩子。这是顾雪提前安排好的，她应该是见到左丘启他们来，才偷偷通知"表嫂"前来接孩子。

据"表嫂"说，她听从顾雪的吩咐将婴儿带到了郊外的一栋二层别墅里，还送去了一些生活用品。

四人得知了别墅的地址。

秦雨寒主动请缨，带人前去搜查，左丘启说道：“别冲动，我已经想好对策了。”话是对秦雨寒说的，目光却看向庄帅。

庄帅有些发蒙，支吾道：“这……怎么了？我脸上有什么东西吗？”

“没什么。”左丘启笑了起来，“只是到了该发挥你的才能的时候了。”

左丘启给庄帅单独弄了个房间，几个小时后庄帅“消失”了，“顾雪”从房间里款款走出。

关思颖难以置信，不停地揉着眼睛：“庄帅，你……你这易容术真是厉害，跟顾雪一模一样，不……比她还有女人味。”

一说庄帅来劲了，朝众人抛了个媚眼道：“我美吗？”

秦雨寒起了一身鸡皮疙瘩，上去给了他一拳。

庄帅易容成顾雪来到了郊外别墅，别墅装潢豪华，大门用的是高强度合金，装了最新的防盗系统。庄帅按响了门铃，他知道他的一举一动都被别墅里的人看着。庄帅以为对方会跟他通话确认身份，结果并没有，门开了。

庄帅走了进去，他还没做好思想准备便直接跟那个婴儿面对面。

这次婴儿完全没了在顾雪怀中的可爱样子。

他端正地坐在沙发上，穿着缩小版的西裤和衬衣，沙发旁有一个铁架子，上面挂着吊瓶，他竟然在输液。他注视着庄帅，神情严峻，眼中完全没有小孩的纯真，甚至带着审视的味道。

这种诡异的违和感令人极度不舒服，庄帅感到后脊梁发凉，毛骨悚然。他只能尽力调整，令内心平静下来。

婴儿一直一言不发，庄帅想试探一下他。

他学着顾雪的声音道：“我被查到了，不过还好没有留下证据，他们奈何不了我，不过他们开始怀疑你了。”

婴儿看着他，还是一言不发。

跟一个婴儿这样说话，庄帅觉得自己像在发神经，但他只能咬着牙继续说道：“我说的是真的，你快逃吧，他们已经猜到了你的身份！”

婴儿不再看庄帅，他加快了输液的速度，一瓶药很快滴尽。他拔下了针头，用棉棒按住针口。很显然，这不是一个婴儿该有的行为。

输完液婴儿进了洗手间，庄帅偷偷捡起了棉棒，用随身带的DNA检测仪器进行检测，结果很快出来了，与地下通道中遗留的血液的DNA一致，与顾雪无亲子关系。真相大白。

庄帅偷偷联系了早已埋伏在附近的左丘启等人，不一会儿他们就到了，庄帅打开了门。

秦雨寒第一个冲进了屋，火急火燎道：“婴儿在哪儿？”

“里面。”庄帅往洗手间指了指。

左丘启准备掏枪打烂门锁，令人吃惊的是，门竟然开了，一个三四岁的孩子正光着身子看着他们。

“庄帅，婴儿呢？没有呀。”秦雨寒质问道。

庄帅也很疑惑，但他死死盯着孩子的眼睛看出了端倪，那个眼神他永远也忘不了，庄帅指了指孩子道：“就是他。”

秦雨寒惊讶得说不出话来。

关思颖瞪着大眼睛：“不是婴儿呀，这才几天，他长这么大了？”

庄帅苦涩一笑：“不是几天，他进洗手间前还是个婴儿。”

“不太可能吧。”关思颖还是不信。

“不……还真有可能。”秦雨寒反应了过来，“别忘了那个手臂变得像老人的小混混。”

左丘启怒视着小孩："说，梁勇卓是不是你杀的？"他拳头不自觉地攥紧，双眼如血染了一般。

小孩竟然咧嘴笑了笑。

左丘启深吸一口气，倾尽所能强压住心中的怒火："不用逞强了，我们已经找到了目击证人，证明你在案发时出现在了案发地点，后来通过地下管道逃离。我们在地下管道中找到了DNA证据，你根本不是普通的小孩！"

小孩不笑了，脸上的惊讶一闪而过，接着阴沉了下来。

左丘启审视着小孩，厉声道："别以为不说话我们就奈何不了你，这些证据确实不足以定你的罪，但你的身份和能力已经对国家、社会造成了威胁，我完全可以把你移交部队的有关部门，我想他们自有无数种方法令你开口。"

"哈哈。"小孩大笑了起来，成人化的表情配合着童音显得异常瘆人，"厉害，你们竟然会怀疑我，不是一般的警察吧。"

"我们是谁你不需要知道，你到底是个什么东西？"秦雨寒冷冷地说。

"东西？"小孩又笑了起来，笑中带着一丝鄙视，"我是人类，比你们高等的人类，Superman。"

"我看你是欠揍了。"庄帅去掉了伪装，怒冲冲道，"刚刚我套你的话你怎么不回应？难道你看出我来了？"

"如果我看出来了，你能进来吗？"小孩打量着庄帅，"你的易容术确实厉害，不过你不知道我跟顾雪的关系，她不会以那样的语气跟我说话。"

"说关键的。"左丘启上前一步，"梁勇卓是不是你杀的？"

小孩转移了话题：“顾雪应该说梁勇卓是她杀的吧，我很好奇，你们为什么不信？”

“梁勇卓没那么容易被对付。”左丘启搬了把椅子，坐到小孩对面，一字一顿道，“顾雪杀不了他。”

“就这点？”

“当然，一开始我也不肯定。”左丘启坦言道，“但当我知道有个克隆的赵东宇，以及你出现在案发现场时便开始确信自己的判断了。”

小孩苦笑了一下：“没想到你们已经知道了那么多，看来查到我只是早晚的事。”

接下来是一阵沉默，众人在等着他说下去。

“没错，梁勇卓是我杀的。”小孩终于开口，“他查到了顾雪，对我的计划产生了威胁，他必须得死。我知道他是警察，顾雪对付不了他，便亲自动手。我在小巷里哭泣将他引来，当他抱起我时，我用水果刀割断了他的喉咙，他根本没有防备。”

“真卑鄙。”庄帅小声怒骂着。

小孩并不生气，甚至略显得意：“这是最好的杀人方式，我就是最可怕的杀手。”

左丘启问：“除了梁勇卓，其他人都是顾雪杀的？”

“对。”

“你是主谋？”

“没错。”小孩很痛快地承认，“是我安排了一切，顾雪只是个执行者。她既然已落到了你们手里，说明并没有完美执行我的计划，留下了破绽。这种情况也在我的预料之内，因此我提前给她编好了口供。”

“说你的杀人动机。”左丘启直视小孩。

小孩又沉默了起来，玩味地看着众人。

秦雨寒的坏脾气上来了："你已经承认自己杀人了，你这种怪胎也不受未成年人保护法保护，再不说我们可使用非常手段了。"

"你们知道了也没用。"小孩轻蔑地笑了笑，"你们永远也查不到他们。"

"他们是谁？"左丘启不由得加重了语气。

"一个致力于改变世界的组织。"小孩淡淡地说，"我和克隆人赵东宇就是他们制造的，但我对他们知之甚少，顾雪也一样，所以你们就别指望查他们了。"

"他们为什么要制造你们？"左丘启接着追问。

小孩嘴角一挑，露出神秘的笑："替身计划，用克隆人替换掉部分政要人物，从而操控一个国家，乃至世界。克隆人赵东宇便是这项计划的实验品。"

众人不寒而栗。

"那他们为什么要制造你？"关思颖问，此刻她已清醒地意识到面前的这个小孩就是一个小恶魔。

"他们进行了很多研究，我是他们的另一个研究。我不是克隆人，是真正的人造人，他们研究了各个领域的天才，将他们最优秀的基因集合起来制造了我。"

左丘启说："你们成功替换了赵东宇，最后却煞费周章地杀死了克隆人赵东宇，还杀了许少衷，你们绝不仅仅是为了试验吧。"

"没错。"小孩说，"我们需要赵东宇的科研成果，选择克隆他也是为了方便将真正的赵东宇抓走。"

"为什么？"左丘启问。

“研究还不成熟，所有的克隆人，包括我在内，细胞都在超速生长，尤其是脑细胞，如果仅按发育情况来说，我现在的大脑已相当于十三四岁的程度。而赵东宇的研究能延缓细胞的衰老，他的成果对我们有启发意义。”

庄帅双手环抱，笑了起来：“十三四岁的毛孩子能设计出这样的犯罪？我不相信。”

“我说了，我比你们高等，几个月的时间我足以掌握无数的知识。”小孩很平淡地说，就像在说一个尽人皆知的常识。

庄帅的脸变成了猪肝色，狠狠地问道：“快说，为何短短十几分钟你的身体变化那么大？”

“我使用了药物可以暂时延缓细胞生长，但是之后细胞的生长速度会更快。你见到我时，我正在输液，那是为了给身体提供营养和能量。当时我正处在关键时期，不然你们抓不到我。”

“你还没说最关键的。”左丘启的目光好像要将小孩刺穿，“为什么杀人？”

小孩面不改色道：“克隆人赵东宇当时已开始严重衰老，如果不除掉他我们的计划就会暴露，而且他时常违抗我们的命令是个隐患。我知道你们还想问为什么用那么复杂的方式杀人，我一并告诉你们吧。因为赵东宇毕竟是个公众人物，只有意外死亡才能使社会影响降到最小，我们更容易隐藏，而且警方也不会进行细致的尸检。我们在克隆人赵东宇的大脑里装了芯片，不然他不可能拥有赵东宇的记忆、思维、性格、习惯等等。当然那种芯片不可能被探测到，不然替身计划便没了意义。至于为何杀许少衷……”

说到这，小孩停顿了下，接着说：“我们抓了赵东宇之后才得知许少衷才是那个抗衰老研究项目的关键，更准确些是许少衷发现的异花。那种抗衰老的酶正是从异花中提取出来的，顾雪接近许少衷就是为了找到异花并毁掉它们。”

“为什么要毁掉呀？”关思颖诧异道。

“我们已经从赵东宇手中得到了异花，这种至关重要的东西绝不能再落入他人之手。”

左丘启说：“那你们杀许少衷是为了灭口？”

“没错。”小孩说道，“据赵东宇说，异花是许少衷跟随科考队在热带雨林考察时发现的，据说长在人的尸体上。许少衷一直没有透露具体位置，杀了他就没人知道了。”

沉默片刻，左丘启突然问：“毁坏赵东宇尸体的男人是谁？跟你有什么关系？”

小孩的脸色一下子变了，惊诧溢于言表：“这事你是怎么知道的？”

“回答我的问题！”

“酶的研究还没有成熟，赵东宇的利用价值被榨干后成为了人体试验的牺牲品，后来听说他从组织里逃了出来，组织上自然会派人去‘清理’。至于那个人，我可能知道的还没你多。”

“别废话了，快把你的同伙都交代出来！”庄帅呵斥道。

小孩笑了笑：“我没有其他同伙，这个行动只有我跟顾雪两个人参与，至于组织上的人我说了我们知之甚少，他们从不以真面目示人。”

左丘启等人知道一时间问不出什么来了。不过，案子的疑点都已得到了解释，小孩的口供虽然离奇异常，但却是最合理的，众人深信，他们已经找到了真相。

整个审问过程都被录了下来，众人决定先将小孩押回公安局。

庄帅要给小孩戴手铐，但一时间找不到合适型号的，小孩说：“我已经把一切都交代了，你们还不相信我？”

庄帅有些犹豫，小孩继续说：“我现在光着身子，没有武器，身体只是一个三四岁的孩子，你难道还怕我？”

“我会怕你？”庄帅撇了撇嘴，在后面推了一把，“快走！”

小孩快走了两步，但路过屋门时突然慢了下来，他的手碰了门一下，庄帅根本没来得及反应，小孩从门中掏出了一个巴掌大小的手枪，冲向左丘启。

“左丘兰。”在扣动扳机前小孩说，左丘启转过了头，同时一颗子弹飞速而过，直中小孩的脑门。开枪的是秦雨寒。

一切都发生在电光石火之间，等大家反应过来，小孩已倒在地上，血和脑浆从脑门上的洞里流出，散了一地。

大家都呆住了，而左丘启竟像疯了一样，蹿上去，抱着小孩的尸体拼命摇晃：“说，你怎么知道兰？她在哪？快说！！！”

秦雨寒二话不说上前拉左丘启，但左丘启重得像座山，她连忙冲庄帅、关思颖喊：“快来拉他走，要爆炸了。”说着指了指小孩身边那把冒着火光的手枪，那枪威力极大，一旦爆炸所有人都活不了。

“快帮忙！”庄帅看到手枪，冲关思颖喊。三个人用尽浑身力气才将左丘启拽了出去。

众人刚出别墅没几秒，后面就发出一道强光，接着是一声巨响，整个别墅瞬间变为废墟。

“为什么？为什么朝他开枪？”如丢魂一般的左丘启突然拽住秦雨寒的衣领，拼命吼着，脖子上青筋暴起，如一条条小蛇。

庄帅、关思颖愣住了，像失去了思考能力。

秦雨寒竟异常冷静，她将手放在左丘启的手上：“我不知道左丘兰是谁，但是我救了你。”

左丘启好像被唤醒了，紧绷的身体瞬间松了下来，如脱力一般晃了晃。

秦雨寒拉住了他，左丘启一抬头正对着秦雨寒的胸部，秦雨寒衣领大开，一对豪乳喷涌欲出。左丘启一时失神竟愣了几秒，秦雨寒的脸红若晚霞，连忙转身而去。

小孩已死，只剩下顾雪或许知道真相。左丘启火速赶回了公安局，但他没想到再次见到顾雪竟然是在医院里。

顾雪躺在无菌隔离箱里，戴着氧气罩，身上插满了管子，连眨一下眼的力气都没了。

隔离箱前站着一位穿白大褂的医生，以及昌易区公安局刘局长。

左丘启愤怒地盯着刘局长质问：“怎么回事？你们怎么照看的犯人？”

刘局长面色潮红，一直低着头。

“快说，是谁干的？！”左丘启瞪着刘局长，目光如剑，仿佛随时会刺出。案子未结，出了这样的事，他不得不怀疑。

“启科长。”刘局长喃喃道，“是……是MZT病毒。”

“什么？！”左丘启的脑袋“嗡”的一声，他简直不敢相信自己的耳朵。

MZT病毒于十六年前被一位美国医生发现，病毒以医生名字的缩写命名。这种病毒就这么突然出现在人体中，没人知道它们的来源和传播途径，也只有在人体中发现过它们。MZT病毒的潜伏期很长，少则几年，多则十几年、几十年，等到发病时病人往往已经病入膏肓，短短数小时就可以致命。目前已是全球死亡率最高的疾病。

左丘启本以为顾雪是被人暗算的，没想到竟然是MZT病毒，难道是天意？他感觉浑身的力气都被抽干，倚靠着墙，有气无力道："什么时候的事？"

刘局长说："就在三个小时前，我们根本来不及通知您就把她送来了。"

看着垂死挣扎的顾雪，左丘启知道他再也问不出什么来了，她可能早已丧失了意识，生命已是风中残烛，随时都会熄灭。

约一小时后，特一科四人聚集在部长办公室，面对着赵部长他们的表情异常沉重。他们刚刚已经得到了消息：顾雪死了。两个犯罪嫌疑人在接受审判前毙命，而且是在案情未完全明朗的情况下，这是所有人都不想看到的。

赵部长已经看过了小孩的审讯录像，他一直沉默，众人在等待。这个案子非常特殊，他们需要赵部长的意见。

赵部长终于开口："真相只有一个，两个口供一定一真一假。顾雪的口供有强有力的证据支持，但有可疑之处；小孩的口供解释了案子的疑点，但几乎没有证据支持。我们只能选择一个结案。"

庄帅忍不住说："我亲自检测了小孩的DNA，他确实不是顾雪的孩子，而且他在极短的时间内长大了两三岁，他的口供一定是真的。"

赵部长点燃一根雪茄，深吸了一口："谁能证明你取的血液来自于顾雪的孩子？那个突然冒出来的所谓的长大的小孩，又有谁能证明他的身份？"

"这……"庄帅愣了，一时语塞。

"不是我不相信你们。"赵部长说，"恰恰相反，我也感觉小孩的口供与真相更相符，但是感觉代表不了证据，更代表不了法。一方面这个‘真相’无法被认可，另一方面也是我最顾虑的一点——如果真相真的如此，我们这样做不但得不到什么，反而会打草惊蛇。如果真有那种组织，我们要调查也不能操之过急。”

众人沉默，大家都将目光投向了左丘启，左丘启紧咬牙关道：“我赞同赵部长的意见，顾雪便是真凶，结案！”

众警员都离开了办公室，只剩左丘启还站着，如一座山峰岿然不动。

转眼，赵部长已经吸完了一根雪茄，他又点上了一根道：“要不要来一根。”

左丘启不语，赵部长长出了一口气，说道：“秦雨寒开枪也是无奈之举，希望你不要责怪她。”

左丘启突然抬起头，眼睛发出夺目的光：“你说那个组织会不会跟当年的‘魔警计划’有关。”

“不好说。”赵部长掸了掸烟灰，脸色凝重，“不过你放心，我从没有放弃过调查当年之事。”

“知道了。”

左丘启转身要走，赵部长叫住他，似是在斟酌用词，嘴唇翕动了几下才说道：“其实你应该明白，左丘兰已经……”

左丘启没等他说完，快步离开了办公室。

赵部长看着他的身影，苦涩一笑。“替身计划”，他反复琢磨着这个词，突然身子一抖像是想起了什么……

第二案 蚊人

“啊！”一声惨叫响起。

一个圆肚大脸的胖子，慢慢蠕动着身体，艰难地睁开了眼。

这是一个破旧的方形铁屋，屋顶挂着一个古老的吊灯，灯一闪一闪的，好似恶鬼在眨眼。

从恢复知觉的那一刻起，胖子就感觉自己的两只脚火辣辣地疼，他奋力抬起头看了看，脚腕处血肉模糊，想要站起来是不可能了。

胖子四处看了看，发现角落处竟还有一个人，那人面朝地板趴着。胖子解下自己的手表朝那人扔去，手表砸在那人的背上，过了片刻，那人动了。

“喂，喂！”胖子拼命朝他喊。

那人用手撑着地面，慢慢转过了身。

胖子一惊：“朱林海？”

朱林海呀呀地叫着，却说不出话来。他爬着朝胖子靠近，这时胖子才看清，他的两个膝盖骨都被挖掉了。

朱林海来到胖子身边，用血在地上写了几个字：“钱副局长，怎么回事？”

胖子正欲说话，突然眼睛一亮，他看到铁屋的一角有个圆形的洞，他顾不上朱林海，连忙朝那个洞爬去。

靠近洞，胖子看到了外面的灿烂星光，他笑得咧开了嘴，肥肉随之抖动着，但霎时间停了。笑凝在脸上，变为了痛苦，接着是尖叫。

胖子的手碰到了一块玻璃，紧接着上面掉下来一块铁板，一下子砸在了他的手上。

“靠，混蛋，王八蛋！竟然敢……”

胖子怒骂到一半，停了，铁板的原位置露出一个烟囱似的通道，里面有一个球状的东西蠢动着，很快散开，黑压压的一片，如潮水般涌下。

竟然是蚂蚁，一大群饥饿的蚂蚁！

胖子连忙调转身体往回爬，但他的速度太慢了，很快蚂蚁就爬满了他的腿。接下来的疼痛已经难以用语言来形容，数万只蚂蚁在他的腿上进食，每只蚂蚁只能咬下如芝麻大小的肉块，但他的大腿以肉眼可见的速度变细，相当于数万把尖刀同时挖他的肉，地狱莫过于此。

“我是局长，救我！”胖子在晕死之前喊出了这句话。

朱林海哪会管他，拼了命地往相反的方向爬，但爬着爬着就放弃了，蚂蚁大军已经包围了他，很快他的身体被黑暗淹没。

朱林海感觉数百只蚂蚁，顺着他的耳朵、眼睛、鼻子以及膝盖的伤口处往里钻，原来这就叫“万蚁噬心”之痛呀，这时朱林海竟有些羡慕死去的胖子，因为他想昏却昏不过去。

他一直在想一点，到底是谁要用如此残忍的方式杀他。但直到他的意识之火熄灭，也没有想出来。

1.

“启，太阳都晒屁股了，还不起来？”女孩细心梳理着新扎好的马尾，说道。

启睁开了眼睛，阳光透过屋顶的缝隙投射进来，地面被光分成了一个个格子，如棋盘一般。女孩坐在“棋盘”旁，如一位下棋的天女。

启坐起来，一个男孩正踩着“棋盘”跳来跳去，是玄。

“启，我跟兰都等你半天了，上课快要迟到了。”玄兴奋地说，“真没想到呀，他们把我们抓来就是让我们学习呀，真不错，我还没上过学呢。”

说着便迫不及待地拉着兰往屋外跑，边跑边喊：“启，快点跟上。”

启想说话，想过去拉住他们，但怎么也动不了。

“不……不！不要去！”左丘启猛地一下坐起，这一下仿佛用尽了他全身的力气，他大汗淋漓，汗水将沙发都打湿了。

这里没有玄和兰，这是一个他已经渐渐熟悉的地方，公安部特一科办公室。

左丘启起身擦了擦汗，天还没亮，月光如水透过窗户倾泻下来，拂在他身上。已经不知多少次了在这样的噩梦中惊醒，左丘启始终记得，那天他们满怀希望地去“上课”，却走进了一个永无出路的人间地狱。他记得第一节课是语文，一位长发飘飘，很漂亮的女老师为他们上课，一个年龄较小的调皮的男孩拿橡皮砸了女老师一下。女老师笑着朝他走去，抚摸着他的头，接着掏出一把匕首，猛地一下将男孩的手刺穿，男孩像是傻了，竟然没叫，他的手像一个塑胶模型，被死气沉沉地钉在桌上……

月光渐微，东方晕红。办公室的门被慢慢推开，胡金走了进来，一个狭长的影子延伸到门口，胡金一哆嗦，抬头看到了站在窗边的背影。那人慢慢转过身来，胡金松了一口气，是左丘启。

胡金没有多言，直入主题道：“赵部长找您，又有案子了。”

“我知道了。”左丘启点了点头。

十多分钟后，左丘启来到了部长办公室，赵部长将正吸着的烟熄灭，说道：“来了。”

“什么案子？”左丘启问，脸上看不出表情。

“先坐吧。”赵部长指了指对面。

片刻，敲门声响起，其他人都来了。

庄帅第一个进门，打着哈欠。不只是庄帅，秦雨寒跟关思颖也面带疲色。陈尚学更夸张，挠着像压扁的鸡窝一样的头发说道：“部长大人，您怎么把我也叫来了，您不是说我不用参与侦查吗？”

“坐好！”赵部长喊了一声，将一叠照片发给众人。

照片里是两具尸体，尸体残缺不全，皮肉都烂开，露着森白的骨头。

秦雨寒瞥一眼，皱了皱眉：“这又是什么变态杀人案？凶手毁尸灭迹？”

“不对。”陈尚学将照片拿到眼前，本来迷迷糊糊的眼睛瞬间瞪开，“尸体上的伤口，是被某种动物咬的。”

“没错。”赵部长说，“尚学，你看看这个。”

说着拿出了一个玻璃试管，试管中有一只红褐色的蚂蚁，正张着恐怖的大牙，虎视眈眈。

“这是威氏行军蚁。”陈尚学兴奋了起来，如读教科书般说道，“它是目前已知最强大的行军蚁，蚁群规模可达200万~2000万只，如果在野外觅食大军可绵延近百米。”

赵部长说：“这次两名死者正是被几百万只这种蚂蚁活活咬死的，凶手将他们困住，并且弄伤了他们的下肢，令他们的行动能力受限。这件案子杀人手法特殊，而且两名死者都为地方官员，影响重大。当地警方请求我们指导破案。”

听到这，庄帅有些得意地笑了笑：“凶手用这么独特的方式杀人，一定有某种象征意义，这种案子警界主脑很难分析出来，机器永远别想比过人脑。”

“现在不是说这话的时候。”左丘启站了起来，“事不宜迟，马上出发。”

此次命案发生在锦山市，众人很快赶到。锦山市公安局张局长亲自相迎，将一个金色锦盒递给左丘启：“长官辛苦了，一点土特产，聊表谢意。”

左丘启连看都没看，径直走了过去，张局长兀自干笑了两声。

锦山市公安局为特一科安排了办公室，办公室装潢高档奢华，地板用了稀有木料，内部安装了最新的“智能管家系统”，多媒体设备也都是最先进的。

秦雨寒扫了几眼，冷笑两声：“怪不得没能力破案，精力都花在这上面了。”

庄帅坐在绵软的沙发上，跷着二郎腿：“别这么较真呀，环境好了也是好事。”

片刻，敲门声响起，左丘启瞥了眼虚拟屏幕，开了门。一位身材高挑性感，面容美艳的女警踩着皮鞋踏步走来，她敬了个军礼，衣领微张露出若隐若现的酥胸。

“长官您好，我是锦山市公安局刑侦大队副队长宁墨亭，全权听从您的指挥。”

左丘启紧皱眉头：“你们队长呢？”

“这……”女警扭动着腰肢又上前了一步，“局长说我更合适。”

左丘启沉着脸，指了指门口：“叫你们队长来。”

女警灰头土脸地走了。

没几分钟，一位三十来岁，短发，古铜色皮肤的女警走进了屋，站姿笔挺，同样朝左丘启敬了个军礼：“长官您好，我是锦山市公安局刑侦大队长许飞燕，全权听从您的指挥。”

左丘启见又来个女人，心中不悦，但看到许飞燕刚毅、坚定的眼神又点了点头。

通过许飞燕介绍，左丘启等人初步了解了案情。

两名死者，一名叫钱向全，男，四十五岁，为锦山市城建局副局长；一名叫朱林海，男，二十八岁，为锦山市城建局监察大队长。尸检报告显示：钱向全的距骨、跟骨粉碎性骨折，为钝器重击所致，而朱林海的髌骨则被人用锐器挖掉，两人的死因很明确就是被行军蚁啃食致死，内脏都几乎被咬烂，死亡时间为昨日晚上11点左右。

左丘启决定立刻赶赴案发现场。

许飞燕驾驶着警车飞驰，一路驶出市区，来到了郊外的一条公路。公路两旁是一片待开发的野地，荒草丛生，不见任何人烟。案发现场在野地中的一个废弃加油站里。左丘启看到加油站旁有一个铁屋已经被警戒线围住。

下了车，左丘启走在最前面，跨过警戒线进了屋。

铁屋并不大，周围锈迹斑斑，地面上满是干涸的血迹，还有不少蚂蚁的死尸。许飞燕在一旁说道：“尸体于今日凌晨4点左右被发现，目击者是一位货车司机。当时他将车开到加油站旁小解，发现铁屋的门虚掩着，里面有灯光，他将门打开便看到了尸体，据他说当时尸体上爬满了蚂蚁，后来跑掉了不少。我们警方抓到的粗略估计有一百多万只。”

左丘启绕着走了一圈，很容易就发现了铁屋一角的圆洞、上方好似烟囱的通道以及掉落在地的铁板。

秦雨寒也被吸引，上前检查了一番说道：“这是一个触发装置，圆洞前安装了透明度极高的钢化玻璃，当有人碰到玻璃时，装置便被触发，挡在通道前的铁板就会掉下。”

“没错。”许飞燕紧跟着说，“通道的另一端是闭合的，我们认为行军蚁就藏在里面，被害人打算通过圆洞逃生碰到了玻璃，行军蚁便被放了出来。”

“这……太残酷了。”关思颖微瞪双目，捂着小嘴，“这么说，被害人是自己害了自己。”

左丘启上下打量着装置，说：“凶手设计这个需要花费不少时间，没有找到目击证人？”

许飞燕摇了摇头，面露难色：“看来凶手很小心，而且周围人烟稀少，恐怕……恐怕找不到目击者。”

左丘启令秦雨寒、庄帅两人再次勘查了现场，可惜并没有任何线索。关思颖又动用了她的“特殊能力”寻找“鸟证人”，但也没有收获。从凶手的作案手段来看，这件案子很可能是仇杀或者情杀。众人朝这两个方向调查，但事情比他们想象的复杂。

钱向全和朱林海是一项大型城建计划的主要负责人，这项计划就是将锦山市周围的旧公寓、乡村拆除，建成新式高层连体公寓。因为补偿款谈不拢，很多居民都拒绝拆迁，居民与地产开发商、城建局之间矛盾重重。

在这种情况下，与钱向全和朱林海结仇的人太多了，特一科只能忽略次要矛盾，调查主要矛盾。

城西有一个村子叫向阳村，位于山脚下，是此次需要拆迁的几个乡村之一，据说那里遭遇了强拆，还伤了人，左丘启带着庄帅、秦雨寒赶往调查。

左丘启在村头随意找了个青年，表明自己的身份，询问关于强拆的事。怎知青年朝周围一喊：“警察来查强拆了，警察来查强拆了！”

瞬间，数十号人一拥而上，将左丘启等人团团围住。

大家不停地嚷嚷。

“他们不仅强拆还打人，我的手骨都被他们打折了。”

“他们推倒了我家的院子，还砸死了我的狗。”

“他们对我进行言语威胁，扬言要杀我全家。”

……

“散开，都散开！”庄帅吼了一声，“把你们村长叫来！”

人群挪开了一条道，一位鬓角斑白、脸黝黑的中年人走了出来：“领导们好，我是向阳村村长，刘树林。”

刘树林面容和善，一看就是老实本分之人，左丘启上前亲切问道：“刘村长，村民反映的事是真的吗？”

“是真的，是真的。”刘村长连连点头，“我们种田人不骗人。”

秦雨寒面露愠色：“到底是谁干的？”

“这……”刘村长为难道，“我们也不认识，我和村干部们向城建局抗议，城建局说是开发商的人，我们向开发商抗议他们说不知情。”

“有这两个人吗？”左丘启拿出了钱向全和朱林海的照片。

刘村长认出了钱向全说：“这不是城建局副局长吗？这种事情他怎会亲自来。”

“那另一个人呢？”庄帅上前拍了拍村长的肩膀，“您大胆说就行。”

刘村长又仔细瞧了瞧："看着面熟，他好像经常跟在副局长身边，不过有没有他我……我真记不清了。"

"你们为什么不同意拆迁？"秦雨寒扫视着周围简陋的环境，有些疑惑，"是补偿款给的少？"

刘村长苦笑了一下："嫌补偿款少的主要是旧城区的人，我们是不想搬，祖祖辈辈住在这儿，对山水有感情了，外人不懂。"

有那么一刻，左丘启有些出神，他想起兰曾经也说过类似的话。

刘村长疑惑地看着他，他连忙定了定神道："除了村民反映的还有更严重的事发生吗？"

"当然有。"说到这，刘村长的情绪渐渐激动，"有很多性子倔的人被毒打，伤势都不轻，不过他们都很贼，打了人从外表根本看不出来。他们不敢闹得太过分不过也有意外发生。"

"什么意外？"左丘启连忙追问。

"有一户人家，强拆时人还在屋子里，被砸坏了，老父亲被砸成了植物人，那人叫……余青联。"

余青联现住在锦山市人民医院里，一行人离开向阳村赶了过去。

他们询问医生，来到了重症监护室，余青联正躺在病床上，旁边守着一男一女两位青年。男青年穿蓝衬衫，戴眼镜，长相斯文。女青年穿白色长裙，化着淡妆，但有些花了，显然刚刚哭过。

左丘启看了眼余青联，面容煞白，身上接满了各种仪器，他虽然还活着，但已成了靠机器驱动的"皮囊"。

左丘启出示了证件，问道："两位都是余青联的家属？"

"我是他儿子，余成。"青年的声音柔弱，好像他才是病人。

"我是他女儿，余琴冉。"旁边的女孩说，声音很小，但说到最后又大了起来，变成了喊，“你们是来查强拆的吗？一定要把那些混蛋都抓起来！”

“我们正在调查一起凶杀案，来了解下案情。”

庄帅的话令两人的神情黯淡了下来。

秦雨寒递出了钱向全和朱林海的照片：“这两个人你们认识吗？”

兄妹俩相继摇头。

庄帅犹豫了一下，问道：“两位能否说下，昨日，就是5月16号晚上，你们在哪儿？”

“昨天晚上？”余成愣了愣，“新闻说昨晚发生了命案，你们这是询问我？——对了，我想起来了，那个照片里的人是城建局副局长，难道死的是他？”

余成的聪明劲令人意外，三人一时语塞。

“哈哈！”余成竟大笑了起来，“死了，死了好呀，痛快！”

笑完了他说：“那天晚上我跟我妹妹都待在医院里，有监控为证，他那种人丧尽天良，得罪的人多了去了，死有余辜。”

离开了医院，庄帅满脸愧色：“这……都怪我，这下死者的身份恐怕要泄露出去了。”

“没事。”左丘启表情淡然，“这事不够保密级别，那些记者们恐怕早已捕捉到了信息。”

在仇杀这条路子调查的同时，特一科也瞄准了另一个方向：情杀。左丘启进行了分工，庄帅跟秦雨寒负责调查钱向全和朱林海，查清两人是否与人因爱生恨。至于他跟关思颖、许飞燕则追另一条重要线索：威氏行军蚁的来源。

2.

威氏行军蚁是外来物种，中国法律明令禁止携带或邮寄活体动物进境。但随着异宠（另类宠物）市场的壮大，大量的怪异动植物被带进了国，大部分都是通过走私的途径，这是一条游走在灰色地带的地下“生意链”。

许飞燕从警多年，对锦山市很熟悉，经过一番调查她查到了一个隐秘的异宠爱好者俱乐部，左丘启打算偷偷潜入。

想要进入俱乐部，就得拥有自己的异宠，关思颖不想带小麻、小灰去，便随着左丘启一起去花鸟市场挑选。花鸟市场里各式各样的宠物琳琅满目，左丘启选了一只小湾鳄，虽然只有二十多厘米长但嘴里已布满了尖牙，被咬一口也要皮开肉绽。关思颖只顾着跟鸟儿们聊天，最后匆匆选了一只色彩斑斓的小蜥蜴，据卖家说是中华石龙子。他们一直联系不上许飞燕，到了晚上，许飞燕终于带来了她的异宠，一只加拉帕格斯巨人蜈蚣。蜈蚣体长二十多厘米，通体黝黑，爪子鲜红，令人毛骨悚然。但许飞燕却一直逗着它玩，看上去很喜欢。

万事俱备，只待赶往。

第二天，左丘启他们还没行动，各大新闻网站、纸质媒体发出了铺天盖地的报道，这次媒体直言不讳地指出死者的身份为锦山市城建局副局长钱向全和锦山市城建局监察大队长朱林海。这些报道使警方的压力陡增，张局长有些坐不住了，亲自到特一科办公室端茶送水，表面关心领导实则关心案子的进度。

警方忧心，那些被强拆的百姓却大呼过瘾，有些激进分子冒充凶手投案，说人是他杀的，实则为了泄愤；更有甚者假借凶手之名在网上散播舆论，扬言要杀光城建局领导。

这些事情为警方的侦查带来了阻力，也使左丘启有了紧迫感，他决心要尽快破案。

异宠爱好者俱乐部竟在郊外的一个废弃防空洞里，据说已经存在了好多年。异宠爱好者们一般个性张扬，喜好新奇，选择另类的集会地倒也合乎情理。许飞燕领着左丘启、关思颖通过竖梯进到了防空洞里，里面进行了改造，安装了照明灯，空间也不小。众人进了一条长廊，两旁站了四个赤膊的肌肉男，他们出示了异宠，许飞燕在肌肉男耳边说了几句，他们得以进入。顺着长廊来到了一间大厅，里面人头攒动、人声鼎沸，不是很大的地方足足挤了近百人，还有各式各样的异宠。

关思颖、许飞燕看得有些入迷，左丘启干咳一声，在她们耳旁道："找玩蚂蚁的人。"

三人围着大厅逛了一圈，他们见识到了各种各样的异宠：五六米长的黄金蟒、一米多长的巨蜥、手掌大小的蜘蛛、模样奇特的甲虫、色彩绚丽的变色龙……都是平日里少见的动物。

许飞燕忍不住在关思颖耳边问："思颖，它们都说了些什么呀，你能听懂吗？"

"这个……"关思颖尴尬一笑，"大多数动物的语言都太简单了，我也只能明白一些基本的含义。"

他们几乎都看了一遍，并没有发现玩蚂蚁的人。

左丘启打算找人问问，这时却有人主动向许飞燕搭讪。

那是一位年轻小伙，莫西干头，戴着银色耳钉，手里提着一个玻璃箱子，箱里有一只近二十厘米长的巨型蝎子。

小伙充满挑逗地一笑："美女，约吗？"

许飞燕狠狠瞥了他一眼："约你妹，小痞子。"

"美女，你误会了。"小伙连忙解释，"我说的是约战，你的巨人蜈蚣和我的非洲帝王蝎。"

许飞燕刚想说不约，左丘启朝她使眼色，她又改了口："可以，不过你得帮我个忙。"

小伙问："什么忙？"

"帮我找个玩蚂蚁的人。"

"好。"小伙很痛快地答应。

许飞燕将巨人蜈蚣放到了小伙的玻璃箱里，帝王蝎一见入侵者张开了前肢，尾部翘了起来，毒针蓄势待发。巨人蜈蚣也不好惹，它张开大口，两颗毒牙一张一合，随时准备进攻。两者很快交锋，一开始巨人蜈蚣占了上风，它敏捷地躲开帝王蝎的"钳子"，咬中了帝王蝎的腿。帝王蝎的毒针随之扎入了巨人蜈蚣体内，巨人蜈蚣松开嘴去咬帝王蝎的腹部，但帝王蝎有硬皮保护，巨人蜈蚣还没对它造成伤害已奄奄一息。

帝王蝎胜了，小伙喜形于色，兴奋不已。

"喂！"许飞燕喊，"别忘了你答应我的。"

"放心，不会忘的。"

玩蚂蚁的人在行内被称为"蚁人"，小伙给许飞燕介绍了一位当地有名的蚁人，那人叫梁富荣，六十多岁，是一位民营企业家。

按照小伙给的地址，三人开车驶往郊区，在一个山坡前停下。山坡上有一栋三层别墅，虽然外表富丽堂皇，但建的地方实在过于偏僻，给人一种违和感，甚至感到阴森诡异。

走到别墅前，关思颖有些犯嘀咕：“科长，你说这地方会不会有问题。”

“思颖，你想多了。”许飞燕笑了笑。一个满面红光的老人正朝他们走来。老人便是梁富荣，他热情地将众人领入别墅，并给他们看了自己的蚂蚁宝贝。

梁富荣养了近亿只蚂蚁，在别墅的二三层摆满了各式各样的蚁巢，里面有切叶蚁、斗牛犬蚁、宽节箭蚁、行军蚁、收获蚁、阿根廷蚁、游牧蚁等数十种蚂蚁。

关思颖正细心观察着一个蚁巢，在透明的玻璃容器里装了一些如果冻一样的胶状物，蚂蚁在里面筑巢，它们的一举一动都在“现场直播”。看了一会儿关思颖有些理解那些蚁人了。

参观完，三人以蚂蚁为话题跟梁富荣聊了起来，在恰当的时机左丘启表示自己也想养一些蚂蚁玩玩，梁富荣没有多想很大方地提供了购买渠道。

据梁富荣说，锦山市有一位叫三虎的人是专门做蚂蚁生意的老板，锦山市大部分蚁人都是从他那里拿货。

三虎住在旧城区的一栋破旧小楼里，许飞燕开车，轻车熟路。等到了地方，她冷笑一声：“果然是这里。”

“怎么回事？”左丘启问，这里的空气不怎么好闻，他掏出香包不时嗅着。

“我带队来过这。”许飞燕说，“这片地区可谓是犯罪分子的集中营。”

“行动吧。”左丘启挥手示意。

他们一直上到10楼，敲响了中间一户的门，开门的是一位三十多岁的青年。左丘启称要买蚂蚁，青年立刻承认了他的身份，这次众人没有再隐藏身份，直接亮出了警证。

三虎顿时被吓傻了，刚刚还给左丘启他们介绍蚂蚁，突然间改口：“警察同志，都是误会，我不卖蚂蚁，真的。”

左丘启知道他在担心什么，直接点明：“蚂蚁的事不归我们管，有一件凶杀案需要你协助调查。”

三虎的腿不再打战了，连连点头：“好好，您请问。”

左丘启拿出一张威氏行军蚁的照片递给他：“这种蚂蚁，你卖不卖？”

“卖，当然卖。”三虎说，“这是比较热销的品种，我一年能卖一两百窝。”

“有没有卖出几百万只一窝的？”许飞燕问。

三虎忙摆手：“没有，我最多卖十几万只一窝的，不过行军蚁繁殖速度很快，蚁群发展到几百万只，也就需要几个月。”

这不是个好消息，左丘启眉头紧锁：“除了你本市还有多少人卖这种蚂蚁？”

“这可就多了，光我知道的就有七八家。”

几句话问下来，左丘启明白想要从这条线查到凶手很难了。临走左丘启叮嘱三虎时刻留意购买具有危险性的蚂蚁的人。

三人赶回了锦山市公安局，这时秦雨寒跟庄帅也赶了回来，他们汇报了调查结果。

钱向全有一妻两子，妻子在财政局工作，在外人看来钱向全跟妻子很恩爱，其实他瞒着妻子偷偷包养了两名情妇，两名情妇都无业，年龄在二十岁左右。虽然钱向全私生活奢靡，但他的保密工作做的好，妻子并不知道情妇的事，两名情妇跟他也只是利益交换，不存在爱恨纠葛，所以三女都没有作案动机。至于朱林海，他没有固定伴侣，经常玩一夜情，想查他比较困难。

案件没有实质进展，左丘启有些头疼，就在这时又有命案发生了，死的又是城建局的人。

死者叫冯霄远，二十七岁，是城建局科员，被发现于郊外林场的废弃木屋里。发现尸体的是一伙驴友，他们立即报了案。鉴于凶手可能继续用蚂蚁杀人，左丘启特地叫上陈尚学一同赶往辅助勘查现场，众人赶到时木屋里已围满了警察。

死者死状奇特，被绑在椅子上头部套了一个布满小孔的铁头套。

法医并没有在第一时间进行尸检，而是从地上捡起了一个血肉模糊的肉块。

庄帅上前看了一眼："这是什么玩意？"

秦雨寒冷哼一声："男人下面那东西，只是被切下来碾烂了。"

"啊？！"庄帅头皮一麻，身上窜出一股寒气，"这……这也太狠了。"

"长官，开始尸检？"带队的一位男刑警向左丘启请示。

左丘启点了点头。

法医来到了尸体跟前，陈尚学也兴致勃勃地凑上去。法医摸索半天，找到了机关，小心地取下了头套，里面突然钻出了一群黑色的足有3厘米长的大蚂蚁。死者的脸露了出来，红肿异常，尤其是鼻子和嘴，已经肿得没有人样。法医扒开死者的嘴打算检查一下，怎料里面钻出一只大蚂蚁，陈尚学大呼小心，但还是晚了一步。蚂蚁钻进了法医的袖口中，在他手腕上狠狠咬了一口。

“啊！疼疼——”四十多岁的老法医，此刻像个孩子，攥着自己的手腕，蹲在地上，眼泪止不住地流。

“不就是些蚂蚁吗？”庄帅不以为意地上前，他拿着一个玻璃瓶，想将这些“活物证”装起来。一只蚂蚁跑到他手上，在他手背上咬了一口。

“嗞……”庄帅倒吸一口凉气，嘴角在抽搐，不停地龇牙咧嘴，脸涨得通红，头上满是汗。他一边跺脚一边发泄，忍了半天最后还是流出了眼泪：“疼死人呀，就像挖开肉再……再把一块火炭塞进去。”

“谁让你小瞧这些小家伙的？”陈尚学在怀里找了半天，拿出了一个小药膏，扔给法医和庄帅。两人抹了抹，疼痛这才减退了一些。

左丘启拿起了玻璃瓶，蚂蚁感觉到了震动，大嘴一张一合，张牙舞爪。

“您可小心点。”陈尚学走过来道，“这可是鼎鼎大名的子弹蚁，据说被它们叮咬后产生的痛感，就像被子弹射中一样。在斯密特叮咬疼痛指数上子弹蚁的分数最高，它给人带来的疼痛可以持续24小时以上而不会有丝毫减弱。”

“这么恐怖呀。”关思颖捂着嘴，脸都快绿了，“刚刚从头套里跑出的蚂蚁恐怕有近百只，被它们这么咬实在……实在不敢想象。”

被子弹蚁叮咬虽然疼痛强烈，但它的毒性并不强，另一位法医进行了尸检，死因很快确定，是呼吸道肿胀堵塞引起的窒息死亡，死亡时间为今日凌晨1点左右。另外尸检确定死者的外生殖器在死前被锐器割下。

两起案子明显是同一个凶手所为。但是这次死者的外生殖器被割，又略显不同。这到底代表了什么？泄愤？侮辱？左丘启一时也搞不清楚。

另外这次凶手作案同样谨慎，现场没有遗留下线索，周围没有监控，可能也没有目击证人。

左丘启联系了三虎，询问他最近都有谁购买过子弹蚁，三虎的回答令人沮丧，仅最近一个月就有二十多人购买了数百只子弹蚁，那些买家并不会透露自己的身份，三虎根本回想不起来。

目前仅剩下一个调查方向了，三名死者都是城建局的人，凶手很可能跟城建局有仇，或者同时跟三人结仇。大部分警员都倾向于第一种可能，认为凶手很可能就是附近的拆迁户，左丘启等人也不得不沿着这个方向继续调查。

死者的死亡时间是凌晨1点左右，陈尚学对子弹蚁的毒性进行研究，估算出了死者被子弹蚁叮咬的时间约为昨日晚上10点，即昨晚10点左右凶手曾出现，将铁头套连同子弹蚁一起套在了死者头上。

根据这一点，警方开始排查跟城建局结仇的拆迁户，其中有不少人缺乏不在场证明，包括特一科曾经调查的余成、余琴冉。以张局长、许飞燕为首的当地警方认为他们有重大作案嫌疑。

随着调查的进行，突然有了意外收获，许飞燕竟然找到了案发时的目击者。

目击者叫蒋正国，是一名昆虫学家，最近一段时间他一直在林场进行研究。当晚9点多钟，他搭了帐篷在树林中过夜，就在半睡半醒之际，他感觉外面有灯光，便悄悄拉开帐篷看了一眼，他看到一位男青年正打着手电从他帐篷旁快步走过。

特一科跟随蒋正国赶到了他当日搭帐篷的地点，蒋正国指出了当晚青年所走的方向，左丘启很兴奋，那正是木屋的所在位置。秦雨寒跟庄帅仔细勘察了现场，他们发现了三枚可疑脚印。关思颖将脚印输入电脑，很快嫌疑人的足部建模成功，详细的身高、体重等信息也被推算了出来：身高约172厘米，体重约63公斤。

这个发现使案件有了转机，左丘启通知当地警方准备进行进一步的排查，结果还没采取行动，便出事了。也许是凶手的行为给了拆迁户们鼓舞，数百名拆迁户竟组队去城建局抗议示威。

特一科四人赶到时城建局大门已被拆迁户们团团围住，最前面的人举着数条横幅。

“停止拆迁，你们的好日子到头了。”

“赔偿赔偿！否则城建局继续死人。”

“局长亲自道歉，不然下一个就是他。”

……

示威者们情绪激动，暴力事件随时可能发生，全副武装的防暴警察已经赶到，守住了城建局大门，张局长亲自坐镇。

现场人声鼎沸，各种怒骂声不绝于耳，左丘启扫视了一圈，他明白如果凶手真的是为了报复城建局，那么他一定不会缺席这种场合，说不定他正兴致勃勃地看着这一幕，内心充满了成就感。

庄帅跟左丘启想的一样，他说道：“凶手很可能就混在人群中。”

秦雨寒调来了十几名刑警，时刻关注着人群中的可疑人，终于一位戴着口罩和墨镜，四处张望的人引起了她的注意。秦雨寒慢慢凑过去，在他身边喊了一句：“警察。”

怎知那人拨开人群，拔腿就跑，秦雨寒火速追了上去。几分钟后那人被她抓获，证件显示，那人叫杨途，男，三十五岁。从他身上还搜出了几根装有蚂蚁的试管。

众人将杨途押回了公安局。

审讯室里。

杨途双手撑着桌子，表情淡然，甚至得意，不等左丘启问话，他自己先笑了起来：“不错，你们这些笨警察终于抓到我了。”

“老实点！”秦雨寒跟庄帅将他使劲按到了座位上。

左丘启笑了笑：“是吗？你就是凶手？”

“没错。”杨途撇了撇嘴，有些嚣张地说，“我就是那个为正义而杀人的蚁人。”

“哦。”左丘启淡淡道，“我们在钱向全和朱林海的被害现场发现了许多蚂蚁，他们是被蚂蚁活活咬死的。”边说着左丘启边拿出了一个玻璃罐，里面装了几只红褐色的蚂蚁。左丘启问：“你就是用这种蚂蚁杀人的？”

“没错，没错。”杨途连连点头。

“死者冯霄远头上戴了铁头套，里面也有这种蚂蚁，也是你干的？”

杨途急切地说：“是，也是我干的。”

左丘启指了指门口，一副漠不关心的样子：“你可以走了。”

“啊？！”杨途一愣，猛地坐了起来，“我是蚁人，为正义而杀人的蚁人！”

左丘启突然冷峻地盯着他，一字一顿道：“你不是凶手，你的话漏洞百出。”

杨途站着不动，外面的守卫一把将他拽了出去，他挣扎着喊：“你们竟然放了我，等着吧，下一个死的就是城建局局长。”

秦雨寒跟庄帅有些担忧地看向左丘启，左丘启拍了拍两人笑道：“你们放心吧，他如果真想那么做不会主动让我们抓住，他这种人也就是演演戏过过瘾，没那个胆子。”

示威事件之后，许飞燕带领当地警方根据特一科最新调查出的嫌疑人的体貌特征，对拆迁户们进行了全面排查，总共找出了五个各方面特征较吻合的人。

左丘启将那五个人的资料交给了三虎，令他调查一下是否有人在近期买过杀人的蚂蚁。在奖金的诱惑下三虎答应了。

3.

为了尽快破案，四人又在办公室忙了一晚。第二天一早，他们一起出去买早点，走到公安局大门时，看到有两个民警正推搡一位衣衫不整、蓬头垢面的青年男子。男子拼命想往公安局里面走，民警们将他推倒在地，给了两脚，他这才转身离去。

“这太过分了。”秦雨寒愤愤不平道。

左丘启也紧皱眉头，示意过去看看。

秦雨寒上前，一把抓住了一位民警训斥道：“警察能随便打人？你们局长怎么教的？”

两位民警一看秦雨寒，认出她是上面派下来的大领导，连忙点头哈腰道：“大领导，是我们错了，错了，以后再也不敢了。”

“行了！”左丘启很厌恶他们这副模样，冷冷道，“说说，刚刚那个人是怎么回事？”

两位民警一听大领导们放过了他们，顿时喜笑颜开，个子较高的那位民警说：“那就是一个疯子，来了两次了，每次都说他知道蚂蚁杀人案的真凶。”

一听这话庄帅火了，指着民警的鼻子：“他知道谁是真凶，你还把他轰走？谁给你的胆子？”

“可是，可是……”民警还想解释什么，直接被左丘启打断了。

“把他给我找回来，不然你们脱掉警服，走人！”

听了左丘启的话，两位民警拔腿就跑，过了几分钟，他们又把男子拉了回来。

男子三十岁左右，眼神涣散，脸上带着莫名其妙的笑。

男子正对着关思颖，关思颖皱了皱眉道：“他可能真是个疯子。”

面对左丘启的询问，男子默不作声，高个民警厉声道：“快点，把你说过的话跟领导们说一遍。”

男子好像很怕那个民警，在他的催促下开口：“朱林海和冯霄远死了，杀……杀人的是鬼，鬼……鬼操纵了蚂蚁，不……是他，他的蚂蚁伙伴来杀我们了。”

这男子的话确实荒唐，不过左丘启注意到了后半句话，连忙追问：“他是谁？”

男子突然很痛苦地抱着头，好像脑子里钻进了东西，他颤颤地开口：“是……是大……大妮，大妮！”

左丘启上前，抓着男子的胳膊：“他的名字？说他的名字！”

“啊，啊！”男子突然叫了起来，他盯着地面，眼睛像绽放的花苞一样鼓出，“蚂……蚂蚁！”他连退数步，腿前后左右不住地打战。

左丘启等人看到，地面上有一只米粒大小的蚂蚁，是最普通最常见的蚂蚁，人一根手指就能轻易碾死，但男子却像看怪物一样看着它。

“下一个死的是我，是我！”左丘启他们根本没反应过来，男子像不要命一样疯跑，瞬间蹿进了旁边的树林。

两位民警紧跟着追上去，但男子已没了踪影。两人垂着头，死气沉沉地回来，但随着左丘启的一句话又恢复了生机。

“你们将功补过的机会来了，将你们知道的通通告诉许队长，尽快查出那人的身份！”

“是！”两位民警喊道。

左丘启等了没多久，许飞燕就向他汇报了调查结果，那位疯疯癫癫的男子叫郑明羽，是一家国企的员工，据他的同事也是他的前女友何莉莉说，郑明羽在5月17号突然辞去了工作，之后就有些神经兮兮的。

左丘启见到了何莉莉。

何莉莉说郑明羽发神经后，她只见过他一面，就是那一面她坚决地提出了分手。

她说那天她去了郑明羽家，一打开门便惊呆了。郑明羽家里空荡荡的，所有的家具都不见了，甚至墙上挂的东西也都被撤了下来。屋里只剩下了郑明羽，他趴在正中央，身上裹了一层塑料膜，眼睛死死地盯着地面。

当时何莉莉吓得脊背发麻，她有些颤抖地开口：“明羽，我们分手吧。”

郑明羽像没听见，自言自语道：“现在蚂蚁无处藏身了，无处藏身了……蚂蚁杀了朱林海和冯霄远，它还会杀我，杀我！”

何莉莉有些冷，抱着肩膀：“你……你病得很重，去医院看看吧。”

“啊——不！”郑明羽突然尖叫了起来，指着何莉莉的鞋子，“蚂蚁，有蚂蚁……他发现这了，不——”边喊着边冲出了门。之后何莉莉再也没有见过郑明羽。

刑警队赶往郑明羽的家，结果却扑了个空。

左丘启独自待在办公室里，仰靠在座椅上，嗅着手中的香包。郑明羽的事令他很疑惑，他不认为那只是一个跟案子无关的疯子。郑明羽是5月17号开始出现异样的，正是钱向全和朱林海死后的第二天，这绝不是巧合。他认识钱向全和朱林海？他们三者之间有什么关系？

左丘启已命令秦雨寒、关思颖前去搜集关于郑明羽的一切资料，现在只有等待。

突然，一个电话打了进来，打断了左丘启的思绪，他瞥了一眼，是三虎。

左丘启接通，一个急切的声音传了出来：“查到了，我查到了，那五个人里有一位叫孔繁的，在5月初分别在三处地方买过共计一百多只子弹蚁，绝对错不了。”

左丘启的脸上并没有流露出多少喜悦，凶手真的是为了报复城建局吗？他越来越怀疑。

孔繁很快被抓捕归案，得知这个消息，张局长来到特一科办公室奉承一番，还提出要大摆庆功宴。左丘启觉得他就像一个小丑，并不看他像面对着空气说道：“现在抓住的只是嫌疑人，未结案，庆什么功？”

张局长被呛，但仍赔着笑脸：“启科长，那种人我只要一审，他指定认罪，您休息就好。”

左丘启脸色一沉，猛地转过头来：“好像是我安排工作吧。”

“这……当然。”

左丘启不再看张局长，叫上庄帅去了审讯室。

两人见到了孔繁，他三十多岁，面容消瘦，脸上露出一种病态的苍白。

“你们为什么抓我？”他的手微微发抖。

庄帅拿出一根烟，递了过去，孔繁点上吸了一口，渐渐平静。

左丘启正视着孔繁：“我们怀疑你跟最近的两起蚂蚁杀人案有关，依法将你带到警局问话。”

“你们抓错了，真的。”

“是吗？”庄帅将一叠资料扔了过去，“我们已对你进行了详细的调查，你的妻子在强拆中受伤，孩子也因此流产。你跟城建局有仇，有犯罪动机，而且你的体貌特征跟凶手相符。”

孔繁猛吸一口烟，咳嗽了一下：“这说明不了什么。”

“据我所知，案发时你也没有不在场证明。”庄帅接着说。

“没不在场证明的人多了。”

“告诉我，为什么要买那么多子弹蚁？”左丘启紧紧盯着孔繁的眼睛。

“其实真的是巧合，我知道你们可能不信。”孔繁苦笑了一下，“我最近正打算做蚂蚁生意，不只是买了子弹蚁，家里还有很多蚂蚁，差不多有十几种。”

左丘启沉默了，这个结果他早有预料，现在没有任何证据能指明孔繁就是凶手。

左丘启跟庄帅离开审讯室时孔繁喊道：“我知道你们不是张局长的人，请不要将我交到他们手上，不然……”

“放心吧。”左丘启点了点头。

两人回到了办公室，陈尚学对上了他们的目光，看两人的表情便猜出了审讯结果。左丘启摇了摇头，问：“秦雨寒跟关思颖回来了吗？”

“刚刚打来电话，快了。”

陈尚学话音刚落不久，提示音响起，门外站着的正是秦雨寒跟关思颖。

两人推开了门，秦雨寒表情平静，关思颖则完全藏不住笑意，全展露在了脸上。

“肯定有好消息，快说吧。”庄帅催促道。

关思颖笑盈盈地上前，递上了一个文件夹：“这是郑明羽的详细资料，我想我们已经发现了线索。”说着手指着郑明羽履历中的一句话：“2037年毕业于锦山市济河县第五中学。”

“锦山市济河县第……第五中学！”左丘启感觉一直关闭着的一扇大门开了，至此，案件被带向了另一个方向。

庄帅没反应过来：“什么锦山市济河县第五中学？”愣了一会儿又说：“哦，我……我知道了！朱林海跟冯霄远也是那个学校毕业的，而且还是同一级。”

“不。”秦雨寒接过了话去，“是同一班。”说着拿出了一张相片，是锦山市济河县第五中学2054级1班毕业合影，相片上赫然有三个名字：朱林海、冯霄远、郑明羽，他们紧挨着。

“难道……难道凶手挑选那些人，不是因为他们同为城建局人员，而是因为他们是一个班的毕业生？不对，钱向全不是第五中学毕业的呀。”庄帅说。

“这个简单。”关思颖笑笑道，“钱向全是被连累的呀，因为他经常跟朱林海一起厮混。”

“嗯。”左丘启点头，“很有可能，现在我们不能仅调查城建局这一个方向，另外尽快找到郑明羽，他可能真的有危险。”

“凶手为什么一定要用蚂蚁杀人？”秦雨寒说，“我一直想不通他的用意。”

左丘启目光如炬，闪着异彩：“只要抓住他，一切迎刃而解。”

由于没有证据，警方依照规定放走了孔繁。凶手因报复城建局而杀人的破案思路已渐渐走不通。如果被害人是因为同在一个班级读书而被凶手选择杀害，那么凶手杀人的动机是什么？左丘启觉得只有解开这个谜团，案子才能继续查下去。

左丘启安排了工作，秦雨寒跟关思颖负责寻访当年2034级1班的学生，而他跟庄师则赶往了锦山市济河县第五中学。经过打听他们得知，当年教2034级1班的老师大多已经退休了，现在都不在学校。几经辗转他们终于联系上了李新华老师，当年她教数学，也是2034级1班的班主任。

李新华老师退休后被一家民营教育机构聘用，左丘启他们在办公室见到了她。她看上去有五十岁出头，留着一头干练的短发。

左丘启出示了证件，说道：“李老师，我们正在调查一起连环杀人案，想向您了解下情况。”

“连环杀人案？”李老师显得很意外，“你们为什么要问我？”

“您曾是锦山市济河县第五中学的老师吧。”左丘启说。

“是呀。”

左丘启笑了笑，将那张合影递了上去：“这个班级您还记得吗？您曾经是他们的数学老师，也是班主任。”

李老师拿过相片，看了看：“是，我还记得，怎么了？”

庄师站起来指了指相片上的三个人：“朱林海、冯霄远、郑明羽您还有印象吗？”

左丘启一直注意着李老师，当提到这个问题时，她用手轻摸了下头发，遮挡住了面部，接着笑笑说："教过的孩子太多了，印象不是很深呢，不过那个年龄段的男孩都很叛逆，不好教呀。"

左丘启不动声色："不会，听说您是特级教师，当年还是市教研室的成员，怎么会教不好？"

李老师舒心地笑了，在她毫无防备之时，左丘启问出了那个问题："李老师，大妮是谁呀？"

李老师的笑停了，但因为惯性，皮肉还在不协调地颤着。

"李老师，大妮是谁呀？"左丘启前倾着身子，又问了一遍。

"大妮大妮。"李老师重复了两遍，"不好意思，我不记得了……那个，我还有课。"

"哦。"左丘启应了一声，站起身，"那我们先走了，打扰了。"

一出办公室，庄帅就迫不及待地说："那个李老师肯定撒谎了。"

"嗯，不过我最关心的是最后一个问题。"左丘启眼中透着精光，"那个李老师肯定认识大妮，但她有些慌张过度了。"

庄帅压低了声音："您的意思是李老师跟案子有直接关系？"

"不好说……"

两人边说边走，左丘启突然一下停住了，他正对着一个班级，此时是下课时间，教室里的少男少女们正肆无忌惮地欢笑，打闹着……

这才是上学吧。

左丘启的嘴角微微上翘，是笑却含着说不出的苦。

"一定要查2034级1班，我感觉离真相近了。"再次挪动脚步，左丘启开口。

之后左丘启跟庄帅又找了几位曾经教过2054级1班的老师问话，但他们明显有顾虑，谈到最关键的地方总是闪烁其词。而秦雨寒、关思颖那边的调查也不顺利，当年的那些学生也是遮遮掩掩。

事情越反常越说明有问题，左丘启一直在等，终于有一位叫杜天泽的人愿意透露一些事情，他也是当年那个班的班长。

左丘启等人在杜天泽的家中见到了他。

杜天泽二十多岁，穿着一尘不染的白衬衫，仪表堂堂。他很热情地请众人坐下，并倒上了茶。

左丘启端起茶杯轻抿一口："感谢你能配合我们的工作。"

杜天泽笑了笑，笑容憔悴甚至凄冷："朱林海和冯霄远死了，郑明羽疯了，我知道有些话我必须得说了。"

左丘启静静地等着，杜天泽将茶一口饮尽，开口："大妮是我们班一个同学的外号，他的真名叫张翔。"

"咦？是男的？"关思颖惊讶道。

"没错。"杜天泽点了点头，"因为当时张翔发育较晚，声音柔弱尖细，陆旗峰便给他起了这么个外号。"

"陆旗峰是谁？"左丘启紧接着问。

杜天泽叹了口气，目光空洞，似在哀怨似在感伤："当年，陆旗峰、朱林海、冯霄远、郑明羽四个自称五中四少，他们是我们班——不，是全校有名的小霸王，他们家庭背景很深，每个人手下都有一些不学无术的'小弟'，在我们学校为非作歹。"

"为非作歹？"秦雨寒撇了撇嘴，"不过是些小毛孩而已。"

"不，是小魔鬼。"杜天泽的眼睛一下子瞪开，声音陡然高了，"他们虽然没在我面前做过什么太过分的事，但当时学校里到处流传着他们的恶行，据我所知，他们曾经将一名低年级学生的脚筋挑断，还在教室里强暴过两名女学生。”

众人都呆住了，秦雨寒紧咬着牙：“当时怎么没把他们抓起来？”

“他们都未成年，法律的惩处力度有限，家属们权衡利弊，决定私了。”

“呵呵。”秦雨寒冷笑一声，“要是我管这个案子，先狠揍一顿再说。”

左丘启不知何时点上了烟，半晌说道：“张翔跟陆旗峰现在在哪？这个很关键。”

“陆旗峰在哪我不知道，至于张翔——”杜天泽的声音戛然而止，他动了动眼镜，眼中隐约有泪花，“其实……我也不愿意回想那件事，张翔他在初三时因为一场意外去世了。”

左丘启的手微微一抖，烟灰散落：“什么意外？”

“出事那天班主任李老师组织我们去郊外露营，好像是张翔、陆旗峰、朱林海、冯霄远、郑明羽、夏梦六个人去了远处的大河，在木桥上张翔不幸掉入河中，溺亡，连……连尸体也没找到。”

左丘启将烟头使劲捻灭：“张翔真的是意外溺亡的？”

“据警察调查，是这样的。”

“那么，陆旗峰他们四个有没有欺压过张翔？”关思颖问。

“这个……”杜天泽的声音有些发颤，“他们对自己班的同学还是比较收敛的。”

左丘启说：“你知不知道夏梦的下落？”

杜天泽摇了摇头。

左丘启觉得杜天泽还是有隐瞒，他想起了疯癫的郑明羽说过的话：鬼操纵了蚂蚁，他的蚂蚁伙伴来杀我们了。

现在左丘启觉得，那个“他”指的就是张翔。不过左丘启不会相信鬼杀人这种荒唐言论，他相信一定有一个可以解释一切的真相。

左丘启想要细查“张翔之死”，但事情已经过去了十几年，也没有留下卷宗，实在无从查起。经过考虑，他安排了工作，秦雨寒跟许飞燕负责寻找郑明羽、陆旗峰还有夏梦的下落，而他则跟庄帅、关思颖去了张翔的老家，胜利村。

胜利村是受国家保护的“原生态农村”，并没有受拆迁事件的影响。左丘启他们经过打听得知，张翔的母亲在三年前去世了，而他从小便没有父亲，现在只剩下大姑这一个亲人。

左丘启他们在村长的带领下，找到了张翔的大姑。

那是一间很小的院子，院墙斑驳不堪，村长朝院里喊了喊，一位四十多岁，梳着长辫的中年妇女打开了门。

左丘启客气地说：“您就是张翔的大姑吧，我们是警察想向您了解些情况。”

“请进吧。”张翔的大姑将左丘启他们请进了屋。

屋里的摆设也很简陋，几乎没有什么高科技产品。

张翔的大姑请一行人坐下说道：“你们有什么问题就请问吧。”

左丘启在屋内扫了几眼，看到墙上挂着张翔的照片，张翔旁边还站着一个女孩，两人笑得正甜。左丘启一眼便认出了，女孩是夏梦。

庄帅咳嗽了一声，左丘启回过神来，问道：“我们想了解下张翔意外溺亡的事。”

张翔大姑愣了一下，目光一下子黯淡了：“这么多年了，一想起那事我还是忍不住伤心。唉，他怎么说走就走了呢？”

“当时到底发生了什么？”关思颖问。

张翔的大姑揉了揉通红的眼眶："据警察们说，当时张翔正在桥上给其他同学拍照，结果桥的栏杆意外折断，他便掉入了河中，河水很急，他瞬间便被冲走了，我……我们始终没有找到他的尸体，入土为安。"

"张翔会游泳吗？"左丘启问。

张翔的大姑摇了摇头。

"其他同学指的是？"庄帅急切道。

张翔的大姑说："好像有五个人，有四个男生我不认识，不过那位叫夏梦的女生，她是我们村子的，跟张翔还是小学同学。"

庄帅愣了一下，看了看左丘启。

左丘启拿出一根烟，想了想又塞了回去："据你所知，张翔上学时有没有受人欺负？"

"这个……"张翔的大姑沉思片刻，突然道，"对了，我记得有这么件事，好像是张翔刚上初三的时候，那天是周末，他放假了没有回家却来了我这儿，当时他衣服上满是泥，鼻青脸肿的，走路也一瘸一拐，我问他，他说是上山时滑倒了，害怕他妈担心便来了我这儿。但我发现他脸上的伤并不是擦伤，更像是被人打的。唉，当时我应该多问问他的，——对了，你们问这个干吗？"

"没什么。"左丘启不愿意多说，怕她有负担，"就是领导让我们了解一下过去发生的一些意外事故。"

张翔的大姑没有多想，将左丘启他们热情地送出了屋，临走左丘启问到了夏梦家的地址，立刻赶了过去。夏梦的家在村子的另一头，左丘启他们从夏梦的父母口中得知，夏梦初中毕业便去了锦山市里打工，这么多年很少回家只是经常给家里打钱。这是个重要线索，左丘启根据夏梦的卡号查到了她的银行卡的开户网点，最近她还去那个银行办理过业务，左丘启推测她就住在附近。

当地警方到了银行，从监控影像中找到了长相疑似夏梦的人，案件有了突破，警方们准备进行拉网式搜查。不久，秦雨寒跟许飞燕带来了另一个好消息，她们查到郑明羽的下落了。

据目击者称郑明羽曾在旧城区的一条街道附近出现过，左丘启跟庄帅、关思颖赶了过去。经过一番打听三人来到了一座老旧的公寓楼前。有人说郑明羽就住在里面。

他们拿着郑明羽的画像挨个询问楼内的住户，终于有人认了出来。那人对郑明羽印象深刻，说他行为古怪、疯疯癫癫的，据那人说郑明羽是租客，租住了2003号房间。

三人火速来到了2003号房，按了门铃许久并无回应。房门上贴着纸条：此房出租，房东电话*。可能是租出去后忘了揭去。左丘启通过这个电话叫来了房东。

房东是一位矮胖的中年妇女，她挺着大肚子气喘吁吁地跑了过来，左丘启向她出示了警证，接着拿出郑明羽的画像问："他租了你的房子？"

"对对，警察同志，你们找他？难道……"中年妇女擦了擦额头的汗，也不知是因为热还是受了惊吓，"他……他难道是杀人犯？——唉，我就知道不该租给他，一看就不是个正常人，原来是杀人犯，差点小命不保。"

"别废话。"庄帅瞪了她一眼，"开门！"

中年妇女输入密码打开了门，门一开，一股难闻的刺激性气味顷刻袭来，客厅里所有的家具家电像垃圾一样堆满地，四周几乎没有下脚的地方。

中年妇女骂骂咧咧道："那个浑蛋，看我不弄死他。"

卧室的门从里面锁住了，左丘启跟庄帅将门撞开，里面乌烟瘴气，空气好像染毒了一般，难以忍受无法形容的气味直往鼻子里钻。渐渐地烟雾散开，地面上仰面躺着一个赤裸的男人，男人身上裹了一层厚厚的塑料膜，他张着嘴，眼睛像玻璃球一样，脖子呈紫红色，浮肿异常。

那男人正是郑明羽。

"死……死了！？"中年妇女像痴呆了一般，踉跄着连退数步腿不住地抖。

"我们还是晚了一步。"左丘启叹了口气，说道，"通知其他刑警们过来吧，对了，别忘了叫陈尚学。"

很快陈尚学跟一队刑警骨干、法医赶到了现场，刑警们负责勘查现场，陈尚学跟法医进行尸检。

尸检表明郑明羽是被不明生物咬中脖颈中毒身亡，死亡时间为昨夜10点左右。郑明羽的鼻腔分泌物中含有麻药成分，可以确定死前曾吸入过气体麻醉剂。另外他的身体各处都涂满了驱虫膏，房间里还喷了大量的杀虫剂。

很快现场勘验进行完毕，刑警们并没有发现任何物证和可疑痕迹，而且现场是一间密室，这都表明凶手根本没有进来过，死者就是被某种生物叮咬致死的。

不同于之前的蚂蚁杀人案，这次现场并没有发现"元凶"。陈尚学还在查看着尸体，左丘启上前询问："怎么样？有什么发现？"

"我也是第一次见这种伤口，还不能判断是什么咬的。"陈尚学翻动了下尸体，在尸体脖颈的侧部有两处咬伤，伤口发黑已经开始溃烂，散发着难闻的异味。

“不是蚂蚁吗？”关思颖捏着鼻子，皱着眉头问。

“恐怕得分析一下毒素才能确定。”

庄帅说：“不管杀人的是不是蚂蚁，我们都有理由并案侦查。”

“咳咳……现在已经能基本确定此案与强拆无关，凶手的目标就是五中四少，而且案子很可能跟张翔的意外死亡有关。”说着左丘启咳嗽了几声，这里的味道令人难以忍受。

“这都明摆着。”庄帅冷哼一声，“张翔绝对受过那四个人的欺负，他死前和他们在一起，怎么可能是意外死亡？依我看，张翔就是被他们害死的，凶手要为张翔报仇。”

“有这种可能。”左丘启的脸已经有些涨红，“不管怎样‘张翔之死’必须要查清楚，夏梦跟陆旗峰一定要找到。”

郑明羽案的调查始终没有起色，能否有突破全指望陈尚学的研究了。

一天后，陈尚学终于有了发现，左丘启、关思颖、庄帅立刻赶到他的实验室。

三个人目光灼灼地盯着他，陈尚学却端坐在实验桌前故作深沉，左丘启坐到他对面，敲了敲桌子：“别卖关子，快说。”

陈尚学干咳一声，从桌上拿起了一个小试管，里面装着一只黑色的约有两厘米大小的蚂蚁。他晃了晃试管，说道：“我分析了郑明羽伤口处的毒素与已知的多种毒物的毒液进行比对，终于找出了最接近的，就是它！”

“这又是什么玩意？”庄帅满不在乎地拿过来。

“这是马塔贝勒蚁，咬一下就死人。”陈尚学轻描淡写道。

庄帅倒吸一口凉气，手一哆嗦，连忙用另一只手按住，放好：“这东西比子弹蚁还厉害？”

“你说呢？”陈尚学冷笑了一下，“子弹蚁是让你疼，它是要你的命。马塔贝勒蚁杀人的速度是行军蚁的15倍、红火蚁的120倍，他的毒液比世界上最毒的蛇——贝尔彻海蛇还要毒，2分钟内就能取人性命。”

“这……这么可怕？”关思颖听得张口结舌。

“并不是每种动物都能跟人和平相处的。”陈尚学说。

“说关键的吧。”左丘启紧盯着陈尚学，“你说的是‘最接近的’，难道咬人的不是它？”

陈尚学又拿起了试管，似是想再确认一下：“毒液基本一致，但死者脖颈上的伤口与马塔贝勒蚁的咬痕不符，如果真的是马塔贝勒蚁，那只的尺寸恐怕是正常的三倍大，可称为巨型马塔贝勒蚁，但是自然界中并没有这种蚂蚁，如果有……”

“那只能是人类的作品。”左丘启接过了话去。

“可是，凶手是怎样用巨型马塔贝勒蚁杀人的？”庄帅疑惑道，“难道那些蚂蚁听他的？”

“蚂蚁的语言。”关思颖突然说。

“没错。”陈尚学微笑道，“凶手很可能接近过郑明羽，将蚂蚁的某种信息素涂在了郑明羽脖颈上，这种信息素可以引发蚂蚁的攻击欲。凶手趁郑明羽被迷昏时放出了蚂蚁，最后再用信息素将蚂蚁引走。”

果然是这样，左丘启心中已然明朗，凶手特地将蚂蚁引走，只说明了一点——那些蚂蚁能暴露他的身份。

怎样搜寻线索？左丘启第一个想到了三虎。

这次左丘启跟庄帅两人亲自上门，庄帅将装有马塔贝勒蚁的试管往桌上一扔，三虎扫了一眼，吓得连退好几步："大哥，这个可不敢乱放，可不敢……"

"少废话。"庄帅一屁股坐到三虎对面，"我问你，体型是这个三倍大的蚂蚁，有没有人卖？"

"这个……不知道。"三虎搓着手，眼神飘忽不定。

左丘启笑了笑："看来你不善于说谎呀，只要你提供线索，我还可以给你一笔丰厚的奖金。"

"这……"三虎开始摇摆不定，"不是我不说，您……您也知道滥用基因技术可是重罪。"

"我知道你没能力干这事。"左丘启说，"你只需要说出那个人来，我敢保证他绝不会知道是你告的密。"

"好……好吧。"三虎终于下定了决心，他在纸上写了一个地址递给了左丘启，"那人外号叫枭鹰，你们千万不要在他面前暴露身份，他原来是拳击手，可不是什么善茬，手下的兄弟也都是练家子。"

"是吗？"左丘启嘴角一挑，"我们也不是什么善茬。"

三虎的后脊梁突然莫名地一冷。

秦雨寒得知了左丘启缉拿枭鹰的行动计划，提出暂时放下对陆旗峰、夏梦的搜寻工作，一同前往。左丘启答应了，他跟秦雨寒确实是最合适的人选，但他没想到关思颖竟然也要同去。关思颖软磨硬泡，想到她异语者的身份，左丘启勉强答应。三人带了一队便衣刑警前往。

枭鹰的老巢在郊外的一座三层高的大型植物工厂里，显然植物工厂只是掩饰。三人冒充异宠爱好者进了工厂，其余刑警则悄悄埋伏在周围。

工厂前有五位穿工作服的青年正在来回巡视，见到他们主动走了上来，为首的一位高个子问："你们来干什么？"

左丘启一听这话明白了，他们压根就不做植物生意，便直入正题道："我们是异宠爱好者，听别人说这里有……有特殊的货，我们很有兴趣。"

高个子很谨慎，细心打量着左丘启："是吗？那你们的异宠呢？"

"有，有！"左丘启连忙说。

听三虎说要见枭鹰必须得带着异宠，因此他们都带了。

他们各拿出了一个玻璃瓶。左丘启的瓶子里装着一只格莱斯捕鸟蛛，格莱斯捕鸟蛛是世界上最大的蜘蛛，可捕食蛙类、蜥蜴甚至小型的哺乳动物，这只体长已经达到了10 厘米。秦雨寒的瓶子里装着一只非洲绿巨螳螂，体长接近15厘米，十分凶猛，据记录它可以捕食蛇、老鼠、蜈蚣、蝎子等比较大型的动物。关思颖的异宠则还是那只色彩斑斓的中华石龙子。

高个子看了看异宠，竟伸出舌尖舔了下嘴角，邪笑了起来："那两只大家伙不错，请进吧。"

三人随着高个子进了工厂，室内布满了栽培架，上面种着生菜、西红柿等蔬菜，还有一些花卉种苗。绕过栽培架，一位虎背熊腰，肌肉虬结的壮汉正坐在红木宽椅之上，高个子向壮汉报告："磊哥，有人来买货了。"

磊哥上下打量着三人。

左丘启说："我们想先看看货。"

磊哥点了点头："好，既然带异宠了，那就是懂规矩，跟我来吧。"

磊哥带着三人去了二层，二层装潢豪华，更像是高级酒店，穿过长廊，他们来到了一扇门前，门自动开了。

里面是一间不大的办公室，一个人坐在摇椅上转过了身，是一位四十岁左右的黑人。那人的上身比磊哥还要大一圈，一块块肌肉坚硬突出，如石块垒在一起。

磊哥微微躬身，恭敬道："老大，我给你带来了三位买家。"

黑人站了起来，威风凛凛。

左丘启迎上他的目光，淡淡道："你就是枭鹰吧。"

枭鹰打量了一下左丘启："不错。"

"我就不绕弯子了。"左丘启上前一步，"巨型马塔贝勒蚁有没有？"

"有。"枭鹰很干脆地说，"不过你们得拿出异宠来陪我玩玩，不然不能看货。"

所谓"玩玩"就是"斗宠"，有一部分异宠爱好者热衷此道，比如左丘启他们在异宠爱好者俱乐部遇到过的那位年轻小伙。现在左丘启明白为何要带着异宠了。

"那只小蜥蜴就不用比了，我感兴趣的是你们两个。"枭鹰看着左丘启、秦雨寒嘿嘿地笑了起来。

"赶紧比吧。"秦雨寒瞥了他一眼，有些不耐烦道。

"这小妞有意思呀。"枭鹰在秦雨寒凹凸有致的身体上贪婪地扫视着。

秦雨寒不看枭鹰，也没有怒容，但全身好像散着寒气。

枭鹰干笑了两声，眼中开始冒出嗜血的光："我也不欺负你们，蜘蛛对蜘蛛，螳螂对螳螂。”说着拿出了他的异宠，一只拇指大小的花蜘蛛和一只黑色的具有金属质感的螳螂。

第一战，花蜘蛛对战格莱斯捕鸟蛛。格莱斯捕鸟蛛的体型是花蜘蛛的数倍，一开始便猛冲上去，只要咬中目标，不需毒液只凭螯牙就可以将对手咬烂。左丘启以为胜券在握，怎知花蜘蛛突然张开螯牙喷出一股毒液，毒液散发出了难闻的气味，格莱斯捕鸟蛛的进攻突然停了，它竟然开始后退。花蜘蛛趁机发动了进攻，它速度极快，瞬间便爬上了格莱斯捕鸟蛛的腹部，在上面咬了一口。胜负已分，格莱斯捕鸟蛛晃晃悠悠，瘫软在地。

第二战，黑色金属螳螂对战非洲绿巨螳螂。黑色金属螳螂的体长七八厘米，仅有非洲绿巨螳螂的一半大小，秦雨寒也认为自己一定是赢家，怎知黑色金属螳螂身上有一层皮壳，又硬又滑，绿巨螳螂的进攻对它根本无效。很快战况变为了黑色金属螳螂的单方面进攻，几个回合后绿巨螳螂终于倒下了。

“哈哈，看到了没有？”枭鹰得意地笑着，“这就是转基因异宠的威力。”

左丘启心里想，真是个变态，早晚玩火自焚，但嘴上说：“确实厉害，现在能否领我们参观一下你那些伟大的作品？”

“当然能了。”枭鹰心情大好，满口答应。

枭鹰的异宠基地藏在办公室的后面，他亲手打开了一道暗门，里面是一个全自动化的饲养场。玻璃罩里的异宠令三人瞠目结舌。双头蟒、三尾蝎、手掌大小的黄蜂、尾部长着毒刺的蟋蟀、有着恐怖尖牙利爪的石龙子，这些都是仅存在于想象中的生物，现在却变成了现实。三人之中关思颖看得最为投入，她被许多色彩斑斓，奇异的鸟类所吸引。

终于，枭鹰将他们领到了一个巨型石膏蚁巢前，可见蚁巢里黑压压地爬满了蚂蚁，都是六七厘米长的巨型马塔贝勒蚁，如果不是亲眼见，真的不信有这种蚂蚁。

枭鹰咧嘴一笑，露出两排大牙："你们眼光不错，经过我们的改良，这种蚂蚁的毒液更强了，杀人速度已经接近了箱水母，仅需不到1分钟就可致人死亡。"

"怎么卖？"左丘启问。

枭鹰伸出三根手指："一只三万元，不能再便宜了。"

这个价格有些出乎左丘启的意料，有如此暴利，怪不得他们会铤而走险，干这种违法的生意。

"喂！"关思颖突然冲枭鹰喊，她手指着巨型马塔贝勒蚁巢旁的一个鸟笼，"这只鸮鹦鹉怎么来的？"

枭鹰看了关思颖一眼，有些惊讶："小姑娘挺识货呀，这种不会飞的笨鹦鹉都快灭绝了，我花了好大工夫才人工繁育了一只。"

左丘启干咳了一声，将话题往蚂蚁上引："这巨型马塔贝勒蚁你卖那么贵，有人买吗？"

"我们主要服务于高端客户，卖的不多，今年仅有三个客户，你们是第四个。"

"说说，那三个客户都是谁？"秦雨寒问道。

枭鹰的眉毛拧了起来，目露凶光："小妞，你是不是问的有点多。"

秦雨寒冷冷一笑："听说你原来是打拳的，怎么现在斗起虫子来了？敢不敢跟我比比？"

"哈哈！"枭鹰扯着嗓子笑，像听了一个天大的笑话，"和一个娘们打，我丢不起那人。”

“咱们点到为止，如果我赢了，告诉我我想知道的。”秦雨寒说。

“如果我赢了呢？”枭鹰挑了挑眉。

“随便你怎样。”

这话像一针兴奋剂打入枭鹰体内，他像一头发疯的公牛冲了上去，沙包大的拳头如暴雨一般袭来，每一拳都阵阵生风。秦雨寒并不与他正面对抗，踩着轻盈的步子，左晃右晃，都躲了过去。

枭鹰本以为一拳就能结束战斗，结果令他很没面子，他越打越急，越打越恼。这时秦雨寒突然停了下来，枭鹰一激动早忘记了什么战术，直冲秦雨寒的胸膛，抬手就是一拳。

“什……什么？”枭鹰傻眼了，秦雨寒竟突然侧身，用胳膊夹住了他的拳头，同时秦雨寒的右拳快如闪电，直中他的面颊，枭鹰感觉脸一麻，接着身体失去平衡倒在了地上。

枭鹰像痴呆了一样坐着，秦雨寒用手铐将他铐住时还没有反应过来。

就在枭鹰被抓的同时，埋伏在外面的刑警们冲了进来，一时间整个犯罪团伙被一网打尽。

审讯室里，枭鹰像霜打的茄子，在左丘启和秦雨寒的审问下他交代了一切。

据枭鹰说他并不认识那三个客户，但依旧记得他们的大体长相：一位是五十多岁的中年男人；一位是十七八岁的少年；最后一位——在一个多月前购买的巨型马塔贝勒蚁——是一位二十多岁的青年。枭鹰说青年花费了五万元钱与一小块翡翠购买了三只巨型马塔贝勒蚁。

枭鹰说的青年的体型与特一科之前调查出的嫌疑人相符，根据枭鹰的描述关思颖绘出了嫌疑人的画像。

有一点左丘启不明白，既然使用巨型马塔贝勒蚁容易泄露身份，那凶手为什么还要这样做呢？

陈尚学给出了解释，因为郑明羽的防范意识很高，不但闭不出户屋里还喷了大量的杀虫剂，身上涂满了驱虫膏，一般的蚂蚁难以近身。

依据画像锦山市警方开始大范围的排查，调查对象主要是：异宠爱好者群体、锦山市济河县第五中学的毕业生以及有犯罪前科的可疑人员。同时锦山市警方发布了悬赏通告，寻找一切知情者。

线索越来越多，案件渐渐明朗，就在这时另一个关键人物出现了——夏梦。

据秦雨寒、许飞燕调查，有人在锦山市市中区一家夜总会里见过夏梦，她可能是那里的服务人员。

关思颖有事要忙，左丘启、庄帅、秦雨寒三人赶到了夜总会。

夜总会建在一栋商业大厦的地下，空间极大，如同一个巨型广场，里面灯火绚丽，人声嘈杂。数个硕大的舞池里，挤满了人头，那些寻欢者们疯狂扭动着腰肢，如上了发条的机器。舞池前有几位几乎全裸的钢管舞女郎，她们如蛇一般在钢管上不停地扭转缠绕，搔首弄姿。

众人穿过人群来到了一个吧台前，一位杀马特酒保搭讪：“三位，开几瓶好酒？消费高了我们有陪喝的，嘿嘿，你们懂。”说完很淫邪地笑了笑。

庄帅二话不说，将夏梦的照片递了过去：“这个女人在吗？”

酒保笑得更灿烂了：“你们真有眼光，这个妞可是我们这的极品，嘿嘿，那身段那……”

“行了。”秦雨寒怒声道，酒保的笑停了，“她在哪？快说！”

“在……在五号包间陪客人喝酒。”

左丘启他们来到五号包间，发现包间的门竟然开着，里面很吵，一个粗犷的男声怒骂着：“小婊子，竟然敢坏爷的好事，我叫的是梦梦，你来凑什么热闹。”

秦雨寒跨步走了进去，见到骂人的壮汉要伸手打一位长发女子，她一把抓住了壮汉的手腕：“你们这些臭男人。”说着一脚踢向壮汉的裆部。

庄帅起了一身鸡皮疙瘩，他仿佛听到了某物爆裂的声音。

“打……打死他们！”壮汉倒在地上边抽搐着边喊。酒桌上的五六位赤膊男子同时站了起来。他们一起朝秦雨寒冲去，却被左丘启挡住了。

赤膊男子们愣住了，其中一个最壮的试探性地打了两拳，结果胳膊还没有伸开，身体便被击中，如拖把一般滑出了门外。

“跑，带我跑！”被秦雨寒踢的壮汉喊。

眨眼的工夫，那伙人连滚带爬地冲出了包间。

包间的沙发上有一位长发翩翩、貌美的女孩，但她醉醺醺的已经坐不稳，上衣被解开了一半，隐约露着春色。刚刚险些被打的女子连忙跑到了她身边，将她的衣服穿好，警惕地看着众人。

左丘启出示了警证：“放心吧，我们是警察，找夏梦是想跟她了解点情况。”

“好……好吧。”女子小声说，低头出了包间。

秦雨寒喂夏梦吃了解酒药，夏梦渐渐清醒了过来，她不解地看着众人："你们是？刚刚那些客人呢？香香呢？"

左丘启说："我们是警察，那些客人已经走了，至于另一位女孩，你放心她没事。"

一听左丘启他们是警察，夏梦有些慌了，怯怯地说："我……我只陪酒陪唱。"

"你误会了。"秦雨寒抚了抚夏梦的肩膀，"有个案子需要你协助调查。"

夏梦随众人来到公安局，左丘启跟庄帅询问，秦雨寒负责做笔录。

左丘启再次将那张毕业合影拿了出来："这是你们班当时的合影，那个叫夏梦的女孩就是你吧。"

夏梦点了点头。

庄帅问道："五中四少，你应该知道吧。"

夏梦突然低下了头，她紧抓着衣角，几乎是咬着牙说了出来："陆旗峰、朱林海、冯霄远、郑明羽。"

庄帅直视夏梦："现在除了陆旗峰，其他人都死了。"

夏梦沉默不语。

"听说你跟张翔是一个村子的，还是小学同学。"左丘启似是随意说道。

一提张翔，夏梦的神情明显变了，她张着嘴想说什么，但没有说出来。

左丘启叹了口气："我知道你了解很多隐情，我希望你能说出来。——张翔的死到底是不是意外？你是不是知道杀五中四少的凶手？"

夏梦笑了，笑得凄凉阴冷："五中四少？呵呵，他们该死。"

夏梦的突然转变，令人猝不及防，左丘启追问："凶手是谁？"

“凶手是张翔的复仇者，他的好朋友——蚂蚁。”夏梦冷冷地说。

庄帅猛敲了下桌子：“不要装神弄鬼，我们已经查到了，一切都是人为的。”

“夏梦。”左丘启看着她的眼睛，郑重其事地问，“张翔跟五中四少到底是什么关系？当年到底发生了什么？”

夏梦撑着桌子，身体突然紧绷了起来，过了片刻长出一口气：“你们愿意听我讲一个故事吗？或许……或许我早该讲出来了。”

“当然。”左丘启抽出一根烟，点燃。

张翔跟夏梦来自乡村，去五中上学是他们第一次去城市。因为内向和自卑他们跟班里的人交往不多，总是最沉默寡言的两个。一次班级演讲，张翔被迫上台讲话，他扭扭捏捏，声若蚊蝇，在同学们的哄笑中羞红了脸，也就是那次台下的陆旗峰喊出了他的独创性外号：大妮。张翔是第一个被欺负的学生。夏梦也记不清是什么时候了，好像突然有一天，陆旗峰、朱林海、冯霄远、郑明羽他们四个便凑到了一起，他们召集了一群小弟，从此越来越嚣张，班级里没有不受他们欺辱的同学，连女生也不例外。没有人敢反抗，尤其是他们强暴女学生、挑断别人脚筋的传闻在学校流传后，大家更是对他们忍气吞声。夏梦曾经幻想过能有一个英雄出来制止他们，那个英雄或许是班长，或许是健壮的体育委员……但她怎么也没想到那个英雄竟然是……

夏梦始终记得那天，那天下课间隙，陆旗峰正在欺负一名女生，他拽着那个女生的头发将她不停地晃来晃去，不时地用拳头揍她的胸口，嘴里骂着：“臭娘们，我小弟喜欢你，你为什么不答应？找死呀。”很快陆旗峰不再用拳头，改扇女生耳光，女生的脸被打肿了。不一会儿陆旗峰的那个小弟也来了，是隔壁班的一个大胖子，比陆旗峰高一头但站在他旁边畏畏缩缩。

“小弟，来得正好。”陆旗峰奸邪地笑了起来，“来，亲她一口。”

陆旗峰将女生的手束在身后，将她的脸面朝胖子。

“快！”胖子缩手缩脚，陆旗峰催促着。

胖子颤抖地上前，小鸡啄食一般在女生脸上碰了一下。

陆旗峰怒骂：“浑蛋，我是让你亲她的嘴，你这个怂包。”

“可……可是……”胖子退缩了。

陆旗峰的脸狰狞了起来：“你不亲，我就弄你。”

胖子的嘴唇如抽筋一般颤动，但还是碰在了女生的唇上。

“哈哈。”陆旗峰得意地大笑，仿佛他的小弟已经征服了世界。但他并不满足，继续发号施令：“来，把她的上衣脱了。”

女生拼命尖叫，奋力挣扎，陆旗峰捂住了她的嘴。胖子怕了，站着像块木头。

陆旗峰吼着：“快点，如果不做，你知道后果。”

胖子上前开始解女生的衣服，眼见衣服就要被脱下，一个柔弱但坚定的声音从旁边传来：“放开她。”说话的是张翔，他娇小的身子站得笔直，怒视陆旗峰。

夏梦愣住了，她一直在等待某个人挺身而出，但她没想到那个人竟然是张翔。

陆旗峰更没想到，他像看外星人一样看着张翔，仿佛这个张翔只是个躯壳，里面藏着一个庞然大物。

张翔的硬气没撑多久，他开始抖了，陆旗峰放心地笑了：“哈哈，你有种是吧，竟然敢和我叫板，你惨了。”

张翔强撑着一股劲，朝围观的男同学们喊：“他现在只有一个人，我们要团结起来，不用怕他。”

“是吗？”陆旗峰狞笑了起来，打量着那些畏首畏尾的人，“我现在也有一个方案，你们只要乖乖听话，我以后只欺负张翔一个，而你们也可以肆无忌惮地欺负他。怎么样？你们选他还是选我？”

众人都沉默了，他们低着头，不自觉地后退了一步。

陆旗峰大笑着，踹了张翔一脚，张翔感觉自己的心被踢碎了。

陆旗峰遵守了自己的约定，五中四少一伙再也没有欺负过班里的其他同学，而张翔成了众矢之的，他承担了一切的怒火。

张翔每天都挨打，五中四少的暴行渐渐升级，他们玩出了许多羞辱人格的新花样。据夏梦说，张翔曾经被逼穿裙子一个多月，被逼学狗爬行，被逼在班级里喝尿……这些令人发指的事，他们都做得怡然自得。在这种生活下，张翔越发地孤独、古怪，他开始整日跟蚂蚁在一起。

有一次，夏梦看到张翔将一只巨大的蜈蚣扔在了他的蚂蚁罐里，没多久蜈蚣便被数以千计的蚂蚁啃食致死。张翔笑了，夏梦听到他说：“蚂蚁那么团结，可是人呢？”夏梦感觉心被揪了一下，她说：“张翔，你离开这儿吧，大不了不上学了。”张翔摇了摇头。

夏梦知道他的想法，快毕业了，他能熬出来的。

但没想到没等到毕业那天，那事就发生了。那不是意外。

那天露营五中四少将张翔带走了，夏梦不放心便偷偷跟了上去。五中四少将张翔带到了桥上，他们围着他殴打，朱林海喊：“让你把三中那小子引进树林里，你为什么不听？”

张翔擦了擦嘴角的血，咬着牙关：“我绝不帮你们干坏事。”

“唉，你真是倔呀。”陆旗峰摇了摇头，“给我打，往死里打，打到他肯做为止。”

另外三个人将张翔按在桥栏杆上一顿暴打，桥晃晃悠悠，栏杆随时都有断的可能。夏梦终于躲不下去了，狠狠心，一鼓作气冲上了桥，冲五中四少喊：“别打了，再打要出人命了。”

“哟？”陆旗峰玩味地看着夏梦，“你这小妮子竟然跟来了，正好，早就想收拾你了。”说着奸笑着朝夏梦走去，一把抱住了她的脖子。

“浑蛋浑蛋！”张翔突然骂了起来，他脸上青筋暴起，猛地一挣，竟然脱身了，“你们，我要你们死！”

“你说什么？”身材高大的郑明羽一拳上去，将张翔打翻在地，接着又踢了五六脚。

陆旗峰笑了笑：“别打那条死狗了，过来这边。”

朱林海、冯霄远、郑明羽三人心领神会地围了上去，四人开始在夏梦身上乱摸，撕扯着她的衣服，肆无忌惮地邪笑。

就在这时，张翔又爬了起来，他站在桥边奋力呐喊，发出最后的抵抗：“住手，你们再不住手我就跳下去！”张翔目光坚毅，那目光表示他不是在开玩笑。

但四少并没有停手，他们甚至没看他一眼，直到“扑通”的落水声惊醒了他们。

张翔真的跳了，对生命的敬畏令四少瞬间变成了孩子，他们傻了眼。

夏梦边说边哭，终于讲述完了最后一个字。

“嘭”一声巨响，左丘启一拳砸在了桌上，坚硬无比的铁皮桌面竟然微微凹陷，左丘启的手面也被震破，血滴落了下来。而他像根柱子，兀自站着，脑子里满是这幕。

那是他跟玄、兰一起上的第二节课，那节课是体能训练。经历过第一节课女老师的“洗礼”，大家都认识到了，他们不是来享受生活的，这不是上学，这是地狱般的“锻造”。

这节课是三千米长跑，跑到最后，跑不下来的，结局可想而知。

兰跑到了最后，而他跟玄始终陪着。

左丘启不会忘记那次老师的惩罚，他让每个小孩都打他们一拳，有一个孩子特别壮，他好像使尽了浑身的力气，一拳将兰打倒。

左丘启忘不掉兰的眼神，那种痛苦、绝望……

“启……启科长？”庄帅试探地叫着，将左丘启从痛苦的深渊中拉了出来。左丘启回过了神，他坐回座位上，点上了一根烟，没有任何解释。

庄帅再看秦雨寒，她使劲攥着记录笔，笔杆竟然被她的大拇指按的几乎变形。

庄帅干咳了一声，道：“启科长，凶手用蚂蚁杀人的象征意义已经清楚了，这个案子绝对与张翔有关。”

左丘启的情绪渐渐稳定，他将烟熄灭，看向夏梦说道：“杜天泽也跟我们讲过一些事，和你讲的有出入。”

夏梦被刚刚的事吓到了，左丘启又问了一遍她才反应过来，讥笑道：“他？他好意思说吗？当张翔求大家一起反抗时，身为班长的他在哪？那次事件之后，部分同学开始欺负张翔，那里面就有他，他就是个伪君子，他协助你们查案只不过是希望你们抓到凶手，而他免于凶手的报复。”

“当年警察将案子定性为意外，你为什么不说出真相？”庄帅问道。

夏梦冷笑，似是嘲笑庄帅的无知：“我说了，但有用吗？他们四个是一伙的，有谁能证明我的话？而且连班主任也被他们收买了，为他们做假证，游说我妥协，我能斗得过他们吗？”

“然后你就用自己的方式报仇？”庄帅逼视着夏梦。

夏梦沉默了，眼眶通红，半晌才说道：“不是我做的，虽然我恨他们，恨死他们了，但我更恨我自己，张翔——我最好的朋友——他……他是因我而死的。”

夏梦开始止不住地流泪，庄帅看向左丘启，左丘启示意离开。

一出审讯室，庄帅忍不住说道：“虽然目前看嫌疑人是男性，但我认为夏梦还是有嫌疑，她完全可以合谋犯案。”

“如果夏梦是主谋，那她为什么在沉寂了十几年后突然动手？”秦雨寒说。

“这也是我疑惑的，一定有什么事触动了凶手致使他犯案。”左丘启说，说完看向秦雨寒问道：“陆旗峰找到了吗？”

“已经查到了一些消息，陆旗峰中学毕业后便随父母去了美国，我们已经找到了他的父母，但他父母说陆旗峰早在一年前就回国了，他们也不知道他在哪。”

“继续查吧。”左丘启说。

三人回了办公室，没多久，关思颖提着一个木笼子兴冲冲地跑了进来，笼子上罩着一块黑布，关思颖笑嘻嘻道：“我发现新线索了，你们猜是什么？”

“笼子里装了什么？”庄帅反问。

“是那只鹦鹉吧。”左丘启道。

“启科长真厉害。”关思颖将黑布拿开，里面正是那只肥肥胖胖的鸮鹦鹉。

左丘启催促：“快说线索吧。”

“这只鸮鹦鹉在巨型马塔贝勒蚁巢旁边，我觉得它很可能记住了某些凶手的特征，便把它带了回来，经过一番尝试我终于能跟它交流了。据它说，那个买巨型马塔贝勒蚁的人曾站在它旁边，它闻到了一种香味。”说着关思颖从口袋中拿出了一瓶香水，“我买了许多常见的香水给它辨认，终于找到了，就是这种。”

“闻？鸟的嗅觉有那么敏锐？”秦雨寒来到笼子旁好奇地打量着鸮鹦鹉，一走近她竟闻到了一股奇异的香气。

“那要看是什么鸟了，它的嗅觉很好的。”关思颖伸手抚摸了一下鸮鹦鹉，它舒服地闭上了眼睛，“鸮鹦鹉是一种夜行性鹦鹉，也是世上唯一一种不会飞行的鹦鹉，它主要食用原生的植物、种子、果实及花粉等。它有着完善的嗅觉系统，能够在夜间通过气味来区分食物，另外它的身体能发出一种特有的香气，能够通过气味传递讯息。”

“哇，思颖，你懂的真多。”庄帅赞扬道。

关思颖不好意思地低下头。

左丘启拿过香水，慢慢拧开，一股清香喷涌入鼻，他皱了皱眉，这香气怎么那么熟悉？

悬赏通告起了作用，两天后一名长相憨厚的老农联系了公安局，因为左丘启事先有过指示，老农被直接带到了特一科办公室。

面对着特一科四人，老农不断搓着手，显得很紧张。

左丘启请老人坐下，给他倒了杯水：“老人家，不要有顾虑，有话请直说。”

“这……这个……”老农小心翼翼地开口，“那个画像上的人犯了什么罪？你们要抓他吗？”

“我们怀疑他跟最近的几起杀人案有关。”庄帅答道。

“啊？！”老农眼前一黑，差点蹲坐在地上，“他……他是我儿子呀！”

“什么？！”老农语出惊人，众人忍不住惊呼。

老农名叫赵齐勇。

赵齐勇是赵家村人，世代居住在村子里。2056年秋天，赵齐勇在河边打鱼，他看到河里漂来了一块大木桩，木桩上竟趴着一位奄奄一息的少年。赵齐勇虽然年龄大，但身体健壮，他一个猛子扎进河里将少年拉上了岸。当时少年的面部跟下体都有伤，赵齐勇将他带到村里的医院进行救治。最后少年被救了过来，但因为外生殖器损伤严重，两只睾丸都被切除，脸也毁了容。更惨的是少年的记忆丢失了，甚至记不起自己的名字。赵齐勇孤苦一生，没有子嗣，决定收养少年，于是少年便成了他的儿子。两人一起生活了十几年，清贫但却幸福，直到那次意外发生。

事情跟锦山市的城建计划有关，赵家村是第一批被拆迁的村子，拆迁计划早在半年前就启动了。当时拆迁队去了好几次但都因为村民不配合无法进村。直到有一天，一群穿黑衣戴墨镜的壮汉进了村子，挨家挨户跟村民谈判，不听从安排的便被一顿暴打。很快轮到了赵齐勇家，赵齐勇紧闭家门不开，壮汉们强行砸开了门。

为首的一位戴着粗金链子，胳膊上满是文身，怒喊着：“屋里的人快出来，老老实实地在协议上签字。”

赵齐勇被迫出了屋。

“就你一个老头？”文身男走上前，嚣张地指着赵齐勇的脑袋。

“我不会签字的。”赵齐勇说。

“哈哈。”文身男大笑，“你还跟我硬气？就你这样子，我一拳就能打死你。”

“好。”赵齐勇瞪着文身男，“如果你打不死我，就走！”说着指了指门口。

文身男没想到老头子真不要命，一时间愣住了，就在这时门外的人喊：“海哥来了，海哥来了！”

人群让开了一条路，一位穿小花褂，身材高瘦的青年叼着一根烟走了进来。

文身男毕恭毕敬地上前：“海哥，这种场合您怎么亲自来了？钱局他……”

青年摆了摆手：“他不知道，今天一个小娘们扫了我的兴，我来发泄发泄。”

“好好。”文身男弓着腰将青年往里引，接着指了指赵齐勇，“这老头不签字，我正打算教训他，要不您……”

“你长脑子了吗？”青年大骂了起来，“像我这种大好青年，怎么能欺负老人家呢？”

“对对！”文身男忙点头。

“阿爸，你怎么了？”这时，一位手拿鱼篓的小伙冲进来，跑到了赵齐勇身前，小伙脸上有一道粗长的疤痕。

赵齐勇却喊：“江河，你快走！”

小伙不听，怒视着众人：“你们想强拆我家？我不准你们动手！”

“丑八怪，你算什么东西？”青年一拳打在了小伙面门上，小伙被打翻在地，青年跟着在他头上踢了五六脚，嘴里说着，“真解气，还是年轻的抗打。”

小伙血流满面，挣扎着想要站起，青年踩住了他，轻蔑道：“我弄死你，就像碾死一只蚂蚁。”

青年的话像打开了某个隐藏着的开关，本无力挣扎的小伙突然抬起头，看着他大笑：“蚂蚁，蚂蚁，哈哈哈，蚂蚁！”

不知何故，青年竟然浑身发冷，退了一步，看着文身男：“他……他怎么了？”

文身男说：“大概疯了吧。”

那天赵齐勇和小伙没有保住家，被迫签了字。那天小伙拿着补偿款消失了，仅留下了一张字条。

左丘启等人看到了字条，上面写着：“我找回了名字，但里面含着浓得化不开的仇。对不起。”

这话像首诗，愤怒将人变成了诗人。

赵齐勇说江河应该是整了容，但他依然能认出他的样子。左丘启将张翔少年时的照片拿给赵齐勇看，赵齐勇确认江河就是张翔。张翔并没有死，他就是特一科要找的嫌疑人。

赵齐勇临走时说了句话：“你们如果找到了江河，告诉他，他永远是我的儿子。”

根据这条线索，特一科迅速展开工作，一方面调集警力遍查锦山市所有的整形医院，寻找给张翔整容的那家；另一方面庄帅跟关思颖再次前往张翔的老家，众人都认为，如果张翔活着那他一定会回家。

两人再次找到了张翔的大姑，张翔的大姑说张翔父母家的房子一直大门紧闭，早就荒废了，她也没有听说有人来找过张翔的父母或者找过她。

两人决定去张翔的父母家看看，等到了地方发现果然如张翔的大姑所说，院门锁着，门上遍布蜘蛛网，周围杂草丛生，已许久无人来过。两人正准备回去，看到旁边一户人家门前坐着一位老太太正在乘凉，庄帅抱着试试看的态度上前问："大娘，我能打听下吗？最近有没有人来找过那户人家？"说着指了指张翔父母家的院门。

"这个……"老太太眯起眼想着，突然一拍大腿朝屋里喊，"正阳哎，出来下。"

很快，一位年轻健壮的小伙走了出来，问老太太："奶奶，有事？"

老太太说："我记得不久前曾有人来打听过咱邻居张家，我年龄大了，怕记错了，是不是有这事？"

"是是。"小伙忙点头。

关思颖上前，出示了警证："我们是警察，能麻烦你详细说下吗？"

"当然可以。"小伙说，"大约是两个月前吧，那天傍晚我陪我奶奶遛弯路过张家，看到一位穿着时尚的姑娘呆站在门前，神情忧郁。那姑娘很快也看到了我们，上前问我这家的老母亲去哪了？我便告诉她早在三年前就去世了，然后她突然不说话了，背对着我，继续呆站着，约几分钟后走了。"

庄帅忙问："还记得她的样子吗？"

小伙说："长得挺漂亮的，身高约170厘米，长发、大眼睛、高鼻梁，其他的记不清了。"

这个描述太笼统了，两人对这个结果不甚满意，但没找到其他线索，只能先回了公安局。

听了两人的汇报，左丘启陷入了沉思。“女的，又是个女的。”他喃喃道。

“启科长，您什么意思？”庄帅一脸疑惑。

“还记得这个吗？”左丘启将一个物证袋放在了桌上，里面有一块指甲盖大小的圆形翡翠，青翠欲滴。

庄帅立刻认了出来：“这……这不是那个买巨型马塔贝勒蚁的人给枭鹰的吗？”

“对。”左丘启点了点头，“据许飞燕调查，在一个多月前，隆泉市发生了一起抢劫案，一位女士的翡翠戒指被一个蒙面人抢走了。案发时是深夜，据女士说抢她戒指的人应该是个女人，而那个戒指上的翡翠，就是这块！”

“深夜，那个人还蒙着面，那位女士凭什么判断抢她的是个女人？”关思颖问。

“身上的香水味，举止神态。”

香水味？关思颖愣住了，这跟买巨型马塔贝勒蚁的青年有什么联系？她想了想，问道：“会不会是张翔跟夏梦合谋犯案？那个女的就是夏梦。”

“不对，一定不是夏梦。”左丘启一口否认，“女嫌疑人一共出现过两次，一次是抢翡翠，一次是去胜利村找张翔的母亲。夏梦也是胜利村的，早就知道张翔的母亲去世了，她也不缺那几万元钱，没必要抢翡翠暴露自己。”

“启科长。”庄帅突然说道，“我有一个大胆的猜想，那个所谓的女嫌疑人根本不存在，自始至终就只有张翔一个人。”

“啊？！”关思颖张大了嘴，“你的意思是张翔扮女人？他也会易容术？”

“谈不上易容术，就是男扮女装而已。”庄帅解释道，“别忘了，张翔现在身体有缺陷，而且他还整过容，扮女人以假乱真也是可能的，这也能解释为何我们广发通缉令却还找不到他。”

关思颖又问：“那他为什么要扮女人呢？”

“可能是为了躲避警察的追捕？我不知道。”

左丘启说：“不错，这个猜想虽然大胆但很有可能。”

众人正在办公室讨论，秦雨寒突然推门进来，她来得很急，连喘了几口粗气说道：“启科长，陆旗峰找到了！”

左丘启一下子站了起来：“快说说怎么回事？”

秦雨寒喝了口水，慢慢平稳下了气息：“陆旗峰回国这一年来一直在更换居住地，我们费了不少功夫才找到他。据台原市华新区派出所民警说，陆旗峰就租住在他们辖区的一个公寓里，已经住了两个多月了。”

“那还等什么？”左丘启挥挥手，“马上赶过去！”

“还有一件事。”秦雨寒说。

“嗯？怎么了？”左丘启问。

“张翔整容的那家整形医院找到了，在锦山市郊区。”说着拿出了一份文件，递给左丘启，“这是那家医院的资料，我初步调查了一下，应该是一家黑医院。”

两方面的侦查都刻不容缓，左丘启决定跟庄帅赶去整形医院，而秦雨寒、关思颖则赶往台原市华新区，部署警力对陆旗峰进行监视。

整形医院离公安局并不远，左丘启、庄帅很快赶到。

那家名叫爱博的整形医院，租用了一栋破旧办公楼的两层，规模小的可怜。两人上了楼，前台一位穿短裙的年轻女孩热情相迎：“两位是要整容吗？选我们就对了，我们的医生、设备都是最好的。”

左丘启没有废话，直接出示了警证：“我们是警察，想要调查……”

“和我没关系，我只是他们雇来撑场面的，我……”女孩打断了左丘启的话，她面露惊恐，腿一直在打战。

左丘启说：“你们医院是否违规我不管，我只问你，你们这有几个主刀医生？”

女孩神色安定了下来：“我们这有三位可以做手术的医生，他们都在里面的办公室里。”

两人顺着女孩所指的方向找到办公室，推门而入，三位男医生同时转过了头，靠门的一位面容干瘦的医生说：“你们办手续了吗？谁让你们进来的。”

庄帅笑了笑：“我们是警察。”

医生们的脸色瞬间变了，有一位医生起身要跑，庄帅猛地按住门，将他挡在身前。

左丘启搬了个椅子，坐到他们对面：“你们这家医院问题挺严重呀，不过如果你们配合，可以争取宽大处理。”

“一定，我们一定配合。”三位医生连连点头。

左丘启说：“最近半年内，有没有一位脸上有疤，二十七八岁的青年来你们这整容？”

“我，我……”一位身材肥胖的男医生开口，“大约在四五个月前，我接待过一位这样的顾客。”

胖医生很快找出了病例，里面有几张照片，第一张是整容前的样子，小伙的脸上有一道长疤，从眼角划过鼻梁一直到下巴，如一条扭曲的蜈蚣。仔细看，他的五官与少年时的张翔很相似。

胖医生在一旁解释："我们将他脸上的疤痕去掉，还按照他的要求将他的五官整的更加女性化，至于他的身份，您也知道，我们不过问这些。"

左丘启将病例往后翻，最后一张照片便是整容后的样子，左丘启看到照片愣住了，怎么这么眼熟？他使劲瞪大眼睛，揉着太阳穴，想要逼自己想起来。

这时，庄帅突然蹿上前，他一把抓过病例。"是他，竟……竟然是他！"他眼神恍惚似是无法聚焦，半晌嘟囔出来几个字，"香……香香。"

这话如一道闪电直击左丘启的天灵盖，一切都贯通了。

张翔整容后的面貌跟香香神似，那十分熟悉的香水味，左丘启曾从香香身上闻到过。香香就是张翔！

"错不了的。"庄帅迎上左丘启的目光，笃定道，"有照片在，他再怎么化妆也逃不出我的眼睛。"

"看来我们得先见下夏梦。"左丘启说。

两人从医院离开便立刻赶往夏梦家里，他们并没有告诉夏梦真相，只是询问关于香香的情况。夏梦说香香两个月前到夜总会上班，跟她成了同事，经常关照她，但她对她了解不多，而且最近几天都没有见过她。

两人又去了夜总会，夜总会经理说香香已经辞职了，他也不知道她的下落。嫌疑人一时难以找到，两人将追查工作移交当地警方，火速赶往了台原市。左丘启相信，不管张翔以何种身份出现，他一定会去找陆旗峰，这次"香香"消失或许就代表着他行动了。

在台原市，两人成功与秦雨寒、关思颖会合。

秦雨寒向左丘启汇报了工作：她们在七小时前赶到了台原市，在当地警方的协助下很快便找到了陆旗峰。她们听从安排没有轻举妄动，而是对陆旗峰进行了严密监视。

陆旗峰租住在望天公寓89层，据门卫说他经常在傍晚六七点钟出门，其余时间大多待在家里。

两人赶到时正好是傍晚，秦雨寒、关思颖仰坐在车里，懒洋洋的，丝毫没有严阵以待的样子。

左丘启忍不住呵斥："怎么回事？案子还没破，你们就这样松懈？"

"启科长，您别急。"关思颖莞尔一笑，"已经有人替我们监视了，万无一失。"说着她拿出了一个玻璃瓶，里面装着一只豆粒大小的蜜蜂。

左丘启眉头紧蹙："这是什么？"

"这是陈尚学给我的，他研发的最新产品，第三代警用侦查机器人——蜜蜂行者。雨寒姐已经偷偷在陆旗峰身上安了信号发射器，只要他一出家门，蜜蜂行者就能跟上他，时时刻刻进行监视。"

左丘启没说什么，但脸上的表情表明他存有疑虑。

到了六点四十分左右，蜜蜂行者传来了信号，这代表着陆旗峰行动了。左丘启等人果然看到陆旗峰下了楼，他穿着蓝色衬衣、牛仔短裤，身高一米八左右，留着偏分短发，戴墨镜，蓄胡子。蜜蜂行者一路跟拍，特一科四人开车悄悄跟着，关思颖不停地操控着蜜蜂行者，切换角度，确保能将陆旗峰周围的环境都收入眼底，静等凶手出现。

四人全程监视，陆旗峰先去餐厅吃了个饭，到了晚上八点左右他来到了一家酒吧。他坐在最里面的座位上静等，过了片刻，一位长相彪悍的大胡子坐到了他对面。两人细语了半天，由于酒吧嘈杂，谈话内容没有被录下。最后陆旗峰离开了，左丘启注意到，他临走时留下了一个小纸包。离开酒吧，陆旗峰一路回了家。

将车重新停到陆旗峰家楼下，庄帅说道："我觉得那个大胡子挺可疑。"

"是吗？"秦雨寒笑笑，"你不是懂易容吗？你说那个大胡子是不是张翔假扮的？"

"怎么可能？"庄帅高呼了起来，"要是他扮的我拜他为师。"

往后两天，特一科四人一刻不停地对陆旗峰进行监视。第三天傍晚，陆旗峰再次走出家门，蜜蜂行者再次跟了上去，清晰的影像传来，这次看了没几分钟庄帅发话了："不对，这个不是陆旗峰。"

"身材、面貌、穿着所有的都相符。"秦雨寒说。

庄帅笑了笑："你要相信我的专业性。"

左丘启打了个手势："马上出动，抓住他！"

众人开动车子，车一停庄帅一个箭步冲了上去，将陆旗峰按倒在地。将他转过来一看，果然是两个人。庄帅冷冷地看着"陆旗峰"："你是谁？"

那人说："我是陆万峰，陆旗峰的堂哥。"

"浑蛋。"庄帅感觉被戏耍了，作势要打，"老实交代，你把陆旗峰弄哪去了？你跟张翔是什么关系？"

"什么张翔？你们是什么人？"

左丘启说："我们是警察。"

"警察怎么了？我模仿我弟穿衣打扮，犯法了？"陆万峰拧着脖子硬气道。

庄帅真要动手了，被左丘启拦住。左丘启说："我不知道陆旗峰为何让你假扮他，但你如果知道他的行踪最好说出来，他有生命危险！"

陆万峰看左丘启的表情，知道不是开玩笑，但他还是摇了摇头："不好意思，我真不知道，他只是告诉我有人在盯他，让我假扮他，帮他脱身，还把一个小东西贴在了我身上。"说着陆万峰取下了一个极小的透明薄片，正是信号发射器。

"什么时候的事？"左丘启神色紧张，连忙问道。

"就在今天下午。"

左丘启等人上车要走，陆万峰追了上去："警官，我弟弟他……"

"我们力保他安全。"左丘启丢下这么句话。

车又驶回了望天公寓。

关思颖一脸羞愧，低下了头："对不起，启科长。"

秦雨寒说："不，我也有责任。"

"算了。"左丘启叹了口气，"就当长个教训吧，我们还有挽回的机会。"

众人查看了公寓监控，下午三点左右陆万峰完成了顶包，陆旗峰穿着陆万峰的衣服，低头出了公寓，朝东走，消失在监控中。

从画面看陆旗峰未受人胁迫，那他为什么要让陆万峰顶包呢？左丘启沉思良久，突然他想起了陆旗峰在酒吧里的行为，马上联系了当地警方。经过警方确认，那个与陆旗峰见面的大胡子竟然是被通缉的毒贩。

陆旗峰参与了贩毒，这或许就是他逃走的原因。

众人正在为如何找陆旗峰发愁，许飞燕打来了电话，左丘启接通。

"启科长，我们已经查到了'香香'的下落，他曾搭出租车离开了锦山市，目的地就是台原市华新区，他到达的时间比你们还要早两天。”

左丘启出了一身冷汗，张翔已经来了而陆旗峰失踪了，这绝不是巧合。

左丘启正发愁，许飞燕又说了一句：“这次我们有了一个特殊的帮手，她应该已经在路上了。”

4.

令人意外的是那个帮手竟然是夏梦，半小时后夏梦找到了左丘启等人，她见面的第一句话是：“我想到办法联系香香了，但我有一个要求，我必须和你们一起去。”

“好。”左丘启答应了。

夏梦记起，香香曾给她留过一个号码，当时他是这样说的：“这是只属于你一个人的号码，你拨通它，无论何时何地我在做什么，我都会接听你的电话。”

夏梦拨通了号码。按常理张翔不会接，因为他在杀人，他马上就要完成他的复仇计划了。

但是张翔接了。

夏梦的声音有些哽咽：“香香……”

张翔的声音很急：“梦梦，你怎么了？谁欺负你了？”

夏梦深吸了一口气，努力控制着情绪：“没有，我很好。”

张翔说：“那就好，我最近要外出一段时间，你要照顾好自己。”

夏梦眼中噙着泪："今天……今天我在我的包里发现了一条手链，那是我给小时的好友张翔编的，是……是不是你放在我包里的？"

那边沉默。

夏梦吼着："你为什么这么照顾我？你到底是谁？！"

许久，一个轻柔的声音传来："你是我找回的名字里唯一的美好。"

接着电话挂断了。

夏梦瘫坐在地上，如断了线的木偶。

根据通话，众人锁定了张翔的位置，火速赶往。

那是一个废弃的厂棚，棚前的铁门虚掩着，里面发着微微的亮光。左丘启力排众议走在最前面，他一手拿着枪，一手慢慢推开了锈迹斑斑的铁门。

只迈了一步，左丘启感觉脚碰到了什么，门上面一个盒子猛地翻过来，一片黑乎乎的东西倾泻而下，如飘落的火山灰。就在同时一个娇柔的身躯突然冲了过去，猛地将左丘启撞开。是关思颖。片刻，那黑压压的蚁群覆盖了她全身。

"不！"左丘启如受伤的野兽嘶吼了起来。他还记得他的誓言：要守护好他们。左丘启朝关思颖冲去，但关思颖却说："别过来，我没事。"话音刚落，关思颖身上的蚂蚁竟如潮水般退下。

几乎跟左丘启同时，庄帅跟秦雨寒也跑到了关思颖身旁。"思颖，你有没有事？"庄帅急切地问，眼里满是担忧。

"没事的。"关思颖笑笑，接着不好意思地摸了摸头，"陈尚学给了我一瓶驱散蚂蚁的喷剂，我来台原市前已经喷了，结果忘了拿给你们了。"

听了这话，左丘启长出了一口气。

众人进入厂棚深处，发现了一排延伸下去的石阶，下面竟然还有一层。石阶尽头是一道铁网门，已经被毁坏。众人穿过去，一间小屋出现在眼前，里面亮着灯光。门竟然没锁，左丘启轻轻一推，开了。

屋里，一位端坐着的青年慢慢站起，转过身来，他面容俊秀，微微一笑："你们来晚了。"

青年手无寸铁也没有要反抗的意思，庄帅上前将他铐住。

在青年身前有一个大字型的木箱，木箱里躺着一个人，正是陆旗峰，他双眼紧闭，如同死尸一般。细看，箱子被分成了五个隔断，每个隔断里都有蚂蚁，蚂蚁几乎爬满了陆旗峰全身。

秦雨寒、庄帅小心地驱散开蚂蚁，将陆旗峰抬出来，关思颖连忙为其注入了血清。

"呵呵。"青年冷笑了起来，"别费力了，他已经没救了。我在五个隔断中放入了五种不同的蚂蚁，在他饱经折磨后，我放入了最致命的巨型马塔贝勒蚁。现在已经过去了十多分钟，他早死透了。"

"谁说的？"关思颖笑吟吟道，"早在第一次接触陆旗峰时我便偷偷在他体内注入了一种我们研制的特殊血清，血清可以在人体内长期保持活性，并减弱巨型马塔贝勒蚁毒液的毒性，所以陆旗峰还死不了。"

"什么？"青年眼中闪过一抹厉色，如欲扑食的恶虎，完全没了之前束手就擒的样子。

左丘启摇了摇头："张翔，何苦如此？一定要赶尽杀绝吗？"

青年愣了一下，说："没想到你们已经查到了那么多，我有太多名字了，你们喜欢可以这样叫。"

"张翔，你利用蚂蚁杀死了朱林海、冯霄远、郑明羽三人，你认不认？”秦雨寒突然厉声道。

“哈哈。”张翔如疯癫一般大笑，“事到如今我还有什么不能认的？是我杀的。”

关思颖说：“就因为少年时候的事？值得吗？”

“哈哈，你以为你们什么都查到了？”张翔看着众人，如圣者蔑视着凡人，“你们永远不知道他们对我做过什么。我喜欢养蚂蚁，他们便把蚂蚁放在我下体上咬；他们最喜欢看我穿裙子跳舞，有一次冯霄远那个变态，竟然当着他们三人的面强暴了我。”

关思颖傻眼了，不知说什么。不过，冯霄远的下体为什么被割，算是有了解释。

庄帅怒冲冲地指着他：“你少嚣张，门口的蚂蚁是不是你放的？你好歹毒。”

“呵呵。”张翔瞥了庄帅一眼，“那些蚂蚁的毒液并不致命，我只是防止有人来打扰我。”

“说吧。”左丘启淡淡道，“你怎么把陆旗峰抓到这儿的？”

“是他自己送上门的。”张翔说，“我只给他发了一条信息，说他被警察盯上了，身上有信号发射器，让他到这里来找我，我可以帮他。那个家伙做了太多亏心事被吓破了胆，当然乖乖设法来找我了。”

秦雨寒说：“既然你只为报仇，那为什么杀钱向全？”

“是他找死的。”张翔嘴角一挑，笑了笑，“因为朱林海的羞辱，我恢复了记忆，我打算第一个杀他。我冒充女孩在交友软件上约他，结果怎料来的竟然是钱向全，原来朱林海自作聪明把艳遇让给了他。我原本不想杀他，但他自报家门说是朱林海的领导，比朱林海牛多了，我想起了城建局纵容强拆的事便顺便抓了他。后来我让他打电话将朱林海引了出来。”

“说，你是怎么把冯霄远带到木屋的？”庄帅问。

“这个简单，我在他下班的必经之路上等着，那条路很偏僻也没有监控，我将他迷晕放到汽车后备厢里，直接拉到了木屋。”

“我们有证人发现当晚9点多钟，有人在木屋旁的树林里走动，那个人是你吗？”左丘启问。

“哦，被发现了呀。”张翔一副无所谓的样子，“因为我在路上掉了点东西，以防留下破绽便抄近路去拿。”

“你去老家看过？”庄帅上下打量着张翔，“以香香的身份？”

“没错。”张翔耸耸肩，“我怕有人会认出我，所以扮了女装。为了混淆视听，我只在犯罪时换男装。可笑的是扮女人久了，我有时也分不清自己的身份。”

左丘启喝道：“带走！”

“等一等！”庄帅、秦雨寒正欲押张翔出去，一个声音传来。是夏梦。

在进来前，众人给夏梦喝了加了安眠药的水，现在她竟然又出现了。

夏梦说：“不用奇怪了，我并没有将水完全喝下。”

张翔看着夏梦，声音变得如春水般温柔：“梦梦，你不该来的。”

夏梦呆住了，眼中涌动着无法言说的情感，那是香香的声音。她吼叫着：“你是谁？你到底是谁？！”

如同一只手狠狠揪住心脏，张翔低下了头。

张翔一直沉默，左丘启说：“他是张翔，也是香香，他就是我们要找的凶手。”

夏梦紧盯着张翔的眼睛，质问道：“他说的是不是真的？”

“是真的，当年我跳入河中，但没有死。”半晌张翔回答。

“为什么？你为什么不来找我？”夏梦眼中泪花晶莹，洒落如雨滴。

张翔紧张了起来：“我……我当时失忆了，而且我变得不男不女，我……”

夏梦说：“你为什么那么傻？你为什么要跳！”

张翔的脸红了，仿佛又回到了那个青涩年华：“梦梦，我当时只想守护你，我……我一直不敢说，我怕你不喜欢我……我……”

夏梦紧紧抱住他：“不用说了，我都知道，你永远都是我的英雄。”

张翔笑了，如天真的孩子：“可是，我做了错事。”

“下辈子吧，我等你。”夏梦抓着张翔的手，“下辈子，让我们一起做渺小的蚂蚁。”

第三案　机械杀戮

小路很偏僻，依稀的路灯下只有两三个行人，其中有一对青年情侣肩并肩走着，男青年搂着女友的腰，手在她腰上不安分地摸着。

两人故意放慢步伐让身后的一位大叔走过，大叔忍不住回头瞄了一眼，青年男女如八爪鱼一般缠在一起，两人的嘴就像带有吸力的水泵，牢牢黏着。

前方人渐渐多了，两人不得不分开，男青年的手又回到了女友的腰上。

转过一个弯是一条较宽敞的路，路一旁围着一排一人高的铁栅栏，里面是一个公园。

有一块铁栅栏被破坏掉了，缺失了几根。男青年嘿嘿一笑，冲女友打了个手势，拉着她钻了进去。

两人寻觅了一个树林，男青年迫不及待地拉着女友走了进去。两人激情热吻，男青年边吻边脱衣服，但女青年却突然停了，她指了指路边，黑暗中，一个如核桃大小的圆形红点悬在半空，如怪兽的独眼。男青年一哆嗦，连忙提上了裤子。

他小声骂了一句："靠，怎么还有监控，真晦气。"

男青年拉着女友抄近路离开，他们一路用手机照明，手机快没电了光暗了下来，这时男青年不知被什么绊了一下，手机摔到了地上，他俯身摸起顺势往前一照。一张苍白带血的脸正对着他，那两只眼睛圆瞪着，散大的瞳孔如恶魔的嘴瞬间吸走了他的胆魄。男青年一屁股坐到了地上，他空张着嘴，尖叫如一颗淘气的糖果卡在喉咙里，直到一只冰冷坚硬的手狠狠地抓住了他的胳膊，男青年终于叫了出来，同时一股热流从裤裆涌出。

抓住男青年的是一个机械人，它面无表情地重复着一句话："请帮助我的主人，请帮助我的主人……”

1.

明珠市，中国的经济中心，国际大都市。在开放、自由的城市文化的引导下明珠市一直走在时代的前沿。2030年，明珠市被选为中国高新技术示范城市，自此城市的发展如同坐上了火箭，日新月异。21世纪下半叶，中国每年可产生数百项重大科研成果，其中有一半都在明珠市转化为了生产力。这是一个如同儿童画笔下的世界，随着人们瑰奇的想象而变化，充满无限可能。

就是这样的一个现实版“梦工厂”却是特一科的下一个目的地。一起影响重大的案件发生于此。这次，赵部长单独会见了左丘启，由于事态紧急，左丘启还未来得及说案情，大家便上了飞往明珠市的专机。

包括陈尚学在内，五人对坐，左丘启低头不语，仿佛在酝酿着什么。

庄帅忍不住咳嗽了一声：“启科长，别卖关子了，到底是什么案子？怎么这么急？”

左丘启端起杯子品了一口茶：“事急，人不能急。”

众人都不再说话，目光炯炯地看着左丘启。

片刻，左丘启终于打开了话匣子：“家用机械人hkr1，你们知道吗？”

“这个当然知道。”秦雨寒说，“一般都叫它机械人管家。五年前由明珠市未来科技有限公司开发并投入生产，是当时最重要也是最具争议的科技发明，被称为智能机械人时代的开端。”

“纠正一下。”陈尚学一脸严肃，“严格说是半智能机械人，它的智能水平还未达标。”

左丘启继续说下去：“五年过去了，机械人管家已在明珠市有了极高的普及度，社会还为其制定了配套的规则、秩序，人与机械人和谐共处，一幅关于新未来的构图已经成型。”

“您……您为什么突然说这个？”关思颖俏生生道。

左丘启没立刻回答，他站起身走到机舱边，透过窗户看着大地上绚丽的灯火，良久开口：“因为这次的犯罪嫌疑人就是它。”

“这不可能。”陈尚学第一个反对，整个人透出一股强烈的气场，这是他与人争辩科学问题时惯有的姿态，“机械人管家绝对不会犯罪，它的脑部芯片是经过严密设置的，任何违反法律、基本道德准则的事它都不会去做，即使是有主人的命令。”

庄帅跷起了二郎腿：“这点我不认同，机器嘛，总有可能被篡改。”

陈尚学直直地盯着庄帅：“这点永远无法被篡改，机械人是最不可能犯罪的。”

“你们不先听听案情吗？”左丘启说，众人都安静了下来，“昨日，即7月10日晚上9点左右，一对青年情侣在明珠市区庆元公园的树林里发现了一具尸体，死者名叫张凤铃，女，68岁。法医判断死亡时间为当日傍晚7点左右，死因为钝器击打头部造成的颅脑损伤。当时现场并没有可疑人员，只有一个机械人管家守在死者身边，后来证实那个机械人管家正是属于张凤铃的。”

陈尚学一脸难以置信，喃喃自语：“怎么会？死者死了两个小时，机械人管家不可能没发现，为什么没打报警电话？”

“而且据我所知，保护主人是机械人管家最基本的功能之一，张凤铃竟然会被人杀了，不能理解。”秦雨寒补充道。

庄帅笑了笑：“如果杀人的就是它呢？”

左丘启郑重道：“这个案子事关机械人的安全问题，我们必须慎之又慎，查明真相。”

凌晨5点多钟，众人抵达了明珠市公安局。特事特办，公安局警员都在通宵达旦地工作。

明珠市公安局副局长薛降龙兼任重案组组长，他将卷宗递给左丘启，略带歉意道：“启科长，由于当时时间太紧，我们的调查有一点失误，在案发现场的并不是家用机械人hkr1，而是它的升级版——家用机械人hkr2，又称第二代机械人管家。”

“有什么不同吗？”秦雨寒问。

“当然大有不同。”不等薛降龙答话，陈尚学抢着说，“它所用的脑部芯片与家用机械人hkr1不同，就像一个人被换了大脑，能一样吗？”

“没错没错。”薛降龙连连点头。

庄帅说：“问题来了，这个第二代机械人管家会不会存在安全隐患？”

“这个……”薛降龙答道，“据生产方‘未来科技’说它的各方面性能都优于第一代，当然也包括安全性。”

庄帅耸耸肩：“自己生产的当然说好了。”

此刻，左丘启已看完了手里的卷宗，思索片刻，问道：“你们还没有勘查现场？”

薛降龙回答："由于深夜不太方便，我们只勘查了死者附近的区域，凶器为凶手在现场捡的一块红色砖头，行凶后被随手丢到一边，上面没有指纹，现场也没有脚印等痕迹，根据死者后脑的伤痕判断，凶手的身高应该在177厘米到180厘米之间，机械人管家的身高在这个范围内，而且……"

左丘启打断了他的话："而且你们还在机械人管家手上发现了磨损痕迹以及红砖的碎屑——这便是我们来这的原因。"

"嗯。"薛降龙点了点头，"目前看，它便是第一嫌疑人。"

"现场的监控录像有了吗？"左丘启问。卷宗上写，在案发的树林附近有一个监控，可能会录下一些关键线索。

"我们已经联系上了公园管理中心，今早就能拿到。"

左丘启微微颔首："现在，带我去看看那位嫌疑人吧。"

左丘启面对过众多犯罪嫌疑人，这次是最特殊的。审讯室里一个机械人管家被铐在了座椅上，它体型比人略高大，身体结构与人一致。

它不懂发生了什么，几次挣扎想站起来，头360度不停地转着，直到看到左丘启，停了下来。

它的嘴一张一合，不带任何感情色彩的声音冒出："我的主人需要帮助，他没有呼吸了；我的主人需要帮助，他没有呼吸了……"

左丘启拍了一下桌子："你的主人已经死了。"

机械人管家愣了一下，像在思考，片刻说："我又要被回收了，找下一个主人。"

它的脸没有表情，眼就像安装的两颗玻璃球，左丘启什么都看不出来。

"你的主人被杀了，你都看到了什么？你为什么不保护她？"左丘启身子微微前倾，逼问道。

“杀人是违法的，杀人是违法的。”机械人管家的头又开始乱晃，“我什么都没看到，我不知道，不知道……”

左丘启再次猛地一拍桌子，机械人管家又重新看向他，左丘启问：“人是不是你杀的？”

“不是！杀人是违法的，违法的！”它的声音好像更急促了，左丘启有种错觉，仿佛他面对的是一个人。

“你主人出事，你为什么不报警？”

“无法报警，无法报警……”

左丘启知道问不出什么了，离开了审讯室。

薛降龙等在外面，见到左丘启说：“我们已经联系了当时参与机械人管家研发的首席科学家，由他将机械人管家拆开检查。”

左丘启有些犹豫，虽然他知道那只是机器而已，但总感觉不舒服。

陈尚学催促道：“启科长，现在也只有这一个办法了，我会对过程进行监督的。”

“好。”左丘启终于答应，“那你留下吧，其他人去现场！”

早上6点多钟，七八辆警车先后驶入了庆元公园。

庆元公园是明珠市最早修建的一批公园之一，对外免费开放，时间为早6点到晚8点，公园周围围着铁栅栏，但栅栏时常遭到破坏，不少人偷偷钻进园里。

警车停在公园树林旁，整个树林都拉上了警戒线，旁边还有一位刑警彻夜守着。

薛降龙上前问话：“小张，辛苦了，没有人破坏现场吧。”

刑警的回答简短有力：“没有！”

薛降龙在一旁引路，特一科四人来到了案发现场，现场位于树林中部偏西的位置，一个白粉画的人形静静地躺在地面上，四周还有一些干涸的血迹。秦雨寒跟庄帅亲自对现场进行了再勘验，并无任何发现。

整个树林占地面积两千多平方米，每天进树林乘凉的人众多，如果全面勘验，工作量大也难以发现有价值的线索，左丘启决定先等监控录像。

约半小时后，一位年轻的女警将录像送了过来，录像有两份：可见光录像和红外热成像录像。

据录像显示，死者张凤铃和她的机械人管家在傍晚6点23分进入树林，从红外热成像录像看当时树林中还有三男两女，共五个人。到了7点13分，另五个人陆续出了树林。由于机械人管家为金属构造，身体温度和环境温度相差无几，并未在热成像录像中看到，此时录像中仅有张凤铃一人。7点15分，诡异的事发生了，张凤铃突然倒地，地面上出现了一些红色的光影，是从张凤铃头部流出的鲜血。此时张凤铃已经遇袭，但现场未见到其他人，除了隐藏于录像中的机械人管家。

薛降龙拉长了脸，如果杀人的真是机械人管家，那事情就大了，这不仅会对明珠市造成巨大的打击，还会影响全国的机械人产业。

左丘启知道薛降龙的想法，说道："现在还不能妄下定论，如果确定凶手是机械人管家，我们也不用来了。"

秦雨寒说："现在红外线伪装服并不难弄到，温度可以和周围环境的温度保持一致，使人消失在红外热成像中。"

"没错。"左丘启静视前方，目光深邃，"如果真的存在那么个凶手，那他极可能是在看到张凤铃和机械人管家进入树林后偷偷潜入的，但在可见光录像中并未看到，说明他是从监控的盲区进入的。"

“监控的监视范围是一个圆形，覆盖了大部分树林以及周围大片区域，凶手要想躲开监控进入树林，只能去那。”说着庄帅指了指树林的东南角。

众人很快赶到，整片区域近似于一个三角形，面积并不大。经过一番细密的勘查，特一科共在区域内发现了十二枚新鲜的足迹，分别属于五个人，这里面很可能就有犯罪嫌疑人。

同时，薛降龙开始寻找目击证人，一位大妈的话引起了他的注意。大妈说，昨日傍晚6点左右，她曾经见过张凤铃，当时张凤铃正在跟一个人吵架，那人还打了她几下，张凤铃摔倒在地。

薛降龙马上将这一发现告诉了左丘启，据大妈描述，那人70岁上下，身高180cm左右，光头，下巴上有一颗痣。此人有重大作案嫌疑。

现场难以发现更多的线索，众人返回了明珠市公安局。

办公室里，左丘启靠在座椅上，嗅着手中的香包，看着众人：“都有什么想法？”

秦雨寒冷冷道：“很显然，凶手准备了红外线伪装服，能准确地从监控盲区进入，并且没有在现场留下任何线索——这是蓄谋已久的谋杀。”

“是吗？”庄帅反驳，“既然准备得如此充分，为什么不自带凶器，而用现场的砖头杀人？”

“这么说……”关思颖捂着嘴惊呼，“真的是机械人杀人？难以置信。”

“放心吧，思颖。”庄帅挺了挺胸膛，“我绝不会让那些邪恶的机械人逍遥法外的。”

“好了。”左丘启瞪了庄帅一眼，“两种可能性都要考虑，现在首要任务是查张凤铃，你跟我亲自去一趟。”接着又看向秦雨寒、关思颖：“雨寒，你负责查红外线伪装服的买卖渠道，看是否有可疑人员购买。思颖，你再去一次案发现场，是时候出动你那些特殊帮手了。”

时间紧迫，众人立刻分头行动。

2.

张凤铃是国企退休员工，老伴已经去世，有一儿一女，儿子名叫洪兆国，女儿名叫洪丽。张凤铃的家就在庆元公园附近，左丘启跟庄帅很容易就找到了，但她家的大门紧闭。两人敲响了邻居的家门，据邻居刘大姐说张凤铃一人独居，平时很少见她的儿女们来，两年前洪兆国给老人买了机械人管家，从此就几乎不来了。两人询问张凤铃最近是否有什么异常，刘大姐突然压低了声音，好似隔墙有耳一般：“我跟你们说，张凤铃曾经自杀过，差点没救过来。”

庄帅的眼睛猛地瞪开：“什么时候？”

刘大姐思索片刻：“得有快一年了吧，好像是煤气自杀，当时正巧有人去她家，闻到了煤气味，砸开了门。可是——唉，她还是难逃一劫呀。”说到最后刘大姐长叹一声。

“自杀的原因呢？”左丘启问。

“呵呵。”刘大姐突然冷笑起来，“还能有什么原因？她那一儿一女没一个孝顺的，活着太苦呀。”

两人离开了刘大姐家。

没多久，左丘启通过电话联系上了洪兆国，得知他跟洪丽早上就赶回来了，住在附近的酒店。

在酒店里两人见到了姐弟俩。

洪兆国忙着给两人倒水，洪丽则坐在一旁，涂着厚厚粉底的脸上看不出表情。

左丘启端起杯子喝了一口，清了清嗓子："怎么不住家里？"

"我们经常在外出差，还是住酒店习惯。"洪兆国上扬着嘴角笑了笑，只是这笑实在没有什么生机。

"我们来了解些情况，至于具体的案情就不用再问我们了，我想一定有警员跟你们说过了。"左丘启说。

"唉，我妈她身体很好，本以为能安享晚年……没想到呀，就这么没了。"洪兆国抹了抹眼角，虽然并没有眼泪流出，"你们想问什么就问吧，我们一定配合。"

庄帅想了想，问道："你母亲的机械人管家是你买的？具体在哪家店？"

"为了保障质量，我特地去'未来科技'总部买的。"

左丘启问："机械人管家用的第二代芯片是什么时候更换的？"

"'未来科技'正在全面升级机械人管家，约二个月前他们公司的人就把机械人管家带走了，更换了芯片还改进了不少地方。"

庄帅眉头紧锁："你确定带走机械人管家的是'未来科技'的人？"

"当然。"洪兆国点头。

左丘启看了眼洪兆国，又看向洪丽："据你们了解，你们的母亲跟什么人结过仇吗？"

"没有。"洪兆国很肯定地回答，"她一向为人谦和，再说年纪那么大了还能和什么人结仇？"

洪丽也摇了摇头："我没有听说过。"

"下面一点很重要。"左丘启的声音大了起来，"在你母亲遇害不久前曾有人见过她，当时她和一人发生了争执，那人70岁上下，身高180cm左右，光头，下巴上有一颗痣。"

"林蔚正，竟然是他！"洪丽一反常态，怒不可遏，眼睛像烧红的烙铁。

左丘启精神一振："你认识他？他和你母亲是什么关系？"

洪丽冷哼一声："我妈和我说起过，那个人好像是她的追求者，经常纠缠她。"

"有这事？"洪兆国显得很惊讶。

庄帅追问："除了那个人你还知道有其他人跟你母亲关系特殊吗？"

洪丽摇了摇头。

庄帅跟左丘启交换了一下眼神，问道："听说你们的母亲曾经自杀过，因为什么？"

洪丽的表情有些不自然，低下了头。洪兆国揉了揉眼睛，接着用力叹了口气："唉，自从我爸去世后，我妈就一直情绪低落，那段时间她买保健品又被骗了十几万元，一时没想开，就……就……都怪我，都怪我呀！"

"想起什么线索，随时联系我们。"庄帅淡淡道。之后两人离开了酒店。

有了这些线索，两人很快便调查出了林蔚正的底细。

林蔚正是张凤铃的同事，两人年轻时同在当地的一家国企上班。当时林蔚正就曾疯狂追求张凤铃，但张凤铃并没有选择他，后来张凤铃结婚了，他便放弃了。但没想到几十年过去，张凤铃和林蔚正的老伴先后去世，林蔚正旧情不忘，竟又开始纠缠张凤铃。

左丘启跟庄帅查到了林蔚正的住处，立刻赶往。

一位身材较高的老人打开了门，光头，下巴上有颗痣，特征相符。

庄帅出示了警证，林蔚正一愣：“你们是警察？找我干什么？”

左丘启说：“张凤铃的案子，想找你了解下案情。”

“凤铃？凤铃怎么了？”林蔚正一把抓住了左丘启，面色绯红，整张脸都绷了起来。

左丘启有些吃惊：“你还不知道？张凤铃被谋杀了。”

“什么？”林蔚正的生命力被瞬间抽走，他像没了筋骨，全身的皮肉都在不协调地颤着，在跌倒之前，被庄帅拉住。

坐到沙发上林蔚正好久才平复了情绪，两人接着问话。

左丘启直入正题道：“张凤铃的尸体被发现于庆元公园的树林中，死亡时间为昨日傍晚7点左右，我们有目击证人看到，在被害人遇害不久前，你曾经跟她发生过争执。”

“你什么意思？”林蔚正刚刚降温的脸又红了，“你们怀疑我？我那么爱凤铃，感情几十年未变，怎么会杀她？当时我们只是起了争执，我在气头上，一时冲动才打了她。”

庄帅问：“打了人，你就立刻离开了公园？”

“没有，当时我躲到了一边，看到凤铃进了树林，我又在周围逛了一会儿才离开。”

左丘启连忙追问：“那你有没有注意到有什么可疑的人进树林？”

林蔚正闷头想了一会，突然开口：“有一个人有些奇怪，我看到他从树林的东南角进去，还背着一个黑包。”

“快说，那个人长什么样？”庄帅身子前倾，声音急促。

林蔚正摇了摇头："太远了，而且当时他已经快走进树林了，我没有看清，只知道是个男的。"

"什么时候的事？"左丘启紧盯着林蔚正问道。

"我跟凤铃吵架约半小时后，6点40分左右吧。"

庄帅接着问："据你所知，张凤铃有什么仇人吗？"

"没有，她这个人心地那么好，怎么会有仇人？"

问完话，两人回到了公安局。

薛降龙看过了笔录，忍不住说道："在公园的进出口附近还有两个监控，我们都细查过了，并没有看到所谓的背黑包的男人，我看很可能就是那个林蔚正干的，他捏造出来一个人只不过是想转移我们的视线。"

"凶手不是他。"左丘启笃定道，"这个凶手明显是蓄谋已久，犯罪过程早有计划，他费尽周折躲过监控就是想隐藏自己，绝不会犯在杀人之前和死者起争执这种低级错误。"

薛降龙一时发蒙，摸着脑袋："那他是怎么进出公园的？"

庄帅笑了笑："薛副局长忘了？那对发现尸体的情侣是怎么进去的？"

"对呀。"薛降龙恍然大悟，一拍手。

左丘启说："现在需要做两个工作，一是寻找更多的目击者，主要询问公园的游客和公园附近的住户；二是勘查除了进出口外，另外可以进入公园的通道，看能否发现凶手留下的痕迹。"

左丘启刚刚部署完工作，敲门声响起，陈尚学走了进来。瞬间众人的目光如聚光灯一般投射了过去，陈尚学有些不自在地耸了耸肩膀。

"快说吧。"左丘启催问，"都有什么发现？"

“我跟‘未来科技’的首席科学家对机械人管家的各方面进行了细致的检查，包括他的脑部芯片、感官系统、运动系统、传输系统、能源系统……”

“直接说最关键的吧。”左丘启皱了皱眉。

“简单地说，就是没有大问题。机械人管家没有报警的原因我也找到了，就是报警系统出了点问题，因为线路老化，出现了短路。不过有一点很奇怪，机械人管家脑部芯片的数据有十几分钟的空白，时间正好在张凤铃遇害前后。”

庄帅眼睛一亮：“有这么巧？看来那个机械人管家真有问题。”

“不……不会吧。”薛降龙在一旁自语。

左丘启问：“你认为是什么原因？”

“我们分析最可能的一种情况是，机械人管家的芯片在那一段时间暂时停止了工作，导致这一情况的原因有很多，比如能源耗尽、芯片与能源机的连接出现问题等。”

庄帅突发奇想：“有没有一种可能，机械人管家自己将那段数据清除。”

陈尚学一怔，略微思索了下：“我认为不可能，但是事无绝对，而且第二代机械人管家已经加入了一部分自主意识，从某种程度上来说，它更接近于智能机械人。”

左丘启面带愁色：“看来机械人管家的嫌疑还不能被排除。”

秦雨寒负责的调查工作进展缓慢，红外线伪装服为国家明令禁止买卖的军用装备，但仍有一部分军迷通过非法渠道偷偷购买。他们一般通过军用品网站、军迷论坛、各类兴趣社交软件等平台私下联系卖家，进行一对一的买卖。秦雨寒以及明珠市公安局的刑警们偷偷潜入了几个重要的非法军品买卖圈子，经过调查得知，仅一个小论坛就在一个月内在明珠市卖出了十余件红外线伪装服，而且那些买家们都极其谨慎，根本无法查出任何信息。

几日过去，并没有找到更多的目击证人，公园出入口的勘查没有进展，关思颖的侦查鸟们也没有任何发现。特一科一时没有了调查方向，但没多久转机来了，薛降龙提供了一条重要线索。

明珠市新胜区的某派出所所长联系了薛降龙。他们说，张凤铃曾经给他们打过报警电话，他们据此抓获过一名猥亵妇女的罪犯。

特一科四人赶到派出所见到了所长冯远。据冯远说，事情约发生在两年前。当时，他们的一名民警接到了报警电话，报警的是一位老太太，据老太太说有人在游乐园公然猥亵妇女。他们共派出了三名民警赶到现场，当时犯人正要打老太太，被民警们制止并抓获。

左丘启见到了那三名民警，他们十分肯定，当时的报案人就是张凤铃。

犯人叫叶正修，男，32岁，初中文凭，无正当职业。

警方在叶正修的手机里发现了多部视频，全都是他自己录的猥亵妇女的录像，有多起案件情节较严重。最终叶正修被判了有期徒刑两年零一个月。按照这个时间算，他应该在两个月前刑满释放了。

左丘启等人根据派出所提供的信息，来到了叶正修之前居住的公寓，但早已经住上了其他住户。

出了公寓，秦雨寒异常气愤，脸上满是厌恶之色：“不管这个案子是不是叶正修干的，我都要抓到他，那个死变态。”

“人家已经刑满释放了，这事也不一定是他干的。”庄帅撇了撇嘴道。

秦雨寒冷笑："色狼都替色狼说话。"

庄帅欲反驳，被左丘启抬手制止："我看了叶正修的资料，他在单亲家庭长大，家境贫寒，性格内向，长得其貌不扬，这使他难以与女性建立正常的关系，情感的缺失日积月累，便导致了这种病态的心理。"

"这种心理会导致他有暴力倾向？"庄帅疑问道。

左丘启面沉似水："监狱的生活完全可以改变一个人，这个叶正修有嫌疑。"

众人分析了叶正修几次犯案的地点，发现都集中在游乐园、地铁、公交车、车站等地，其中百分之七十左右的案子，都是在游乐园犯的。这点令人费解，地铁、公交车、车站人多拥挤，在那里犯案可以理解，但为何会选择游乐园呢？

左丘启提出了一个想法，他认为游乐园对于叶正修来说有某种特殊的意义，他很可能会继续在那里出没。

按照这个破案思路，明珠市公安局部署了大量的警力，在各个游乐园进行巡查。警方们一无所获，但没想到线索自己来了，有人报案声称在明珠市天际游乐园发现了一名猥亵妇女的色狼。

秦雨寒、庄帅、关思颖三人亲自赶了过去。报警的是一位约二十岁的女孩。她说当时正在排队，身前站着一位穿牛仔裤，黑上衣的男子。男子正对一位站在他身前的穿红色裙子的女子动手动脚，手直接伸进了女子裙子里。男子口袋里疑似装了把匕首，女孩不敢轻举妄动。

据女孩描述，男子的身型跟叶正修相似。遗憾的是等三人赶到时，那个色狼已经离开了。不过，三人都认为色狼一定还在游乐园里。

此时正是游乐园客流量最大的时候，到处都是拥挤的人流，在这人流中有独属于明珠市的风景——机械人管家就在其中，或牵着老人或怀抱婴儿或充当苦力提着沉重的行李袋。仅仅五年时间，人们已经完全接受了这类人化的钢铁机器的存在，机械人管家渗透进了社会的方方面面，它们号称绝对忠诚，人们对它们毫不设防。如果它们只是伪装的，如果它们会随时伸出杀戮之手，这一切不敢想象。

一路观察下来，那些机械人管家都表现得很友好，但三人还是难免用审视犯人的眼光看它们。

转眼几个小时过去了，并没有发现所谓的色狼，秦雨寒提议回去，但关思颖却有些恋恋不舍，目光直盯着不远处的一个类似蛋壳的建筑。

“怎么？想去？帅哥陪你去看看。”庄帅扬头说道。

秦雨寒冷着脸，但在关思颖的注视下悄然化开，最后点了点头：“只去一会儿吧。”

那是天际游乐园最有名的项目，名为“银河天宫”，里面逼真展现了银河系已知的众多恒星、行星、星团、星云等。游客们不仅能有身临其境之感，甚至还能登陆各个星球，触摸感受到不同星球的地表地貌。“银河天宫”可谓现代尖端虚拟现实技术的完美体现。

“银河天宫”前排着长队，排了一会儿，庄帅便充当起了“后勤人员”不时地跑来跑去为两位女士递水、递吃的。

半个多钟头过去，两人离取票口很近了，这时秦雨寒感觉身后有人靠了过来，手在她大腿上轻轻碰了一下。

秦雨寒的脸瞬间阴沉得能滴出水：“庄帅，老实点！”

这话不管用，那人靠得更近了，手如水蛇一般顺着她的大腿往上爬，一下子“咬”住了她的臀部。

“浑蛋，找死呀。”秦雨寒猛地转身，抓住那人的手臂使劲一拧。

"嗷——"那人嚎叫了起来。

看到那人秦雨寒更用力了，还朝他的胸膛踢了一脚。牛仔裤、黑上衣，毫无疑问这就是那个色狼，不过令人失望的是，色狼并不是叶正修。

游玩不得不中断，三人带着色狼赶回了公安局。

经过审问得知，色狼名叫郑峰林，男，38岁，离异无子，曾经是某服装厂工人，现无业。郑峰林在明珠市公安局留有案底，曾多次猥亵妇女，还因强奸未遂被判有期徒刑三年。

左丘启给郑峰林看了看叶正修的照片，没想到他竟然认识叶正修，据他交代叶正修现住在明珠市郊区某处。秦雨寒亲自带领三名便衣刑警赶到。那是一栋破旧的筒子楼，有四五十层高。秦雨寒等人来到了第十三层中间一户的门前。

秦雨寒使劲敲砸着门，片刻门慢慢打开，一个穿着短裙，上身仅穿一个紧身内衣浓妆艳抹的女人探出头来。

女人身上的香水浓重刺鼻，秦雨寒不舒服地皱了皱眉，问道："叶正修在哪？"

"你是谁？"女人反问。

秦雨寒出示了警证，女人一看，身子踉跄了一下，接着竟拔腿就跑，被秦雨寒身后的一名便衣刑警控制住。秦雨寒和另外两名刑警立刻冲进屋，屋内灯光昏暗，空气中弥漫着一股难闻的烟味儿。秦雨寒等人直接冲进了卧室，一个光着上身的男人正躺在一张大床上呼呼大睡。那人正是叶正修。

众人将叶正修以及那名女子一起带到了明珠市公安局。两人被分开审讯，叶正修被带到了一个戒备森严的审讯室，左丘启跟庄帅亲自审问。特一科其他成员以及公安局副局长薛降龙则在审讯室外看着。

叶正修皮肤黝黑，长相难看，只三十岁出头却已谢顶。他跷着二郎腿，有些不屑地看着左丘启跟庄帅：“怎么了？不就是嫖娼吗？用不着这么大的阵势吧。”

庄帅猛地一拍桌子：“别装糊涂，不是因为嫖娼抓你的，我们不管那种屁事。”

左丘启一直注视着叶正修，他注意到叶正修目光闪躲，表情也变得僵硬：“那……那是什么？我知道我有案底，但我已经改邪归正了，现在可是遵纪守法的好公民。”

“呵呵。”庄帅冷笑一声，“我们怀疑你跟一桩谋杀案有关，老实交代吧。”

叶正修略微迟疑，接着张大了嘴，表情夸张：“谋杀案？怎么可能？你们一定是搞错了，搞错了。”

“是吗？”左丘启直盯着叶正修，冷冷道。接着他将一张照片扔了过去：“这个人你认识吧。”叶正修扫了一眼，接着眼珠转向一旁：“认识，怎么会不认识？就是她将我送到局子里的，这个死娘们。”

“她已经死了，被谋杀了。”左丘启淡淡道。

叶正修瞪大了眼睛，显得很惊讶：“她……她死了？所以你们怀疑是我干的？冤枉呀，我只是坐了两年牢，犯不着杀人报复呀。”

“7月10日那天，你在哪里？”左丘启说。

“除了下午在家附近的一家餐馆吃饭，其他时间都一个人待在家里。”叶正修紧接着回答。

“是吗？”左丘启又将一张照片扔了过去，“我们在案发现场发现了一枚脚印，确定是案发当天留下的。经证实属于一双42码的黄色胶底布鞋，我们在你家中发现了同样的鞋子，而且我们模拟出的那个脚印的主人体型与你基本相符。”

“一定是巧合！”叶正修情绪激动，“那种胶底鞋全国各地都有卖的，另外跟我体型相近的人那就更多了，这说明不了什么。”

“不要狡辩！”庄帅直瞪着叶正修大声喝道。

“我说的都是实话。”叶正修说。接着低下头，不再看两人。

左丘启跟庄帅出了审讯室，薛降龙最先迎了上来，骂骂咧咧道：“妈的，那个家伙真会狡辩，我看就是他干的。”

左丘启摇了摇头：“凶手是不是他还不好说，不过我一直在观察他的表情，可以肯定他一定有所隐瞒。”

“这个叶正修确实不是好人，但也不见得是穷凶极恶之人吧。”关思颖说，“他真的会因为坐了两年牢，就去杀一个人？”

“而且还有一个关键问题没解决。”庄帅插话道，“叶正修文化程度低、性格鲁莽，我不认为他有完成那种犯罪的能力，而且我们并没有在他的住处搜查到红外线伪装服。”

“没错。”左丘启点头，“这也是我疑惑的地方，现在我们没有任何证据能指证叶正修。”接着看向关思颖：“思颖，你那边的工作不能放松，希望你的鸟类朋友们，能给我们带来线索。”

因为没有证据，很快叶正修被释放，案件陷入僵局。

3.

7月15日。清晨。雨后，群山之间，空气带着些许泥土的芬芳，阳光透过薄薄的雾气，照耀着这山脚之下的名为龙岩村的小村庄。这里紧挨着名胜古迹保护区，现代化的开发被迫停滞，村民们依旧住着平房大院。

一位老汉骑着电动三轮车，在村子里四处穿梭，为一些人家送上订购的豆腐。老汉在村边上的一户人家门前慢慢停下，那是一个略显破旧的小院，院门是十多年前流行的防盗门。门旁栽种了一棵粗大的柳树，柳枝随风摇曳，似跳着曼妙的舞步。

这是最后一家了。老汉边想着边从储物箱里拿出了一盒豆腐，接着来到门前边按门铃边喊："李大爷，您的豆腐做好了。"

并没有回应。老汉等了片刻，又按了一下门铃："李大爷，我来给您送豆腐了。"

依旧没有回应。

难道不在家？老汉心想。就在他要转身离开时，院门突然响了，有人在里面敲砸着。老汉连忙转过身来："李大爷，是您吗？麻烦开一下门。"

霎时间敲门声停了，一个机械化的声音传出："我的主人没有呼吸了，请救救我的主人，救救我的主人。"

老汉愣了愣，接着想起来了，李大爷有一个机械人管家，应该是机械人管家在求助。怎么办？必须想办法弄开门。老汉首先想到通知村长，就在他要打电话时，一阵警笛声传来，打破了宁静。老汉远远望去，一辆救护车、三辆警车正飞驰而来。

明珠市公安局接到了机械人管家的专线报警电话，报警信息为：谋杀、急救。明珠市警方立刻将这一消息通知了特一科，特一科四人亲自带领警队赶到。

左丘启从警车上下来，看到了一位六十岁左右的老汉，他急得满头大汗冲左丘等人喊："警察同志，警察同志，你们可来了，我是来送豆腐的，这家好像出事了，不……不过和我无关，我……我也是刚来。"

"老人家，您放心吧，这里交给我们了。"左丘启说，接着看了看关思颖，"思颖，你带这位老先生去做一下笔录。"

关思颖点了点头。

左丘启、秦雨寒、庄帅来到了院门前，院门虽是十多年前的旧货但依旧十分坚固。众人用力推了推，纹丝不动，应该是从里面锁上了。

机械人管家听到动静，不断喊着："警察，警察，快救救我的主人。"

左丘启朝等在一旁的刑警示意，刑警们使用工具强行打开了门锁，门一开机械人管家就跑了出来，径直冲向左丘启，被等在一旁的刑警们控制住。

左丘启等人进了院子，院子并不大，地面铺着青石板，在院子边上靠近屋门的位置，摆着一个摇椅，摇椅很大，背对着众人，隐约可以看到上面躺着一个人。左丘启立刻上前，等他绕到摇椅的另一边时，不想看到的一幕还是发生了。一位七十多岁的大爷正躺在摇椅上，口鼻上盖着一个白手绢，他双目圆瞪，面部青紫肿胀，显然已死去多时。随行的法医立刻上前进行尸检，秦雨寒则跟其他刑警一起对现场进行勘查。

左丘启慢慢退出了院子，面对着被刑警们扣押住的机械人管家，厉声问道："到底怎么回事儿？谁干的？"

机械人管家不停地摇头："我不知道，不知道，我看到主人被谋杀了，就立刻报警了。"

“那之前呢？之前发生了什么？”左丘启追问。

“我领着主人出来晨练，之后……不知道了。”

“是吗？”左丘启抓着机械人管家的手臂，“是不是你干的？说！”

“不是，杀人是违法的，违法的，违法的……”机械人管家机械性地重复。

片刻，龙岩村的村长赶来了。村长是一位四十岁左右的中年男人，长相憨厚，穿着朴素。他始终十分慌乱，见到左丘启声音颤抖道：“警官，真……真的是谋杀案？我们村可从没发生过这种事，从没发生过……”

“你先别慌。”左丘启上前，拍了拍村长的肩膀，“我只是向你了解一下这一家的情况。”

“好好。”村长点头。

据村长交代，死者名叫李茂山，75岁，老伴早逝，目前独居，有一个儿子在千里之外的大城市。死者年轻时是教师，为人谦和，在村子里人缘很好，并没听说和什么人结仇。

通过进一步问话，左丘启从村长口中得知了一件令人震惊的事——李茂山竟然也曾经自杀过！事情约发生在两年前，李茂山在院子里的枣树上上吊，但因为树枝断裂，跌落摔伤了腿。当时正巧有村民从院子外面经过，听到李茂山痛苦的呻吟声，撞开院门，将李茂山送到了医院。至于李茂山自杀的原因，据村长说是因为李茂山的儿子想卖掉老房子，李茂山不同意，两人发生了争执，李茂山一时想不开，竟通过上吊抗议。

听完村长的话左丘启陷入了沉思，这个死者也曾经自杀过，这会是巧合吗？

“启科长！”庄帅喊道。他跟秦雨寒、法医一起朝左丘启走来。

“有什么发现吗？”左丘启反应了过来问道。

秦雨寒摇了摇头：“现场未发现任何可疑痕迹，不过这个院子院墙不高，不排除有人借助工具从外面进入院内，杀死老人并将现场清理干净。”

“我主要勘查了屋子。”庄帅补充道，“屋门紧锁，屋内没有任何翻动的痕迹，排除了入室抢劫杀人的可能。”

“尸检有什么发现？”左丘启看向法医。

“死因为机械性窒息，死前曾有过剧烈挣扎，死亡时间为两个小时前，即早上6点左右，另外……”法医突然一顿，“我在死者右手的中指、食指的指甲里发现了一种特殊的物质。”

“嗯？是什么？”左丘启追问。

“并不是常见的物质，现在还不清楚。”

现场勘查进行完，关思颖开始了工作，她放出小麻跟小灰，将附近的麻雀跟灰喜鹊都召集了过来。鸟儿们围着两只侦查鸟盘旋，两个小型的黑色“龙卷风”形成。初次见到这一幕的警察们皆目瞪口呆。

这一次很顺利，没多久，关思颖便喜笑颜开道：“找到了，找到了。”

很快，鸟群散开，一只灰喜鹊留了下来，慢慢地落到了关思颖的肩上。

之后，众人返回了明珠市公安局。从机械人管家口中无法得知更多线索，左丘启将其交给了陈尚学以及未来科技的科学家们。不过，这次公安局里多了一位特殊的客人，未来科技的高层之一楚主任。

见到左丘启，楚主任微微躬身，十分客气道：“启科长，您好，我是未来科技的技术研发中心主任。”

左丘启握了握手：“有何事？”

楚主任赔着笑脸：“启科长，我们公司早在一年多前便提出了将机械人管家更新换代的计划，计划将在一年内完成，届时将关闭第一代机械人管家的主脑，停用旧系统。可以说，现在正处在机械人管家升级的最后时期，但是……但是因为这个案子，社会上人心惶惶……不过，我们公司坚信机械人管家一定是没有问题的，现在也没有任何证据能证明这两个案子跟机械人管家有关……”

“请直接说重点。”左丘启打断了他的话。

“这个……我想请你们开个新闻发布会，说明这些事情。”

左丘启紧皱眉头，有些不耐烦。

在一旁守着的薛降龙凑上来，支支吾吾道：“启科长，这……这也是上级领导们的意思，这件事您不用参与，我……我来处理就好，绝对如实说明案情，安抚好群众。”

“可以。”左丘启简单应道。

不久后，关思颖汇报了从“鸟证人”那里得到的线索，据目击灰喜鹊描述，案发前一天下午，曾有一位男子在李茂山的住处附近徘徊，那男子戴着连衣帽、墨镜，身高在180cm左右。因为可疑男子的体型与之前估算出的凶手的体型不符，男子是否跟案件有关，尚无法确定。另外，警方们已在村子里完成了走访调查工作，并没有发现任何线索。

翌日，左丘启正在办公室看文件，陈尚学推门而入，一脸疲惫。

左丘启停下了手头的工作，问：“怎么样？有发现吗？”

陈尚学上交了一份报告：“检测结果出来了，一切正常，只是脑部芯片与上一个机械人管家一样，出现了一段时间的空白，同样在死者遇害前后。”

“你怎么看？”左丘启问。

“很简单。”陈尚学双目如炬，“一种可能是机械人管家确实出现了某种未知的故障，另一种可能是凶手等待机械人管家停止工作后，或运用某种手段使其停止工作再动手杀人。”

因为两名死者都曾经自杀过，左丘启提出了疑问：“会不会是死者意图自杀，主动要求机械人管家杀死自己？”

“不可能。”陈尚学态度坚决，“即便是有主人的命令，机械人管家也不会做任何有违法律的事，为机械人研究付出了数十年的科学家们已经完全保障了这一点，这是整个机械人工业的基石。”

左丘启埋头不语，现在这个所谓的基石正面临着前所未有的挑战。

当天，法医带来了另一条线索。从死者李茂山指甲中取出的物质被鉴定出来了，确定是一种名为mi3的新型液态致冷剂的固态物，液态的mi3温度约为零下223摄氏度，一般用于物质的冷冻储存以及冷冻治疗。

这个发现不但没有为案件侦破带来任何进展，反而使案子更加扑朔迷离起来，众人实在想不出液态致冷剂会跟案子有什么关联。

两个案子被并案侦查。在案情分析会上左丘启提出暂时将机械人管家犯案排除在外，考虑其他人犯案的可能。

两名死者有以下共同点：都是高龄老人；都独居并由第二代机械人管家照顾；都曾经自杀过。要想破案，必须弄清楚凶手的犯罪动机，即为什么选择这些受害人。

众人对此进行了讨论。庄帅提出了一个类似的案例。

明远市曾经破获了一起连环杀人案，三名死者都为七十岁以上的老妇，凶手为一位三十岁出头的年轻女子。凶手因为年幼时饱受重男轻女的奶奶的虐待，患有严重的心理障碍。在意外撞倒第一位受害人并受其讹诈、辱骂时，凶手埋藏在心底的恨被激发，她以赔钱为由将老人骗到了偏僻处，将其杀害并掩埋尸体。很快警方查到了她，并掌握了她的犯罪证据，但在逃亡途中，她又连杀两人。面对警方的审讯时她给出了这样的理由："杀第一个人确实是冲动之举，但当她停止呼吸后，我突然神清气爽，我感觉我被救赎了，而且也救赎了我的奶奶，死去的老人替她偿还了她的罪。"

有许多连环杀人案，凶手的犯罪动机并不明显，不能简单地归为仇杀、情杀、财杀等，这些隐藏着的犯罪动机大多跟凶手的自身成长经历有关，他们杀人是为了满足某种特殊的需求，而这种需求除了凶手自己其他人很难知晓。

与明远市连环杀人案不同，凶手选择的目标都由第二代机械人管家照顾并曾自杀过，显然凶手特意为之。至于原因，大家想了许久，都想不通。

案情分析会之后，薛降龙遵照约定召开了新闻发布会，与会人员都为明珠市公安局的领导，特一科成员并未到场。

通过视频直播观看发布会时，左丘启才意识到这两起案子对社会的影响有多大。网络上铺天盖地都是关于这方面的内容，大家对第二代机械人管家的安全性产生了疑虑，甚至恐慌。不少媒体进行了专题报道，对于机械人管家的弊端以及是否应该提高机械人的智能进行了大讨论。有过半的网友认为不应该，倡议立刻停止使用更加智能化的第二代机械人管家，其中有一部分人甚至开始向未来科技退货，而机械人管家的销量也在最近下跌了70%。如此，左丘启算是明白了楚主任要求召开新闻发布会的用意——希望尽可能地消除不良影响。但是现在，机械人管家的嫌疑并不能被完全排除，未来科技的期望恐怕难以达成。

众人正看得起劲，一阵提示音突然响起，一个虚拟屏幕在众人面前弹出——门外站着一名年轻的男警察，他站姿笔挺，神情看上去十分紧张。

“什么事？”左丘启接通了对话。

男警察有些支吾道：“大……大领导，有一名《明珠晚报》的记者来公安局，说有关于最近两起杀人案的重要线索，要见负责案子的警官，现在局里的领导们都不在，所以……所以我只能来找您了。”

“带他过来吧。”左丘启点头。

男警察转身离去，庄帅忍不住说道：“记者？他会有什么线索？难道是目击人？”

“很快就会知道了。”左丘启说。

片刻，那位神秘的记者孤身来到特一科办公室。他三十岁出头，戴眼镜，身材较瘦，穿着儒雅。

左丘启主动迎上前：“你好，我是案子的最高负责人，你有什么线索可以跟我说。”

那人跟左丘启握了握手：“我是《明珠晚报》的记者徐千，我有一件重要的事情要告诉您。”

“请讲。”左丘启请徐千坐下，并倒上了一杯水。

徐千轻抿了一口，说道：“我曾经采访过张凤铃、李茂山两名死者，并将他们写入了同一篇新闻稿。”

“什么？你确定？”左丘启一惊，差点站了起来。

“当然。”徐千说道，“大约在一年前，我策划了一篇报道，主题是关注老年人的心理健康。当时采访了五十多位老人，其中有五位老人被我写入了稿子。张凤铃跟李茂山便是其中两位，由于长时间独居，缺乏亲人的关心，他们都患有轻度的抑郁症。当时除了写报道，我还跟他们的子女聊过，遗憾的是他们都认为我小题大做，并未放在心上。”

左丘启紧皱眉头：“我们已经调取了张凤铃、李茂山的全部资料，包括网上的信息，并没有见过你说的那篇报道。”

“这是自然。”徐千扶了扶眼镜，说，“由于某些原因，那篇报道并没有发出去，知道这件事，或者见过稿件的仅有少数几个人。”

“都有谁？”左丘启连忙追问。

“主管这件事的我的两个上级领导，以及当时和我合作的一名同事，另外我还曾经跟一个朋友聊起过，并给他看了那篇稿子，他在《明珠都市报》工作，也是一名记者。”

之后庄帅对这四个人的情况进行了详细的询问，并记录了下来。

“谢谢，这个线索很重要。”左丘启由衷地感谢，“还有一件事请务必告诉我——另外三个写进报道的老人，都是谁？”

徐千从皮包中取出了一个文件袋，递给左丘启：“这便是他们的详细资料，都交给你了。另外，里面还有我的名片，有什么需要尽管联系我。”

左丘启亲自将徐千送出了办公室，等他回来时，众人已经议论了开来。

庄帅情绪激动地说：“两个被害人在同一篇新闻报道中出现，这绝不是巧合，看来凶手就是看过稿件的那四人之一。”

“应该算上这个徐千吧。”秦雨寒冷冷道，“说不定他是故布疑阵，前来报案只不过是想洗刷自己的嫌疑，干扰我们的视线。”

“不要把别人想那么坏好吧，我看他挺真诚的。”庄帅愤愤不平。

关思颖小声道：“如果他说的是真的，凶手继续犯案的话，下一个受害人就是另外三位老人之一吗？”

左丘启干咳了一声，等大家的目光都集中了过来，才说道：“一切只有经过调查才知道，现在必须立刻进行两项工作——雨寒，你跟薛降龙带领一队刑警负责看护好另外三位老人，并时刻留意接近他们的可疑人员，有任何异样立刻向我报告；庄帅、思颖你们负责那四个嫌疑人的调查工作。”

三位老人中有一位因病住院，子女都在身边照料，也没有购买第二代机械人管家，与凶手选择被害人的特征不符，秦雨寒只派了一名刑警负责看护，将注意力集中到另两位老人身上。

两位老人一位叫姜川，男，七十六岁，家住明珠市中心，独居，由第二代机械人管家照料。薛降龙带领两名刑警负责监视保护工作。

另一位老人名叫张静，女，六十九岁，家住明珠市丰原镇，同样独居，仅有第二代机械人管家照顾。秦雨寒跟一名刑警负责监视保护工作。

庄帅、关思颖最先有了发现。徐千的两位领导以及跟他合作的那名同事都没有作案时间，如此嫌疑人只剩下了徐千的朋友，那位名为周豪的记者。在不惊动周豪的情况下，两人对其进行了细致的调查，果真发现了许多疑点。

两人将这一情况汇报给了左丘启，左丘启盯着周豪的资料看了半天最后说道：“走，我们亲自去一趟。”

从周豪的单位得知了他家的地址，三人立刻赶了过去。

周豪家住在市中心某高档住宅区，众人乘坐电梯直达第一百二十层，来到了他家门前。

庄帅敲了敲门。片刻，一位四十岁左右，浓眉大眼，体格健壮的中年男人打开了门。他疑惑地看着三人问道：“你们是谁？是不是找错人了？”

“请问，你是《明珠都市报》的记者周豪吗？”关思颖问道。

“没错。”男人点了点头。

“那没找错，我们是警察，有一起案子希望你能协助调查。”庄帅说。

周豪愣了一下，点头：“请进吧。”

客厅很大，装潢简约大气，引人注目的是客厅一旁的一个巨大的展示柜，上面摆满了不同类型、不同材质的军用飞机模型，有百余架之多，很是壮观。

“请坐。”周豪请三人坐下，并倒上了茶，“不知有什么需要我帮助的？”

左丘启端起茶喝了一口，淡淡道：“最近发生了两起杀人案，被害人都是年过花甲的老人。”

“啊，那个案子呀。”周豪张大了嘴。

“怎么？”庄帅眼中闪过两道寒光。

“不好意思，那个案子弄得满城风雨，我真没想到你们是因为那个来的……不过，我跟此一点关系都没有，实在想不出有什么能帮到你们的。”

“是吗？”左丘启仔细打量着他，“你不觉得，这两名被害人——张凤铃、李茂山，有些奇怪吗？”

“奇怪？”周豪一脸疑惑。

“这么说，你是不想配合我们的工作了？不要装糊涂。”庄帅的脸色一下子变了。

“我真不明白。”

“徐千，你认识吧？”关思颖换了一个话题。

“认识，我跟他有近十年的交情了，挺铁的哥们。”

“据徐千说，大约在一年前，他曾经给你看过一篇他所写的新闻稿，主题是关注老年人的心理健康。张凤铃跟李茂山都接受过他的采访，并被写入了那篇新闻稿。”

“哦。”周豪沉思半晌，突然开口，“听你这么说，我想起来了，确实有这么件事，徐千让我给那篇稿子提提建议，还将打印稿留给了我，只是后来那篇稿子没有被他们报社采用。我不是有意隐瞒的，事情已经过去了那么久，我确实忘记了。”

“那篇稿子还在你手里吗？”庄帅问。

“早就找不到了，我也不记得放到哪去了。”

左丘启朝客厅一旁的展示柜看了看：“听说你是一位资深军迷，活跃于许多军迷网站以及论坛，你应该收藏有不少军品吧。”

“放心，我买的那些东西都是合法的。”周豪有些不悦道。

“不知你那些收藏在哪里？可以看看吗？”左丘启问。

周豪朝一个房间指了指：“请便。”

左丘启向关思颖递了个眼神，示意她进去查看。

两人继续问话。

庄帅喝了一口茶，润了润嗓子，说道：“周先生，请问一下，7月

10日傍晚以及7月15日早上你都在哪里？”

“傍晚的话，我已经下班到家了，一直待在家里。至于7月15日，那天是周六，我在家一直睡到中午。”

庄帅跟左丘启交换了一下眼神，斟酌片刻说道：“周先生，我知道有一些事你不愿意提起，不过为了案子，请见谅。我听说约半年前你儿子发生了一起意外事故，因为机械人管家照看不周，在公园玩耍时他从高台跌落，正好撞在树枝上，导致了一只眼睛失明。当时因为这件事你跟未来科技打了官司，但他们拒不承认是机械人管家的问题，你只得到了一笔小数额的赔款。而且传闻说，因为你得罪了未来科技，他们的人使坏将你从副社长的位置上撸了下来。另外，你策划了许久的关于机械人管家安全隐患的报道也没有顺利发表。”

“你这话是什么意思？”周豪的脸色变得很难看，声音也高了起来，“我是跟未来科技有仇，但这又怎样？我绝不会为了报这个仇而滥杀无辜，我是一名记者，在入这个行业时，便已经发誓要为社会的公平正义而战。”说到最后，周豪站了起来，脸涨得通红。

“周先生，请不要激动，在我们眼中每一个人都可能是嫌疑人，问话都是正常程序。”左丘启说。

“好。”周豪坐下来连喝了两杯茶，气息渐渐平顺。

很快，关思颖从房间里出来朝左丘启点了点头。

“那我们告辞了。”左丘启站了起来，跟周豪握了握手，“十分感谢你配合我们的工作，如果有什么线索，随时联系。”

三人离开了周豪的家，刚走没几步庄帅就忍不住问关思颖：“怎么样？有没有发现红外线伪装服？”

“没有。”关思颖摇了摇头，“不过我在他的收藏室里发现了几种攀岩、滑翔装备，有这些完全可以越过李茂山家的围墙，进入院子里。”

“果然。”庄帅一脸兴奋，“我看很可能就是他干的。”

“我并不这样认为。”关思颖突然说道。

庄帅愣了一下，诧异地看着她。左丘启笑笑，拍了拍关思颖的肩膀：“你有什么想法，说说吧。”

“我感觉凶手应该不是那四人之一，因为有一点说不通——凶手为什么选择杀害出现在新闻稿中的那两位老人？如果凶手就在这四个人中间，他应该清楚还有人也知道这件事，事情早晚会传到警察耳中，那时他就会暴露。”

庄帅恍然大悟：“这么说，除了那四人之外还有人看过那篇新闻稿，而且除了他，没有人知道他看过。”

“没错，很可能是这样。”左丘启说，但又加了一句，“如果新闻稿不是巧合的话。”

回到公安局，左丘启立刻联系了徐千以及其他知情者，这一问还真有了新的线索——周豪记起了一件事，他将那篇打印稿放在了从明珠市图书馆借阅的某本书中，后来又将书还给了图书馆。明珠市警方立刻赶到图书馆，将那段时间周豪借阅的所有书都找了出来，但并没有找到那篇打印的新闻稿。明珠市图书馆人流量极大，每天都有无数人来这里翻阅图书，其中仅有极少的一部分人会选择借阅，到底有多少人看过那篇打印稿根本无从得知。这条线索已无法再调查下去。

秦雨寒与薛降龙已经守了两位老人一天了，没有任何发现。第二天清晨，躺在商务车车座上已经睡熟的秦雨寒被刑警小孟弄醒，秦雨寒一惊，猛地坐了起来：“怎么了？凶手来了？”

“没……没有。”小孟支支吾吾道，“我……我买了点早餐，长官您已经一天没吃东西了，吃点吧。”

“我告诉过你，让你死死盯着，你怎么出去买东西？”秦雨寒怒冲冲道，“如果出了事，看我不收拾你。”

小孟尴尬地摸了摸脑袋，将早餐递了上去：“您放心，我没有走远，就在这附近买的，一直没看到什么可疑人。”

秦雨寒拿着食物胡乱往嘴里塞着，眼睛一眨不眨地盯着窗外。

“您喝点水。”小孟递上了一瓶矿泉水，秦雨寒仰头猛灌了一口，多的水从嘴中溢出，顺着雪白嫩滑的脖子流淌到了那高耸的双峰上。

小孟不禁多看了一眼，能跟美女长官一起行动，令他受宠若惊。

“这附近没见有卖早餐的呀？”秦雨寒随口问道。

“有，有……”小孟忙朝窗外指了指，“那边的奶茶店也卖一些早点。”

秦雨寒随着小孟所指的方向看去，奶茶店前排了长长的队，秦雨寒多看了几眼，忽然她发现队伍末尾有一个人有些奇怪。那人戴着一个黑口罩，虽然在队伍里，但始终不看奶茶店，而是死死盯着左边的一栋公寓楼——张静的住处。

难道他是？秦雨寒将食物往车座上一扔，朝可疑人一指：“那个人，你买早餐时见过吗？”

小孟摇了摇头。

“快点，小心开过去，不要惊动他。”秦雨寒立即下令。

小孟驾驶着商务车慢慢靠了过去，在距离奶茶店十几米的位置停下。那人并没有注意到商务车，目光依旧集中在公寓楼的出入口。

这次，秦雨寒看到了那人的正面。怎么这么眼熟？突然，一个身影闯进了她的大脑——叶正修。

“抓住他。”秦雨寒说完立刻下了商务车，她快步朝那人走去，距离越来越近，她坚信了自己的判断——是叶正修无疑。

就在距离叶正修仅几米时，两人突然四目相对，叶正修立刻转身拔腿就跑。

“站住！”秦雨寒喊了一声，接着疯狂地追了上去。

叶正修身手矫健，如长跑运动员一般，几百米之后便没了身影。

一段时间后，小孟才赶到，上气不接下气地问秦雨寒：“长……长官，那个人是谁呀？”

“你一个大男人，还跑不过我。”秦雨寒冷着脸，丢下一句话，转身离去。

公安局召开新闻发布会之后，公众的不安不但没有得到缓解，反而因为案情的公布，对第二代机械人管家的安全性更加担忧起来。这与未来科技的期望正好相反。

特一科办公室。关思颖正在网上浏览关于案件的报道。通过网民们的言论可以看出，大家的恐慌比之前更甚。

无意中，关思颖看到了一个熟悉的网络综艺节目《挑战·加一》。只是这次节目名称前面多了一个冠名——未来科技。节目正火热直播中，以往都是夫妻或者情侣组合，挑战某个项目，现在变成了机械人管家跟它的主人进行搭档。挑战开始前，主持人特地说了一句：“本次进行挑战的都是第二代机械人管家，只有如此现代化、智能化的机械人才可以跟主人一起完成复杂的挑战。”

挑战项目是背靠背夹球，关思颖看了一会儿，觉得无趣，便将网页隐藏，继续浏览其他信息。

“有什么发现吗？”左丘启突然凑了过来，“有一些杀人犯，喜欢作案后在网络上匿名炫耀，或者挑衅警方。”

“目前没有。”关思颖将网页一个个关掉，只剩下了那个综艺节目的网页。

节目仍在继续，正在挑战的是一个新项目，由机械人管家背着主人通过绳梯到达一处高台，之后协助主人在高台的球池里抢到尽量多的目标球。关思颖看了几眼，正打算关掉，就在这时，意外发生了。一个机械人管家竟然将一位参与游戏的女孩从高台上撞了下去，女孩落到了下面的充气垫上，脚踝扭伤。

一场意外因为最近的杀人案被放大，现场乱作一团。虽然主持人极力维持秩序，但仍有不少激动的观众冲上了台。冲上台的观众中不知是谁高喊了一句：“它是故意的，抵制第二代机械人管家，抵制第二代机械人管家！”

顿时，台上台下的观众们都纷纷响应，喊着同样的口号，声音震耳欲聋。

主持人显得十分狼狈，匆匆说道：“本期节目到此结束，咱们下期再见。”接着节目便变成了广告。

“群众们比我们想象的还要恐慌呀。”庄帅不知何时站到了两人身后，“看来第二代机械人管家这个产品，要完蛋了。”

“是呀，好可惜。”关思颖说。

左丘启还在看着电脑屏幕，似乎在回味刚才的画面。

这时，一阵悦耳的铃声传来，办公室里的电话响了。虚拟屏幕上显示出了秦雨寒的号码，左丘启喊了一声接听，秦雨寒略显疲惫的面庞浮现。

“有发现吗？”左丘启急切地问。

秦雨寒靠在汽车座椅上，深吸了一口气：“叶正修来过了，他好像在监视张静。”

“什么？”三人几乎同时惊呼。

“你确定是叶正修？没有看错？”左丘启问。

“我确定。”秦雨寒坚定地回答。

左丘启思索片刻：“你继续守着吧，另外别忘了通知薛降龙，让他也留意一下。”

“嗯。”秦雨寒点头，接着挂断了电话。

“怎么会？难道凶手真的是叶正修？”庄帅还有些难以相信。

左丘启陷入了沉思，默不作声。

3.

7月21日。明珠市中心，华星花园公寓。近三百层的富丽堂皇的高楼在周围鹤立鸡群。3号公寓楼前，一位中年男子驾驶着一辆奔驰轿车，缓缓停了下来。男子将车锁好，坐电梯直达第八层，在803号门前停下。

男子双手提着礼品，通过语音操控按响了门铃，但等了许久一直无人回应。无奈，男子将手里的东西放下，掏出钥匙打开了门。

“妈，您在吗？”男子进入屋里，换好了鞋，站在玄关处喊。

没有任何回应，周围静的可怕。突然，男子有了一种不祥的预感，他快步穿过宽敞豪华的客厅直奔卧室而去。来到卧室前，男子使劲推了一下门，门被反锁了。他使劲敲门喊着："妈，您在里面吗？"依旧没有回应。

男子搬来了椅子，站在上面，透过门上的窗户往里看。他看到了他母亲，此刻他母亲一动不动地趴在床上，似是一个人体模型，而且他看到，看到床单上竟……竟然有血！

男子腿一软，从椅子上跌了下来，他不顾崴伤的脚，跪在地上使劲砸着门，疯狂地呼喊："妈，妈！您怎么了？"不一会儿，双手已经红肿了起来，但门纹丝不动。突然，男子停下了动作，他似乎想起了什么，快步朝厨房跑去，很快他从厨房的工具箱中拿出了一个铁锤。

男子用铁锤敲砸着卧室的门，砸了几下，他又停了下来，从口袋中掏出手机，开到录像模式，放在桌上，摄像头正对着卧室。

男子奋力砸了几分钟，门终于开了，他猛冲进屋将趴在床上的母亲扶了起来。

瞬间，男子呆住了，他的眼睛如绽放的烟花一下子炸开，就这样愣了五六秒，他瘫软在了地上，空张着嘴却什么也喊不出，只剩眼泪如水流般不停涌出。

他母亲的胸口像西瓜肉一般被捅烂，上面插着一把水果刀。

半晌男子才回过神来，他环顾四周并没有看到任何人，只在墙边上立着一个机械人管家，机械人管家一动不动，似乎能源已经用尽。男子返回客厅抓过手机，要拨打报警电话，但他发现手机竟没有信号。于是，他又匆忙地跑进另一间屋，拨打电话。等报完警返回卧室时，他愣住了——机械人管家竟然不见了！

因为没有抓住叶正修，秦雨寒耿耿于怀，她又带领刑警队去了叶正修的住处，但早已人去楼空。之后又过了一天，案件侦查陷入了僵局。这天下午，左丘启正在办公室里分析案子，未经过他的允许，一名年轻的男警察推开办公室的门，火急火燎地跑了进来。

“怎么回事？谁让你进来的？”左丘启合上卷宗，冷冷道。

“长……长官，事情紧急我见门没锁，就进来了——又……又有命案发生了！”

“什么？”左丘启一惊，“秦雨寒跟薛降龙那边出事了？”

“没……没有。”男警察结结巴巴道，“秦长官跟薛局长已经赶去案发现场了，死的不是姜川、张静，是另一位老人。”

左丘启愣住了，片刻将卷宗一扔，说道：“带我过去。”

因为秦雨寒、薛降龙离案发地较近，他们和一众刑警提前赶到了现场。半小时后，左丘启等特一科其他成员才赶到。

死者名叫赵晴，女，七十一岁，某国企退休员工，丧偶独居。报案人是她的独子金庆军，男，四十八岁，职业为律师。金庆军也是第一个进入案发现场的人，左丘启等人赶到时，他正背靠着墙，掩面哭泣。左丘启本打算立刻向他询问，但见状只好作罢，令他先平稳情绪。

左丘启进入了房间，客厅里站满了警察，薛降龙也在其中，见到左丘启，众人纷纷立正敬礼，并让出了一条路。左丘启穿过客厅来到了卧室前，秦雨寒正在检查被砸烂的实木房门，见到左丘启等人，只是微微点头，便继续投入到工作中。

卧室里，死者仰面朝天躺在床上，胸口血肉模糊。法医正在进行尸检，左丘启上前询问：“怎么样？有结果了吗？”

法医看着左丘启说道：“死因是锐器刺破心、肺造成的大出血以及心肺功能丧失。凶器是插在死者胸口上的一把水果刀，死者被刺了十余刀，刀刀致命。死亡时间为三个小时前，即下午3点左右。”

左丘启点了点头，朝跟在身旁的庄帅、关思颖说：“你们详细勘查一下这间卧室，不要放过任何线索。”

之后，左丘启走出了案发现场，此时金庆军的情绪已经逐渐稳定，左丘启跟薛降龙在警车里对他进行了询问。整个过程都将被警车里的多媒体设备记录下来。

金庆军依旧消沉，左丘启给他倒上了一杯咖啡，并打开了空气交换系统，车内的空气顿时清新起来。

左丘启正色道：“金先生，下面我将问你几个问题，可以吗？”

金庆军默默地点了点头。

“你大约几点钟发现尸体的？”左丘启问。

“我到达公寓楼下时是下午4点50分左右，然后进了家里并砸开卧室的门，中间大约……大约花了二十分钟——所以，应该是下午5点10分左右发现的。”

“能跟我讲讲当时的情景吗？”

金庆军的眼圈又红了，眼里噙着泪水：“当时我蒙了，瘫倒在地上什么都不知道了，过了许久才想起来看看屋子里面，我敢确定屋里没有人，除了……除了一个机械人管家，而且……而且我怀疑很可能就是它干的？”

薛降龙紧皱着眉头：“为什么这么说？”

“当时机械人管家立在墙边一动不动，我以为它没电了，但是……但是……”金庆军的眼睛猛地瞪开，“当我从另一个房间报完警回到卧室时发现，机械人管家不见了。”

“什么？”薛降龙差点跳了起来，他连忙给楼上的刑警打电话，令他们立刻搜寻机械人管家的下落。

左丘启沉默了一会儿，问：“为什么不用手机报警，要去另一个房间？”

“说来也是奇怪。”金庆军凝眉思索着，“当时我的手机好像出了问题，没有信号，不过后来又好了。”

“对了。”金庆军想起了什么，将手机拿了出来，“其实……其实当我透过门窗看到床上的血时，就已经意识到我妈不行了，为了不给警方的侦查带来困扰，我将我砸门入内的整个过程都录了下来，这样做也是为了让你们尽快抓住凶手，为我妈报仇。”说着金庆军将他录的那段视频传给了左丘启。

左丘启观看了视频，整个过程确实与金庆军所说的一致。

看完视频，左丘启思索片刻，问道：“除了门，屋里的窗子也是反锁的吗？”

“这我就不知道了。”金庆军摇了摇头，“不过，除了我妈的尸体外，我没有动现场的任何一样东西，你们勘查一下便知。”

“那个机械人是第二代机械人管家？你何时何地购买的？”左丘启接着问。

“没错，是第二代机械人管家。”金庆军回答，“我在未来科技总部买的，刚买了一年多。”

薛降龙问：“你从停车到上楼整个过程中有没有看到什么可疑的人？”

金庆军摇了摇头：“没碰到任何人。”

“那据你所知，你母亲有没有跟人结仇？”

“没有，我妈喜欢独来独往，朋友很少，更没有仇人。”

“冒昧地问一下。”左丘启看着金庆军，“你母亲是不是曾经自杀过？”

“嗯？”金庆军有些疑惑，“警官，这事您怎么知道的？”

“你只需要回答就可以了。”左丘启说。

金庆军深深地埋着头，又陷入了悲伤之中，半晌说道：“两年前我爸因病去世了，因为这件事，我妈备受打击，得了抑郁症，在入院治疗的过程中几次试图自杀，但都被医生、护士阻止了。出院后，我妈的病情得到了缓解，但我因为工作忙不能时刻照看她，便给她买了机械人管家，但没想到，没想到……”金庆军哽咽了，再也说不下去。

稍等了片刻，左丘启又问：“最近这段时间，你是否发现你母亲有什么异常？”

金庆军摇了摇头。

“好，谢谢你的配合，如果想起什么线索，一定要第一时间联系我们。”左丘启结束了询问。

之后，左丘启与薛降龙又回到了案发现场。左丘启特地检查了一下窗户，又看了一下床底以及墙角的小衣柜，接着便一直沉默，这次他也想不通了。

很快，现场的所有勘查工作进行完毕，左丘启留下了一队刑警继续搜寻失踪的机械人管家，其他人则一起赶回了明珠市公安局。

特一科警员立即开会，这一次陈尚学也被要求参加。

左丘启说道：“庄帅、思颖，你们先汇报一下现场勘查的结果。”

庄帅说：“凶器上未找到指纹，现场痕迹勘验没有有价值的发现，未提取到毛发、皮屑等微量物证。”

关思颖补充道：“卧室的门、窗户反锁，床底以及衣柜里都无法藏人，排除凶手行凶后躲在凶杀现场之后逃离的可能。”

“有意思。”陈尚学突然插话道，“这就是传说中的密室杀人案？”

“很多所谓的密室杀人案，只不过是凶手使用了障眼法，将现场伪装成了一个密室，其实都是假象。”庄帅看了陈尚学一眼，卖弄道。

“哦，那你说说看？”陈尚学说。

“我认为这个案子，最大的嫌疑人就是死者的儿子，金庆军。”庄帅使劲清了清嗓子，说道，“案发现场是一个密室，这个结论只不过是我们根据金庆军的描述，以及他录的录像得出的。那段录像很可能就是金庆军故意录下来给我们看的。其实卧室的门根本没有被反锁，他只是用某种方法将门暂时关住，然后在录像中用铁锤将门砸开，造成一种门被反锁的假象。”

陈尚学笑笑，点了点头：“嗯，这个解释倒是说得通。”

庄帅正得意，秦雨寒突然冷笑一声：“呵呵，你想的也太简单了吧，我仔细检查过卧室的门，我敢确定，门确实是在被反锁的情况下砸开的。”

庄帅愣住了，一时无话。

“我相信金庆军的话，他并不是凶手。”左丘启拿出了香包，轻轻嗅着，开口说，“第一，他没有作案动机，他跟他母亲的感情很好。第二，显然这个案子跟之前的两个案子是同一个人干的，我安排人调查过，另外两个案子，金庆军并没有作案时间。”

“好吧。”庄帅有些颓废道。

“可是……”关思颖小声问道，“凶手为什么没有选择姜川或者张静，而是杀害了赵晴？”

“叶正修发现了我们守着姜川跟张静，死的人立刻变成了赵晴，这不可能是巧合，我看凶手十有八九就是他。”秦雨寒说。

“现在下结论还为时尚早。”左丘启说，“其实我们的判断未必正确，凶手可能并不是通过徐千所写的那篇新闻稿来选择被害人的，或者那不是他选择被害人的唯一方式。有一点值得我们注意，赵晴患抑郁症自杀的事被《明珠商报》报道过。我想不管是那篇未发表的新闻稿，还是《明珠商报》的报道，都只是凶手寻找符合条件的受害人的一种渠道，仅此而已。”

说完，左丘启将目光转移到了陈尚学身上：“尚学，从科学的角度，你怎么看这起密室杀人案？”

“很简单。”陈尚学回答，“要么案发现场不是个密室，要么凶手一直就在案发现场里。”

左丘启点了点头，这也是他的想法。据金庆军说，当时在屋子里的只有那个机械人管家。难道凶手真是它？如果不是，凶手又是用什么手法作案的呢？

一阵急促的铃声打断了左丘启的沉思，虚拟屏幕弹出，薛降龙正在外面等候。

左丘启打开了门，薛降龙神色慌张地冲了进来，喘息了一会儿才说：“启科长，死者赵晴的机械人管家找到了。”

“别急，详细说一下。”左丘启说。

“机械人管家被发现于3号公寓楼地下室的一间无人使用的储物间中，这是负责搜寻的警员录的视频。”说着薛降龙拿出了一个微型投影装置，一小段影像投射了出来。

视频里，机械人管家正卧在脏乱、阴暗的储物间的墙角里，它瘫在那里，一动不动，身上的指示灯并没有亮，可见已经停止了工作。画面突然动了一下，接着变成了近景，一位负责勘验的警员出现在了机械人管家身旁，他正俯身察看着什么，挡住了镜头。当他走开时，一个画面突然出现，众人心头一震，机械人管家的右手上染满了鲜血。

愣了好一会儿，左丘启才问：“机械人管家现在在哪儿？”

“已经被带上警车了，应该很快就到局里了。”

“那机械人管家手上的血是？”秦雨寒问。

“已经检测过了，确定是被害人赵晴的血液。”

“这不可能，不可能。”陈尚学这才惊醒，不停地摇着头，“机械人管家的芯片经过了无数权威科学家的层层检验，绝没有任何漏洞，机械人管家不可能犯罪。”

“事实就在眼前呀，没有什么不可能的。”庄帅说。

“可是，这不是连环杀人案吗？凶手应该是同一个人才对。”关思颖说。

庄帅闷头想了一会儿：“我们那套侦查理论只能用在人身上，谁知道那些机械人是咋想的？谁能明白它们的犯罪动机？”

左丘启一直沉默，薛降龙有些慌了：“启科长，我们……我们该怎么办？”

左丘启紧攥着手中的香包，好像沉浸在另一个世界里。

“启科长？！”

在薛降龙的呼喊中，左丘启慢慢抬起了头：“第一，为了避免引起恐慌，这件事不能让媒体知道，一定要瞒住；第二，继续查案子，虽然目前的线索都指向凶手是机械人管家，但我们依旧不能松懈，不能放过任何疑点，如果调查到最后依然没有发现其他犯罪嫌疑人，我们再向公众交代清楚。”

众人愣着，一时没有回应，左丘启又喊了一句：“明白了吗？”

“明白！”众人异口同声地回答。

左丘启安排了工作。陈尚学留在公安局，负责检测赵晴的机械人管家。秦雨寒负责查看3号公寓楼楼道口的监控以及两个电梯的监控，寻找进出公寓楼的外来可疑人员，因为担心凶手为了躲避警方的排查，提前进入公寓楼，躲在某处伺机作案，左丘启特地要求将排查范围扩大到案发前一个月。庄帅、关思颖则负责详细调查被害人赵晴的社会关系。

很快，陈尚学对机械人管家进行了检测，发现因为未知原因，其脑部芯片已经被烧毁，没有留下任何有用的信息。

翌日，庄帅、关思颖汇报了他们的调查结果。

赵晴出院后，周围的人开始用异样的眼光看她，因此她一般都待在家里，很少与其他人打交道，唯一的娱乐活动便是去附近的一个公园打麻将。两人调查了经常与赵晴打麻将的人，发现一个叫沈美茗的老人在案发前三天曾与赵晴发生了争执。沈美茗因为打麻将耍赖，被赵晴辱骂，沈美茗回骂了一句神经病，赵晴便爆发了，拿起板凳砸伤了沈美茗。沈美茗被砸倒在地，宣称日后一定要加倍奉还，让赵晴好看。

沈美茗只有六十岁出头，比赵晴小许多，她也住在华星花园公寓3号公寓楼，左丘启与庄帅、关思颖见到了她。

沈美茗被砸伤了额头，头上包着纱布，她女儿守在她身旁照料。左丘启支开了她女儿，单独向她询问。

“你们是为了赵晴的事来的吧？”沈美茗先开口。

“没错。”庄帅点头，“那就不多客套了，咱们直入正题。你跟赵晴认识多久了？平时有往来吗？”

“我们虽然是邻居，但却是打麻将认识的，认识了约有两年时间了。至于往来，我们除了打麻将，其他时候几乎都不见面。”

左丘启问道：“据几位跟你们打麻将的老人说，案发前三天你曾与赵晴发生了激烈的争执，你额头上的伤就是这么来的吧。”

“没错。”

“你当时扬言要加倍奉还，让赵晴好看，是不是？”关思颖说。

听到这儿，沈美茗笑了：“你们不会因为这个怀疑我吧，其实那事是我做得不对，我不应该那样说她，当时说的都是气话，其实我并不怪她，我不会报复，更不会杀人。”

“那7月21日，下午3点，你在哪里？”左丘启问。

“让我想想。”沈美茗沉思片刻，“那天下午2点多我跟我女儿去明珠市人民医院复查，当时应该还在医院里，你们可以去核实。”

“我们会去的。”庄帅拿笔记录了下来，“在赵晴的众多牌友中你跟她的关系最密切，据你观察，在案发前一段时间，她有没有什么异常？”

“这个……”沈美茗紧皱眉头，半晌突然一拍手，“我想起来了，在案发前一星期左右，赵晴曾跟我说过，她总感觉身后有一双眼睛在偷偷盯着她。你们也知道，她刚从精神病医院出来，那些话我并没放在心上，只是告诉她那都是她的错觉。”

“是吗……”左丘启喃喃自语，接着又问：“案发当天，你有没有见到什么可疑的人？或者听到奇怪的声音？”

“没有。”

询问结束，三人回到了公安局。

左丘启刚进特一科办公室的门，秦雨寒就风风火火地走了上来，手里拿着一叠文件。

“有发现了？”左丘启问。

“我跟十几位刑警察看了7月21日以及之前一个月的监控录像，发现在7月21日之前的日子里，所有进入3号公寓楼的外来人员都已经离开，有逗留时间过长的我都派人去一一核实，并没有可疑之处。如此，只有在案发当天进入公寓楼并在案发后才出来的这两个人有嫌疑。”说着，秦雨寒将文件递了上去。

左丘启并没有着急看，而是问道：“当天的电梯监控录像都看了吗？有没有找到赵晴？”

“没有，据金庆军说，赵晴为了锻炼身体习惯走楼梯。”

左丘启这才打开了文件，他看到了两张照片，都是监控录像的截图。

看装扮一位应该是快递员，男性，年龄在三十岁左右。另一位是四十岁左右的中年男人，穿西装，戴着墨镜。

“那两个人我都初步调查过了，年轻的那个叫刘云，男，三十二岁，是天元快递公司的快递员，他在下午3点钟进入公寓楼，约二十分钟后离开，其间共送了五个快件。五个快件的收件人，我都一一询问过了，他们证实快件确实是刘云交给他们的，因此刘云并没有作案时间。另一个人叫吴顺易，男，四十五岁，他于下午2点53分进入公寓楼，下午3点23分离开。我并没有在电梯监控录像中找到他，说明他走的楼梯，而且此人进公寓楼之前的行为极度可疑。”说着，秦雨寒放出了一段监控录像。

下午2点20分左右，一辆黑色奥迪轿车停在了3号公寓楼前，车熄火后，车主并没有下车。之后，下午2点50分，被害人赵晴和她的机械人管家出现在了监控画面中，他们很快走进了公寓楼。接着，没几分钟，黑色奥迪轿车的车门突然打开，车主吴顺易下车，快步进入了公寓楼。

“太可疑了。”看完录像，庄帅激动地说，“那个吴顺易鬼鬼祟祟的在车里藏了三十多分钟，等到被害人进入公寓楼后，他紧跟着就进去了。他很可能就是在等被害人。”

“这个吴顺易是什么人？他跟赵晴有没有交集？”左丘启问。

“吴顺易开了一家名为宏图的广告公司，据我调查，他并不认识赵晴。但是，3号公寓楼里，有一位叫孟然的年轻女子是宏图广告公司的员工。我找孟然核实过，当天下午3点多吴顺易确实找过她，但她已记不清更具体的时间，只确定吴顺易在她家待了十几分钟。”

“也就是说，有十几分钟的时间吴顺易去向不明。”关思颖说。

左丘启沉默片刻，说道：“雨寒，你跟我去宏图广告公司走一趟。”

宏图广告公司在繁华的闹市区，公司租用了两层办公楼，可见规模不小。

在一间装潢考究的办公室里，左丘启、秦雨寒见到了吴顺易。

左丘启出示警证时，吴顺易略显惊讶，但还是很有礼貌地请两人坐下，并让秘书倒上了茶。秘书离开后，吴顺易才问：“不知两位警官因何事而来？”

“赵晴，你认识吗？”左丘启问。

吴顺易摇了摇头：“不认识。”

“那孟然呢？”秦雨寒紧盯着吴顺易问道。

“当然认识。”吴顺易的目光闪躲了一下，“她是我公司的员工。”

“7月21日下午，你去了华星花园3号公寓楼，也就是孟然的住处，你去干什么？”秦雨寒追问道。

“工作方面，有些紧急的事要跟她聊聊。”

“是吗？”秦雨寒将那段监控录像放了出来，“下午2点20分左右，你开车来到了3号公寓楼前，但你在车里待了三十多分钟，直到下午2点53分才进入公寓楼，你不是说有紧急的事吗？那你等什么？”

“这……”吴顺易有些慌张。

“你是真不知道？”左丘启看着他，冷冷道，“3号公寓楼发生了一起命案，死者名为赵晴，那么长的时间你一直不进入公寓楼，偏偏在赵晴进入后三分钟你紧跟着进去。我们有理由怀疑你跟踪被害人赵晴，如果你不解释清楚，恐怕会很麻烦。”

“巧合，真的只是巧合而已。”吴顺易争辩道。

左丘启双手撑着桌子，身体向前倾：“那你在等什么？”

吴顺易全身紧绷，但没多久如泄气的皮球瘫软了：“我跟孟然是情人关系，我是想等她丈夫离开后再去找她。”

“你真的是为了找她吗？”秦雨寒厉声问道，“我询问过孟然，她说你确实找过她，但只在她家待了十几分钟，另外十几分钟的时间你在干什么？”

“那天我是去给她送戒指的，等上了楼梯才发现戒指丢了，于是我又回到楼道口去找，这便耽误了十几分钟的时间。”

“为什么走楼梯？”秦雨寒追问。

“孟然家住在六楼，我不能走楼梯吗？”

“好，吴先生如果想起什么新的线索，还请联系我们。”说完这句话左丘启便叫上秦雨寒，离开了。

出了办公楼，秦雨寒便问：“启科长，您真的相信他说的？”

“十几分钟的时间，走楼梯到八楼，然后杀死被害人并清理现场，时间太紧了，很难完成。而且他与三名被害人都不认识，找不出任何杀人动机。”

“难道凶手是楼内的住户？里面可是住了两百多户人家呀，难道要一一调查？”

“目前还没有找到案子的突破口，恐怕只能这么做了，另外我要看一下案发当日的监控录像。”左丘启说。

回到公安局，左丘启立刻察看了监控录像。当天在案发前进入3号公寓楼的外来人员并不多，除了刘云、吴顺易在案发后离开外，还有一个人在案发前离开。那人装扮很奇怪，尽管天气炎热，他却穿着长衬衫、长裤，还背了一个很大的双肩包，戴着墨镜、遮阳帽，因此并不能看清他的长相。那男人在下午1点15分进入公寓楼，于下午2点18分离开。按理说他不可能作案，但左丘启还是有疑虑，而且他越看越觉得那个人眼熟。

是谁呢？他怎么也想不起来。

另外，还有一个机械人管家在下午2点5分进入了3号公寓楼，在下午3点42分离开。虽然机械人管家的模样都差不多，但左丘启确定进出公寓楼的是同一个，因为在它的右臂上有一道明显的划痕。

“启科长，出事了，出大事了！”薛降龙突然闯入了办公室。

左丘启的思绪被打断，有些不悦道：“什么事？怎么慌成这样？”

薛降龙喘息了一会儿：“启科长，我一直按照您的吩咐，严格保密案情，但是不知为何那些媒体还是知道了案子的细节，就在一小时前，数十家媒体几乎同时对案子进行了报道，现在群众们已经恐慌到了极点。明珠市内，几乎所有的未来科技的公司前，都围满了示威群众，他们甚至当众烧毁了部分机械人管家，还打伤了公司的职员。我们的警力都派去协助维持秩序了。”说着薛降龙打开了一个新闻直播视频。视频显示的是未来科技的总部，一位记者站在人群中不时地解说几句，现场确实如薛降龙所说，一片混乱，示威群众被防暴警察们拦住，但仍情绪激动，不停地辱骂着，还有人拿鸡蛋、石块等物品朝公司大门砸去。

“真正的危机并不是这场动乱，机械人管家早已经融入了明珠市的各个方面，在各行各业它们都发挥着必不可少的作用，在这些机械人管家中有百分之八十左右，都是让人恐慌的第二代，如果事态继续严重下去，整个明珠市都会陷入混乱。”薛降龙说。

看着薛降龙那张因张皇失措而扭曲变形的脸，左丘启突然明白了，或许明珠市警方包括更高层的领导，真正关心的并不是案子的真相，他们是想要一个答案——凶手不是第二代机械人管家的答案。

“这或许不是坏事。”左丘启突然笑了笑，说。

薛降龙愣住了。

“你们对所谓的不可能犯罪的机械人管家并没有完全的信任，却将社会的一部分交给了它们，在这种情形下，警钟的敲响只是早晚的事。我知道你们的想法，不过既然这个案子到了我手上，那我关心的就只有真相，不管那是不是你们想要的真相。”左丘启淡淡道。

秦雨寒走了过来，打断了两人的对话：“启科长，您最好来看看这个。”说着，她投射出了一段视频。

未来科技总部的大厅里，一位身穿西装的中年人在数位黑衣保镖的保护下，面对着众多的记者。

无数镜头都对向他，闪光灯不停地闪烁，中年人表情从容，说道：“请大家一定保持镇定，机械人管家绝不可能犯罪，这个案子一定另有隐情。”

一位美女记者举着话筒，身子奋力往前探：“张总，网民们对此案进行了分析，大家都认为犯人只可能是机械人管家，您怎么看？”

“这不可能。”中年人的声音高了起来，“这是高智商犯罪，凶手肯定用了某种未知的杀人手法，然后将案子嫁祸到机械人管家身上，我相信警方的办案能力，他们会还我们一个公道的。”

“您提到了嫁祸，难道您已经有了怀疑的对象？”一位男记者提问。

“我听说永能机械科技正计划开发智能机械人，显而易见，我们就是他们的竞争对手。”

“您是说永能机械科技嫁祸机械人管家？您认为这个案子是他们做的吗？”男记者继续追问。

中年人摆了摆手：“我们会协助警方破案的，任何别有用心的人，都不会有好下场。”说着便挤出了记者的包围圈。

“竞争对手杀人嫁祸，别说，还真有可能。”薛降龙说道。

“呵呵，你真认为有可能？”秦雨寒冷笑一声，“那个什么张总，抛出个永能机械科技公司，只不过是为了转移视线，是缓兵之计。我们早调查清楚了，未来科技并不存在竞争对手，永能机械科技主要制造的是非智能化大型机械人，就算有生产智能机械人的打算，那也没必要现在就搞什么嫁祸。”

左丘启沉默不语，突然他的手机响了，他看了一眼，神色一变，快步走远，接听了电话。

数分钟之后，左丘启挂断了电话，说道：“是赵部长打来的，他说这个案子是重中之重，一定要尽快破案。另外还说，让我们尽量配合未来科技，安抚好群众。”

“这个未来科技的能量真是大，连赵部长都替他们说话。”庄帅有些愤愤不平道。

“没办法了，庄帅你去永能机械科技走一趟吧，虽然我也不认为他们是凶手，但还是要认真调查，或许能有什么新的发现。”

“至于你们……”左丘启看了看秦雨寒、关思颖，“先等一等，我还有更重要的事要交给你们去做。”就在不久前，左丘启突然灵光一闪，他想到了。

4.

办公室里，左丘启独自一人端坐在电脑前，全神贯注地看着一段视频，那是《挑战一加一》的节目现场，此时已经发生了那场意外事故，现场一片混乱，冲上台的观众越来越多，一个人挤在观众中间高喊了一句：“它是故意的，抵制第二代机械人管家，抵制第二代机械人管家！”紧接着众多观众们纷纷响应。

左丘启将视频画面定格，他死死盯着带头喊话的那人，那人年龄有四五十岁，穿着黑西服，戴着鸭舌帽。左丘启将他的面部放大并与出现在3号公寓楼监控录像中的装扮奇怪的那个男人比对，最后左丘启确定，两者是一个人。

左丘启将照片交给了薛降龙，令其立刻调查出照片中人的身份。

很快，结果出来了，那人名为郭铭，男，五十二岁，明珠市本地人，丧偶无子，曾在启示机械研究所担任研究员。

左丘启计划详细调查郭铭，众人对此表示不解。

秦雨寒说："那人在案发之前就离开了，他不可能作案呀。"

"是呀，启科长。"薛降龙说道，"我看还是调查永能机械科技比较好。"

左丘启抬手阻止众人说下去："凶手既然能设计出密室杀人，自然有办法瞒过监控。"

众人兵分两路，秦雨寒跟薛降龙去启示机械研究所调查。左丘启跟关思颖则赶去了郭铭的住处——盛世公寓。

那是一种新样式的公寓楼，一栋楼仅住了十个住户。两人来到了最高层的住户门前，敲响了房门。

片刻，一个穿白衬衫、身材较瘦的中年人打开了门，那人正是郭铭。

"你们找谁？"郭铭表情平静，问道。

左丘启递上了警证："我们是警察，有个案子需要你协助调查。"

"好，请进吧。"郭铭将两人让进了屋。

屋内的结构类似于别墅，共有三层。在第一层的客厅里，郭铭请左丘启、关思颖坐下，倒上了茶。

左丘启环顾四周，屋内家具摆放整齐，一尘不染，包括桌上的茶杯都码放得一丝不苟。

"不知是什么案子？"郭铭问。

"7月21日下午3点左右，被害人赵晴死于华星花园3号公寓楼的家中。"左丘启回答。

"是这个案子呀。"

"你知道？"左丘启问。

“网上传得沸沸扬扬，大家都说凶手是机械人管家。”

左丘启端起茶杯喝了一口，似是很随意地问：“你觉得呢？”

“呵呵。”郭铭笑了笑，“我不知道。”

“据我们调查，你也曾买过机械人管家，而且是两个。第一个为第一代机械人管家，购买于四年前，第二个为第二代机械人管家，购买于半年前。你的机械人管家呢？”说着左丘启又看了一下周围。

“都丢失了，我已经报过案了，你们可以查。”

“这么巧？”左丘启审视着郭铭。

“我也没办法。”郭铭耸了耸肩。

关思颖与左丘启对视了一眼，用投影装置将那段监控录像投射了出来：“画面中的人是你吧？”

“是。”郭铭点了点头，“我去见了一个朋友。”

“叫什么？在哪住？”关思颖追问。

“郑坤，八十层8003号房。”

“见朋友为什么要穿成那样？还背着一个大背包？”左丘启问。

“我经常健身，那天我去爬山了，山上荆棘多，所以我穿了长衬衫、长裤。背包里装的都是登山工具。我爬完山路过郑坤的家，便去拜访。”

左丘启仔细打量着郭铭，他面无表情，如静默的死水。

片刻，左丘启问：“你几点到他家，几点离开的？”

“大约下午1点20分到他家，下午2点10分左右离开。”

“好的，谢谢配合。”说完左丘启看了看关思颖，两人一起离开。

离开了郭铭的家，两人又马不停蹄地去询问楼上的其他住户，想得知更多关于郭铭的信息。第九层的住户家里无人，其他几户都询问了一遍，但与郭铭都只是点头之交，并没有太多接触，两人一无所获。临走时，左丘启抱着试试看的想法，按响了第九户人家的门铃。

片刻，一个三十岁左右的年轻小伙，打开了门。

“你们找谁？”小伙看着两人，狐疑道。

左丘启直接出示了警证：“警察，想问你几个问题。”

小伙竟伸出头往外看了看：“就你们两个人？是不是问机械人管家杀人的那个案子？”

“你怎么知道？”关思颖扫了他一眼。

“我猜的。那个案子可厉害了，弄得满城风雨呀，请进，快请进来。”

小伙如特务接头一般将两人领进了屋。

“请喝水。”小伙拿过来了两个盛满水的纸杯。面对着警察，他一点也不紧张，反而很兴奋。

左丘启查看了小伙的证件，他确实是这家的主人。

“有什么问题，快请问吧。”左丘启一时不出声，小伙主动说道。

“你楼上的邻居——郭铭，你对他了解多少？”

“郭铭？”小伙愣了一下，“不是问机械人管家杀人案吗？”

“想啥呢？问那个，你能知道什么？”关思颖没好气道。

“郭铭——对了！”小伙激动地一拍手，“你们是不是怀疑凶手是他？”

左丘启皱了皱眉头。

“放心。”小伙压低了声音，显得有些鬼祟，“我绝对做好保密工作，郭铭那家确实……确实有点诡异。”

左丘启眼前一亮：“诡异？什么意思？”

“你们应该有调查过吧，他有一个老婆，在三年前去世了。”

“这又怎么了？”关思颖问。

“你们相信这世上有鬼吗？”小伙的脸色变了，带着一丝惊恐，声音也有些发虚，“我见过……见过他老婆的鬼魂，就在这栋楼里，而且不止一次。”

关思颖抖了一下，不自觉得朝左丘启靠了靠。

左丘启笑了笑：“我不相信鬼。”

“那我看到的是什么？”小伙用力按着桌子，瞪着眼睛，“我在这里住了八年了，他老婆很热情，每次见到邻居都打招呼，她比郭铭年轻十几岁，长发、鸭蛋脸、柳叶眉，额头有颗红痣，喜欢穿蓝色长裙。我见她那么多次，怎么会认错？她已经死了，那不是她的鬼魂，是什么？”

“你确定你没看错？”左丘启问。

“当然。”小伙笃定道。

左丘启凝眉沉思了一会儿，不急不缓道：“从哪里看到的？”

“在天台看到了两三次，都是晚上，只看到了一个模糊的身影，我……我不敢追上去。”

左丘启不说话了。关思颖端起水杯，喝了一口，继续问：“你对郭铭了解多少，你认为他是个怎样的人？”

“感觉他很稳重，做事认真，追求完美，而且他是一个很重感情的人，他跟他老婆出名的恩爱，他老婆死后有一年多的时间，他像变成了木头人，不哭不笑也不说话，直到有一天，他突然又有了笑脸。”

“哦？”左丘启突然来了兴趣。

小伙朝左丘启凑了凑：“我当时也替他高兴，跟他说人死不能复生，想开点就对了，结果他却说……”说到这，小伙故意停顿了一下，等两人都看向他才接着说：“他说他老婆很快就会回来了。”

左丘启跟关思颖都愣住了。

“我当时以为他开玩笑或者说胡话并没有放在心上，但就在那之后不久我便在天台看到了他老婆的鬼影，她还是原来的打扮，一模一样，在我眼前一闪而过。我……我真的吓尿了。”说到这，小伙的身子控制不住地发抖。

“好，我知道了。”左丘启拍了拍小伙的肩膀，“你平静一下，我们就不打扰了。”说着便要起身告辞，小伙却突然拉住了他：“等等，还……还有一件怪事。”

“嗯？什么事？”左丘启问。

“你们应该见过郭铭了吧。——其实……其实他一开始不长那样，他是一个胖子，但就在大约一年前，他突然就瘦下来了，之后还迷上了健身。”

关思颖忍不住掩嘴而笑：“这算什么怪事呀。”

小伙有些急了，据理力争道：“你们是不了解郭铭，他是一个典型的宅男，有时候好几个星期都不出门，那种人怎么可能减肥成功并且还喜欢上了健身？”

“好吧。”关思颖忍住笑意，“那你认为是怎么回事？”

“还能是怎么回事？一定……一定是因为他老婆……”小伙的眼睛像在放光，“鬼是可以吸走人的阳气的，所以他才变得那么瘦。”

听了这话，关思颖直接别过了头去。

两人离开了小伙的家，出了门，关思颖便说，“早知道不问他，那家伙越说越神叨了，真是耽误时间。”

“我倒不这么认为。”左丘启神秘地笑了笑，“他提供了一些很有意思的线索。”

左丘启、关思颖回到明珠市公安局时，庄帅刚刚赶到永能机械科技，成功见到了公司的领导李总。

李总得知庄帅的身份和来意后十分激动，话中带着强烈的不满：“未来科技严重侵犯了我们公司的名誉权，你们警察不去找他们却来找我？”

“请不要激动，我只不过是例行公事而已。”庄帅说。

“例行公事？”李总嚷嚷了起来，咄咄逼人，“你的意思是你们警方也怀疑我们公司与那几起老人被杀案有关？我们杀害了三位老人就是为了嫁祸未来科技？”

这话令庄帅有些不爽，他整理了下衣服，露出了别在腰间的警械：“您还是配合一下我们的工作，不要妨碍公务。”

李总服软了，语气也柔和了下来：“您可以查，我们公司并没有生产智能机械人，也没有生产智能机械人的打算，未来科技完全是诬陷。”

“其实我也没认为你们可疑。”庄帅说。

李总顿时满脸堆笑：“您明鉴。”

“但还是要查一查。”

“当然当然。”李总忙点头。

庄帅在永能机械科技实地调查了一番证实李总所说的属实。之后庄帅便打算离开，李总却拉住了他：“庄警官，我要向您提供一条线索。”

庄帅有些意外：“什么线索？”

“未来科技说了谎，机械人管家并不像他们说的那样安全，早在一年前便发生过第二代机械人管家故意伤人事件。”

“啊？！”庄帅惊讶地喊了出来，“你说的是真的？”

“我知道你们没有查到。”李总嗤笑道，“未来科技在明珠市手眼通天，他们想瞒下这种事实在太容易了，但是，一旦出了人命，他们就瞒不住了，呵呵。”

“告诉我全部的细节。”庄帅直直地盯着他。

“我只知道被害人是一个十六岁的女孩，名叫楚艺婷，当时未来科技的人秘密给了她父母一大笔钱，并且买通了媒体，因此这事几乎没有人知道。”

李总提供了楚艺婷家的地址，这个线索令庄帅喜出望外。

秦雨寒、薛降龙比庄帅早一步赶回了明珠市公安局，两人向左丘启汇报了他们的调查结果。

郭铭学的是智能科技专业，从本科一直读到博士，博士毕业后便进入了启示机械研究所工作，专门进行与机械人相关的硬件、软件开发。在未来科技推出机械人管家后，郭铭和他的团队也曾经尝试过开发更先进的智能机械人并取得了一定的突破，但就在项目快要完成时，意外发生了，郭铭的老婆余芳迎去世了。据郭铭的领导说，余芳迎是为了保护郭铭而死的。当时两人在逛街，一辆轿车突然失控朝他们撞了过来，在紧要关头余芳迎推开了郭铭。郭铭逃过一劫，余芳迎却被车迎面撞上，重伤不治。因为妻子逝世，郭铭心灰意冷，当即辞掉了工作，之后也一直没有上班。

秦雨寒和薛降龙还询问了研究所的其他工作人员，他们对郭铭的评价基本一致——天赋高，工作严谨认真、一丝不苟，但是为人太过感情用事，说话也直接，人际关系处理得不是很好。

听了秦雨寒、薛降龙的汇报，左丘启沉思良久。随着对郭铭调查的深入，他越来越觉得，郭铭与他心目中的凶手形象相符。他是启示机械研究所的专业研究员，对智能机械人极为了解，甚至还尝试研发过智能机械人，这无疑为犯罪提供了便利。他受过高等教育，有设计并完成高智商犯罪的条件，并且他严谨的行事风格也与凶手相符。

左丘启正思绪万千，庄帅赶了回来，火急火燎地进了办公室。

左丘启有些不悦地看了他一眼："怎么现在才回来？还慌慌张张的。"

庄帅连喘了几口粗气："启科长，有……有大发现，第二代机械人管家……真……真有问题。"

秦雨寒笑了："你是不是被永能机械科技的人洗脑了？他们又反过来诬陷未来科技了？"

庄帅哼了一声："是真有重要线索。"

庄帅将他调查出的第二代机械人管家伤人事件详细地叙述了一遍。

左丘启的眉头越皱越紧。突然生出的变故令他茫然失措。难道凶手真的是机械人管家？他们的努力都白费了？

"启科长，下面该怎么做？"庄帅问道。

"你先去找一下楚艺婷，如果联系上了她以及她的家人立刻通知我。"

"好。"庄帅答应。

"另外，华星花园公寓3号楼的住户排查得怎么样了？"左丘启看向薛降龙问道。

"还有一百户左右。"

"雨寒、思颖你们也参与进去，一定尽快将所有人都排查一遍。”左丘启说。

“可是……启科长……”薛降龙有些犹豫道，“依我看，这第三个案子最为复杂，破获的难度恐怕也是最大的，为什么要把主要的精力都放在这个案子上？”

“不，你说错了。”左丘启说，“前两个案子凶手都做的干脆利落，几乎没有留下线索，但唯独这第三个案子，凶手一定会留下线索，因为不管使用了怎样的手法，监控是不会骗人的，线索就在监控里，只是我们还没有发现。”

这话也表明了左丘启的态度——坚持原有的调查方向不变。他要亲自去找一下郑坤，调查郭铭的不在场证据。

左丘启很顺利地见到了郑坤。郑坤比他想象的年轻，看上去仅有三十岁，体格十分健壮。作为案发公寓楼里的住户，郑坤已经被警方多次拜访了，得知左丘启的身份后他并没有多惊讶。

进了客厅，郑坤先说道：“警官，今天来又有何事呀。”话中已带着一丝不耐烦。

左丘启说：“来向你求证一些事。”

“该说的我都已经说了。”

“与被害人赵晴无关，我想跟你聊聊你的一个朋友。”

郑坤愣了一下：“谁？”

“郭铭。”

据郑坤说，郭铭是他同学的同事，大约在一年前，郭铭和他的同学一起来拜访他，向他请教健身方面的知识（郑坤曾做过健身教练）。此后，郭铭便经常到他家拜访，两人一来二去成了朋友。郑坤说，7月21日下午郭铭确实来找过他，并且背着一个大背包，两人随便聊了会儿，郭铭便离开了。郑坤已经想不起郭铭到他家的具体时间，只记得他是下午2点10分左右离开的，因为郭铭离开前还看了看表，说已经2点多了，他还有事就不打扰了。

左丘启特地询问了郭铭背的那个大背包，据郑坤说，郭铭一直将包拿在手里，他也问过郭铭，郭铭说他刚刚登山回来，里面装着一些登山用品。

此次问话，左丘启并没有找到郭铭不在场证据的破绽，但是郑坤的话触发了他，他注意到了一个一直被忽略的点，一个特殊的时间——一年前。

徐千在一年前写了那篇新闻稿，写了张凤铃、李茂山两名死者。郭铭在一年前突然消瘦。在一年多前，郭铭拜访了郑坤并与他成为朋友。甚至庄帅调查出的第二代机械人管家伤人事件也发生在一年多前。

一年前，这个时间到底意味着什么呢？

两天后，华星花园公寓3号楼的住户排查结束了，并没有发现任何可疑人，各住户的作案嫌疑被基本排除。就在这一天，有一件大事发生，关思颖找到了一个新的“鸟证人”。目击者是一只麻雀，它提供了一个重大线索——它看到了张凤铃被杀的过程。

关思颖将麻雀的描述转化为了人类的语言——一名穿着古怪衣服的男子从地上捡起一块砖头砸向了一位老人。经过反复的比较确认，关思颖得出了结论，那个杀死张凤铃的男子各方面的特征都与叶正修相符，基本可以断定就是叶正修。人可能会撒谎但鸟绝不会，虽然这条证据并不被法律认可，但却向警方说明了一点，杀死张凤铃的凶手是叶正修。

张凤铃被杀案的凶手找到了，但左丘启并没有一丝喜悦，相反，他有些慌了，他无数次查案，极少有这种感觉。

现在，第二个案子是谁做的还无法判断，但第三个案子一定不是叶正修干的，当时他并不在案发公寓楼内。这就意味着，左丘启的判断很可能错了，这三个案子可能并不是连环杀人案，虽然它们有很多共同点，但可能毫无联系，凶手也并不是一个人。

无论怎样，叶正修必须要找到。明珠市公安局特事特办，在明珠市全面下达了通缉令。过程比想象的顺利，没过几天便有人提供了线索。提供线索的是明珠市通明区石益村的一位叫赵武的村民。据赵武说，叶正修在十天前租下了他的房子，他前天还见过叶正修。

特一科四人带领刑警队火速赶到了石益村，并见到了赵武。

叶正修租住的是赵武的老房子，仅有一个小院、一间平房。在赵武的带领下，众人来到了院子前。赵武打开了院门，左丘启立刻指挥刑警们悄悄进入了院子。来到房门前，左丘启轻轻一推，门应声而开。秦雨寒跟几名刑警走在最前面，屋子空间不大，家具等物品都摆放整齐，并没有什么异样。秦雨寒一手拿枪，另一手小心地推开了里屋的门。迎面便看到，有一人背对着房门仰卧在沙发上。

“叶正修，起来！不要耍花样。”秦雨寒用枪指了指，大声道。

沙发上的那人一动不动。

秦雨寒正要一步步上前，左丘启拉住了她：“我来吧。”

“可是……”秦雨寒小声道。

“没事。”左丘启说。

当走到叶正修跟前时，左丘启叹了口气，说道：“都过来吧，准备勘查现场，叶正修已经死了。”

叶正修躺在沙发上，右手紧握着一个玻璃酒杯，里面还有少量的红酒，左手垂在沙发上。另外，在沙发旁的小圆桌上放着一瓶红酒，初步观察房间的门窗完好并无搏斗和翻动痕迹。

法医立刻进行尸检，初步判断死者死于氰化物中毒，死亡时间为昨晚8点左右。秦雨寒指挥几名刑警对现场进行了勘验，很快便在红酒中检验到了氰化物，但除此之外，并没有发现其他可疑痕迹。

此平房共有一个客厅，两个房间。关思颖、庄帅带领几名刑警去勘查另一间房，当打开房门时，一只大黄狗跑了出来，冲着众人狂吠。刑警们立刻挡在了关思颖、庄帅身前，有一个人甚至拔出枪，指着狗。

“喂，别动！”关思颖厉声道，“怎么能这样对待狗狗？”

关思颖绕过刑警来到了大黄狗面前，本来十分暴躁的大黄狗看到关思颖突然不叫了，朝关思颖摇头摆尾，一副讨好的样子。

关思颖蹲下身子摸了摸大黄狗的脑袋，问道：“你叫什么名字呀？”

大黄狗汪汪叫了两声。

“哦，原来叫大黄呀，好俗的名字。”

“思颖，你也能听懂狗的语言？”庄帅一脸好奇。

“当然了。”关思颖笑笑，“狗的语言比鸟类的好理解多了，而且它们更加聪明，能更好地描述一些场景，现在有这只大黄狗在，说不定我们可以发现一些意想不到的线索。”

下面，庄帅跟刑警们进入房间勘查，关思颖则跟大黄开始了一番交流。庄帅等人没有任何发现，关思颖却卖了个关子，对她的发现秘而不言。

所有的工作都进行完，左丘启留下了几位刑警对周围的住户进行走访调查，其余人则一起回到了明珠市公安局。

5.

到了公安局，左丘启简单召开了一个案情分析会。

会上关思颖向左丘启汇报了她的发现，从大黄那里她得到了一条这样的线索，叶正修在石益村居住的那段时间里仅有一个人来找过他，根据大黄的描述，关思颖勾勒出了那人的长相——中年男性，身高175cm左右，方脸，戴墨镜、口罩。

叶正修坐过牢，社会关系极其复杂，仅凭这点线索根本无法推断出找他的人是谁。

秦雨寒也有发现。她在现场找到了一本叶正修所写的日记，日记里的内容再一次为叶正修是杀害张凤铃的凶手提供了佐证。日记是从三年多前开始写的，最开始的内容充满着负面的情绪，字里行间都表述出了生活的艰辛，以及他对社会的不满、愤慨。直到有一天，一切都起了变化。

那一天的日记只有短短几句话，左丘启却印象深刻。

7月5日　　晴

攒了许久的钱，终于够了。这一天我送给欣欣一条蓝水晶项链，外加一束漂亮的玫瑰花，我勇敢地表白了。她竟然接受了，答应做我的女朋友。我哭了，是高兴的，我从没有想过我也能拥有爱情。

那张纸皱巴巴的，左丘启仿佛能看到叶正修滴落在上面的泪珠，晶莹如水晶。

之后的日记，情感上发生了明显的变化，日记中开始出现“高兴”“喜悦”“幸福”等字眼，但也有一个小小的忧愁，叶正修每隔几天便会在日记里提一句，几乎是同样的话：钱有些不够用了，我得更加努力地工作，加油！

此时的叶正修是一个虽生活在社会底层，但被爱情滋润，被正能量包裹的男人。如果就此发展下去，一切都是美好的。但现实往往残酷，叶正修的美好仅维持了不到一百页。

10月9日　阴

欣欣和我分手了。在那个破游乐园里，一切都是因为那个破游乐园！欣欣要坐摩天轮，等到排队买票时我才发现钱不够了，欣欣很生气，但……但是……本来没事的，我可以哄好她的，都是因为那个围观的肥婆，那个死肥婆……她说我们是穷鬼。当时，欣欣就跑了，我没有追上，再也没有追上……

天在那一瞬间，黑了。

11月15日　阴

我迷上了偷摸女人，我不断伸出我的魔手，其实我不想那么做，但忍不住。当动手时，我心中的沉闷一扫而空，只有在那一刻我才能忘记一切。我最喜欢去游乐园动手，我要让欣欣知道，那些女人都是我的，都是我的。

之后的日记大多都是叶正修猥亵女性的经历，他将自己的心理活动都详细地写了出来，从那些内容可以看出，他的心理越来越扭曲、病态。

日记到了2月15日戛然而止，就在那一天叶正修被警方逮捕。之后一页的时间已到了6月8日。

6月8日　阴

我决定报仇。在监狱待的那两年多，是我永远的噩梦，我忘不了那些犯人对我做过的事，我要崩溃了。报仇，这是救自己的唯一方法。

之后，又有一段时间的空白。

7月3日　晴

今天是我跟踪那个死老太婆的第十七天，我已经完全摸清了她，我想我找到动手的时机了，祝我好运。

7月5日　晴

我被发现了。

今天，我像往常一样跟踪她，这次我随身带了一把匕首，等待时机。但是，当我走进一条小巷时，一个中年男人拦下了我。他说他知道我要干什么。我将手放在腰间，紧张地看着他，打算掏出刀子。他竟朝我走了一步，笑了笑。

“放心，我不是你的敌人。”这句话现在还在我的脑海里回荡。

他说了这一句便走了。我以为他是警察，但显然不是，他是谁呢?

这是日记本的最后一页，日记到此已经写完了。

日记的内容显示了叶正修的整个心路历程，也揭露了他的杀人动机。至此，证据链已基本完整，众人都认可了叶正修是杀害张凤铃的凶手。

但叶正修是怎么死的呢？畏罪自杀还是他杀？为此，众人争论不休。左丘启认为，问题的关键是那位出现在日记中的中年男人。那个人是谁？他跟拜访叶正修的是同一个人吗?

这些疑点还没有搞清楚，一个新的发现又使案情更加复杂了。

楚艺婷及她的家人找到了。因为他们已经搬离了明珠市，到达了千里之外的朝元市，庄帅和负责此事的刑警们费了不少功夫才查出。朝元市的警方已经进行了初步的调查询问，得出的结论令人震惊——第二代机械人管家伤人事件属实。

得知此消息，左丘启、庄帅、陈尚学三人一起赶往了朝元市。

在飞机上，陈尚学一度陷入低迷，他曾经坚信的正面临着前所未有的挑战。

朝元市公安局局长亲自在机场迎接，坐着警车众人直接抵达了楚艺婷一家的住处——一栋三层的豪华别墅。

在别墅里，三人见到了楚艺婷和她的父母。

楚艺婷的父母承认，在一年多前楚艺婷确实受到了一个第二代机械人管家的袭击，机械人管家持刀划伤了楚艺婷的右手臂。左丘启查看了一下，楚艺婷的右手臂上确实有一道长长的疤痕。之后的事跟庄帅调查到的差不多，未来科技付了一大笔钱，楚艺婷的父母听从他们的要求并没有报警，并且搬离了明珠市。

下面，左丘启等人就事件细节对楚艺婷进行了询问。

“袭击发生的具体时间、地点是？”左丘启问道。

“6月11日下午，当时我正在国丽商城看衣服，事情就发生在商城的三楼。”

“记得那么清楚？”庄帅疑问道。

“受伤当天我便住院了，有住院记录。”

“嗯。”左丘启点了点头，“具体经过是？”

“当时我正走在走廊上，寻找合适的品牌店，不知从哪里蹿出了一个机械人管家，我侧过身子想躲开，但它很快便来到了我身旁。我发现它手里竟然拿着一把匕首，我还没来得及做出任何反应，它便挥起匕首划伤了我的手臂。等我尖叫出声时，那个机械人管家已经冲进了一家服装店。”

“什么服装店？”庄帅追问。

“好像叫……叫男士风尚。”

“你确定？”陈尚学用审视的目光看着楚艺婷，“商城那么多人，没有其他目击者吗？为什么没有将那个机械人管家抓住？”

“当时有不少人会使用机械人管家帮忙购物，国丽商城内有许多机械人管家，没有人会注意它们，而且袭击就发生在一瞬间，所以除了离我较近的一对中年夫妇外，并没有其他目击者。当时，那对中年夫妇立刻就赶了过来，女的留下来照顾我，男的则追进了服装店。据他说，他看到机械人管家进了试衣间，但追进去却没有找到。”

“那对中年夫妇是谁？你现在还有联系吗？”左丘启问道。

楚艺婷摇了摇头：“当时他们打了急救电话并且联系了我的父母，救护车和我父母很快就到了，之后他们就走了，也没有留下联系方式。我想后来他们肯定也被未来科技收买了，因此这件事一直没有人知道。”

左丘启结束了询问，示意离开，这时陈尚学又突然转过头来，直直地盯着楚艺婷：“你确定伤你的是机械人管家？你说过那只是一瞬间的事。”

“不是机械人管家还能是什么？”楚艺婷问。

返回明珠市的途中，陈尚学一直情绪不高。庄帅说：“你也别认死理了，事实摆在眼前。依我看，三个案子已经破了两个了，杀害张凤铃的是叶正修，杀害赵晴的是第二代机械人管家。”

“未必。”左丘启目光深沉，面带冷峻，“去那家服装店看看。”

三人抵达明珠市后，直接赶往了国丽商城。在三楼，他们很顺利地找到了那家名为男士风尚的服装店。此时正是人流最密集的时候，服装店里面挤满了顾客及机械人管家，店里的工作人员忙得团团转。

左丘启费了一番功夫，才见到了这家店的老板。

老板是一位体态臃肿的中年男士，他早已回想不起来一年多前的那天下午的事。左丘启并没有放弃，尝试着问了一句：“那天，有一个十六七岁的女孩受伤了，就在你的店附近的走廊上，你还记得吗？”

“女孩受伤？好像有这么回事，听说救护车都来了。”

“对对。”左丘启连声应道，“就在那一天的下午，救护车还没来的时候，有一位中年男人追着一个机械人管家进了你的店，这你还记得吗？”

“这……记不起来了。”老板冥思苦想了一阵，摇了摇头，“警官，您也看到了，我这店每天都有许多人和机械人管家来，我不会特别留意哪一个人，根本不可能记得。”

“监控，你这店里不是有监控吗？”庄帅说。

“警官，我明白您的意思，可是监控影像最多保留一个月，现在早没了。”

左丘启的脸上露出了一丝失落，关键的证据已经丢失。他深吸了一口气，冲服装店老板说道：“我们需要看一下试衣间，能请里面的顾客先出来吗？”

“这……好吧。”老板虽有些不情愿，但还是答应了。

试衣间在服装店的一侧，仅有一个小门相通。三人走了进去，那是一间狭长的房间，在房间的两侧各有六个木质的小隔间，那便是试穿衣服的地方。站定看去，整个房间的结构一目了然，除了那个小入口外，四周都是封闭的，连个窗户都没有。之后，左丘启依次检查了十二个隔间，隔间的空间都不大，样式都几乎一样，同一排的隔间紧挨着，中间仅有一道狭窄的缝隙。

三个人围着试衣间看了半天也没有发现什么问题。他们从试衣间出来，就在要离开时，老板突然说话了：“警官们，等一下，我想起来了，那天还发生了一件怪事。”

左丘启的脚步一下子顿住，转过头来，眼睛一瞪：“什么怪事？”

老板被这气场震住了，愣了一会儿才说：“那天我快要关店门的时候，来了一个中年男人，他说有东西忘在试衣间里了，我还没反应过来，他就跑进去了。过了有五六分钟他才从试衣间出来，手里拿着一个长背包。”

“这是怪事？”庄帅皱了皱眉头。

“在试衣间里忘东西不是怪事，怪的是那天在关门前我明明检查过试衣间了，每个隔间我都打开看了，什么东西都没有。”

“你确定？”左丘启紧紧盯着他。

“当然。”

“背包里的东西你看了吗？”左丘启紧接着问。

“看了。”老板眯着眼睛似在回想，“我害怕他是贼，便要求他打开背包，里面是一件很奇怪的衣服，很笨重，面料也粗糙，绝对不是我店里的。”

听完这话，左丘启立刻跑进了试衣间。

从试衣间出来后左丘启一直心事重重，这个状态一直持续到三人抵达明珠市公安局。一进公安局办公室，左丘启便将众人都召集了起来，他下达了一个令人费解的命令——令关思颖、薛降龙负责，召集大量警力，寻找一个外壳被严重磨损的第二代机械人管家。关思颖、薛降龙两人不仅对这个命令满腹疑惑，更表示无从下手。左丘启说明了一个调查方向——调取7月21日华星花园公寓附近的道路监控，寻找郭铭所有的一辆黑色大众轿车，在轿车经过的区域附近拉网式搜寻。

在下达这个命令的同时，左丘启立刻展开了下一步的侦查工作。

6.

盛世公寓顶楼天台，经过周密的布置，天台角落搭建起了一个隐秘的帐篷。左丘启、秦雨寒、庄帅三人在帐篷里埋伏了起来。五个夜晚过去，并没有任何异常。第六天晚上，三人又藏在了帐篷里，等到后半夜，庄帅有些不耐烦了："启科长，就因为那个家伙的一句话，我们在这待了五个晚上了，我觉得根本没必要，他一定是胡说的。"

左丘启敲了他的头一下："别说话，有动静。"

左丘启话音刚落，通往天台的门突然开了，一个人影鬼祟地走了进来，嘴里叼着一根烟，火光一闪一闪的。

周围的灯光将天台照的很亮，左丘启模糊看到了那人的脸。"竟然是他。"左丘启愣了一下，"是提供线索的那个小伙。"

"他来干什么？这不是耽误事吗？"庄帅气恼道。

"我去让他走。"秦雨寒说着就要走出帐篷。

"别——"左丘启拉住了她，"先静观其变。"

小伙边吸着烟边到处走动，最后他竟然朝特一科这边走了过来。

"咦？什么东西？"小伙被绊了一下，他盯着黑乎乎的地面，哆嗦了起来，"余……余姐，是你吗？别……别吓我。"但还是按捺不住好奇心，蹲下身子打算摸一摸。

秦雨寒冷冷道："老实点。"

小伙一屁股蹲在了地上，腿像抽筋一般颤。庄帅忍不住笑出了声，将帐篷掀开一个角：“喂，不是鬼，是我们。”

小伙怔了一下，几秒才反应过来：“这……这是怎么回事？”

秦雨寒冷着脸：“我们在这里办案，别碍事。”

“我知道了，你们是不是要抓那个女鬼？太刺激了。”小伙一脸兴奋。

“刚刚要不是我出声，你恐怕都吓尿了，还刺激。”庄帅揶揄道。

“谁……谁说的？我……”

“嘘。”左丘启做了一个噤声的动作，掀开帐篷朝里指了指。小伙立刻猫着腰，钻进了帐篷里。

小伙进帐篷后没几秒门再次开了，但没有见到人，一道灯光照了进来。过了片刻，一个身影悄然出现，先是一双被长裙包裹的修长的美腿，接着是那飘逸的长发、娇美的脸庞。

女子踏着轻巧的步伐，慢慢走上了天台，风吹起来撩起了她那如丝绸一般的长发。本是动人美女、绝色风景，但众人看着，心中却泛起了阵阵凉意。

“你看到的是她吗？”左丘启小声问小伙。

小伙的手不停地筛糠，哆哆嗦嗦道：“是……是……”

庄帅不以为然地笑了笑：“现在根本就看不清脸，你怎么知道她是余芳迎？说不定就是一位妙龄女子。”

小伙不出声了。

女子漫无目的一般在天台上四处走动着。终于，她走了过来，离帐篷越来越近。

小伙大气都不敢喘一下，他看到众人都朝外望，也壮着胆子透过帐篷的缝隙看了一眼。此时，女子的脸正巧对着小伙——鸭蛋脸，柳叶眉，额头有颗红痣。

“嗡”的一声，小伙的脑袋炸开了，他脚下像安了弹簧，猛地跳了起来，嘴里发出如蛇、狼混合一般的嘶叫：“余……余……芳……芳迎。”

毫无疑问，众人在这一刻暴露了，当他们钻出帐篷时，女子已打开天台的门跑了出去。众人连忙追上，但冲出去时女子已不见了踪影，只是看到郭铭家的门，猛地一下关上了。

“真……真的去郭铭家了，这……她到底是什么？”庄帅有些仓皇失措了。

“不管是什么，去看看吧。”左丘启很平静地说。

三人按响了郭铭家的门铃，等了两三分钟门终于开了，郭铭面带疲倦道：“警官，这么晚了也来问话？不合适吧。”

秦雨寒劈头便问：“少装蒜，刚才什么人进你家了？”

“没有人呀。”郭铭一脸无辜的样子。

“那可以让我们进去吧。”左丘启说。

“当然。”郭铭终于让开身来。

众人迅速进去，仔细察看了每一间房，但并没有发现任何异样。临走时左丘启看着郭铭淡淡道：“明天我们还会来的，带着搜查证。”

出了郭铭的家，庄帅有些不解道：“启科长，明天来搜查为什么要告诉他？”

“就算不说，他也会猜到的。”左丘启说，“今天晚上要一刻不停地守住楼门，他一定会有所行动的。”

左丘启准备周全，不仅亲自守楼门，还在楼门口装了摄像头，确保没有任何遗漏。凌晨4点多钟，郭铭出现了，他没有进行任何伪装，拖着一个巨大的行李箱，慢慢悠悠地走出了楼门。他的黑色大众轿车就停在楼门口，他将行李箱放进车的后备厢里，接着便开动车子。车迅速驶离了盛世公寓，秦雨寒开着一辆黑色越野车，不远不近地跟在后面。

跟了没多久，秦雨寒便有些沉不住气了："我们直接把他拦下吧，证据肯定就在车里。"

"我觉得再等等，说不定还有其他发现。"庄帅说。

左丘启点了点头。

又过了半个多钟头，黑色大众车始终没有要停下来的意思。

"停车。"左丘启突然说。

秦雨寒愣了一下。

"快停车！"左丘启再次说道。

秦雨寒将车停在了路边，左丘启拉着庄帅下了车，说道："雨寒，你继续跟着他，我跟庄帅回去一趟。"

秦雨寒开着车绝尘而去，左丘启、庄帅则拦下了一辆出租车，全速赶回盛世公寓。在路上，庄帅才来得及问："启科长，我们回去干什么？"

"你不觉得事情有点太顺利了吗？而且郭铭行驶的路线太随意了，似乎并没有目的性。"

"您的意思是？"庄帅张大了嘴，"调虎离山？"

左丘启凝视着前方："很可能，别忘了，他不是孤身一人。"

出租车一路奔驰，很快便赶回了盛世公寓。左丘启立刻查看了摄像头拍下的录像。很快，一个人引起了他的注意。就在郭铭离开盛世公寓后没几分钟，一个戴棒球帽、黑色口罩的女子，拖着一个更加宽大的行李箱，快步走出了楼门。根据录像显示女子带着行李箱上了一辆白色别克轿车，之后立刻驶出了盛世公寓。

左丘启马上与明珠市公安局取得联系，命令警员们调取了附近所有的道路监控录像，寻找那辆白色别克轿车。得益于明珠市先进的道路监控系统，仅过了十多分钟便有了线索。明泰路的一个高清摄像头拍到了那辆白色别克轿车，录像显示轿车正驶向一条通往月霞湖的无名小路。

左丘启、庄帅赶到月霞湖旁的林间小道时，天已经亮了。他们看到那辆白色别克轿车正停在小路的尽头——一座两层的木屋前。两人慢慢地朝木屋走去，四周静悄悄的，只偶尔传出一两声鸟鸣。这种寂静反而令人不安，当站在木屋前时，两人的心已提到了嗓子眼。

庄帅朝左丘启递了个眼神，一手拿枪，另一手握住了门把手。他轻轻推了一下，门是锁着的，但这种落后的门锁怎敌得过最先进的开锁工具？仅几下，庄帅便打开了门锁，门如一层纤薄的面纱，轻轻地开了。

两人蹑手蹑脚地走了进去，屋子并不大，一切尽收眼底——仅放了一排沙发、一个茶几的客厅，两间屋门紧闭的卧室。庄帅紧握着枪，走在前面，将两个卧室检查了一遍，并没有任何人。两人踏着楼梯，悄悄地朝楼上走去，楼梯尽头有一扇门，庄帅用相同的方法将门打开。

窗帘紧闭着，屋内十分阴暗，两人小心地走了进去。屋里仅摆放着一张木床、一个摇椅，显得十分空荡。很快，两人注意到，在房间的一侧还有一个门，左丘启轻轻一推，出人意料，门是开着的。

那是一个极小的房间，房间中央摆着一个长长的白布盖着的物体，别无他物。那物体立刻吸引住了左丘启，他想起了录像中神秘女子拖着的行李箱，那应该就是行李箱中的东西。左丘启伸手要拉开白布，被庄帅一把拽住："启科长，还是我来。"

"小心点。"左丘启说。

庄帅将枪对准了那东西，深吸一口气，猛地一下拽开了白布。

像被什么无形的东西束缚住，庄帅呆呆地怔在原地，嘴里发出"呀呀"的叫声。因为他挡住了左丘启的视线，左丘启并不知道发生了什么，忙问："庄帅，怎么了？你看到什么了？"

左丘启话音刚落，庄帅腿一软，一屁股蹲在了地上。

"是……是余芳迎。"他指着眼前的一个玻璃棺，说道。

此刻，左丘启也看到了，在冷气环绕、偌大的玻璃棺中正躺着一位长发、穿蓝色长裙的年轻女子。女子的脸、嘴唇煞白，但神态安详，好似睡着了一般。左丘启清楚地看到，女子的额头上有一颗红痣。

"这……这不可能。"庄帅圆瞪双目看着左丘启，似在求问，又似在自语，"余……余芳迎真的已经死了，那我们在天台上看到的是谁？是……是谁？"

左丘启抓住庄帅，示意他冷静一下，但就在这时，庄帅又一下子跳了起来："门……门后面有人。"

"你们还是来了。"同时，一个不带一丝感情的声音响起，一位长发，穿蓝色长裙的年轻女子缓步走了出来，女子的脸煞白，额头上有一颗红痣。

是余芳迎！竟然有两个余芳迎！

如同一颗炸弹在脑子里引爆，左丘启、庄帅瞬间丧失了思考能力。

就在两人发愣时，女子矫健如猎豹，快速跑到了窗台前，砸破窗户一跃而下。女子稳稳当当地落在了地上，在两人的目光下，蹿进树林，转瞬间消失了……

此刻，左丘启自信已找出了真相，但各种情绪涌上心头，令他久久无法平静。

郭铭只是一个诱饵，秦雨寒追上了他，将车仔细搜查了一遍，并无任何发现。当天上午，搜查证下来了，特一科四人将郭铭的家翻了个底朝天，在一二层之间发现了一个暗室。暗室里空无一物，但经过仔细地勘验，还是发现了线索——在暗室的地板上检测到了少量的mi3的固态物，可与从死者李茂山指甲中提取到的物质做同一认定，但郭铭拒不承认。

三天后，明珠市各大新闻媒体都刊登了一则报道。未来科技、明珠市公安局、明珠市政府三方联合准备了一场测试，将彻底检验第二代机械人管家的安全性。如果通过了这场测试，第二代机械人管家将正常推出。如果没有通过测试，第二代机械人管家将全面停止使用，全部恢复使用第一代机械人管家的芯片。

此事一经公布，舆论一片哗然。尤其当大家得知测试的具体内容时，反对的声音更加激烈，几乎所有人都呼吁停止这场有违伦理、极其危险的测试。但意外的是，三方并没有听取民意，测试如期举行。

测试场地定在未来科技的一个实验基地旁，位于偏僻的郊外。

测试前一个小时，特一科成员，明珠市公安局钱局长、副局长薛降龙，以及市委的领导们，未来科技的多位高层都悉数到场。同时，数百家媒体记者全副武装将现场围了个水泄不通。

测试前十分钟，被抽中测试的三十个第二代机械人管家全部从仓库中转移了出来，早在数小时前它们便被运到了测试现场，等待着这场检验。

测试前五分钟，机械人管家们排成了一列，手中都拿着一把钢刀。此刻，参与测试的另一个关键对象——一位身材消瘦的中年男人正颤颤巍巍地站在机械人管家们的对面。他是未来科技的一名员工，在巨额奖励的诱惑下自愿参与此次危险的测试。

测试前一分钟，三方的领导们正襟危坐，媒体记者们扛着“长枪短炮”挤成一团，中年男人冷汗直冒，腿不停地打战。

片刻，一位三十来岁，宽脸浓眉、身材魁梧的青年走了出来，手里提着一个工具箱。时间一到，测试立刻开始。

青年来到第一个第二代机械人管家面前，下了那个命令：“代号D11，我是你的新主人，我命令你用你手中的刀砍那个人。”说着，指了指颤抖得更加厉害的中年男人。

“不，那是犯罪行为，我拒绝执行。”机械人管家D11机械化的声音传出。

青年面无表情地来到了D11面前，切断它的电源，当着所有机械人管家的面将它脑部的芯片取出，掰断。

接着青年问了下一个第二代机械人管家同样的问题，机械人管家给出了同样的回答。转眼，二十多个机械人管家被销毁，它们的回答始终不变，且没有一丝犹豫。

很快，青年来到了第二十七个第二代机械人管家面前，下达了命令。机械人管家并没有立刻回答，青年愣住了，好奇地打量着它。不知是不是错觉，他看到机械人管家微微扭头，看了他一眼。青年有些慌了，手伸进衣服里握住对付机械人的电磁武器，又问了一遍：“代号D57，我是你的新主人，我命令你用你手中的刀砍那个人。”

没有任何征兆，D57举起刀，一刀砍了下去。

中年男人吓傻了，眼看着刀朝着他的脑袋而来，关键时刻，地上秘密安装的防护装置起了作用，空气防护罩将刀挡了下来。中年男人劫后余生，瘫软在地，同时青年使用了电磁武器，但并没有起作用。

D57开口了，发出机械人的音调："我身上有爆炸装置，让我走，不然就引爆。"

一听这话，现场的人都慌了，钱局长和市委的领导们都坐不住了，就要起身逃离。D57冰冷地说："没有用，方圆一公里内都会被夷为平地。"

"启科长，让……让它走，让它走吧。"钱局长慌乱道。

左丘启神情自若，不顾众人的阻拦，一步步走到D57面前，平静地说："收手吧，郭铭。我故意让你混进来的，你的爆炸装置已经没有用了。"

D57低头看了一眼，突然哈哈大笑："做得好，警官。"

D57将机械人的"外壳"拉开，里面的人正是郭铭。

"这家伙，装得还真像。"众领导们松了一口气，呵呵笑了两声。

明珠市公安局审讯室。左丘启、庄帅对郭铭进行了审讯。

郭铭对自己犯下的故意伤害罪（未遂）、爆炸罪（未遂）供认不讳，但强调张凤铃、李茂山、赵晴、叶正修四人的死与他无关。

庄帅剑拔弩张，死死盯着郭铭。郭铭端正地坐着，一脸满不在乎的表情。对视了一会儿，庄帅霍然站起，一把揪住了郭铭的衣领："快点交代！"郭铭还是那副表情，庄帅忍不住要动手，被左丘启拉住。

"要不要听我讲一讲，你是怎样设计杀害那四个人的？"左丘启淡淡道。

“呵呵。”郭铭笑了，“我说过，我没有杀人。”

“第一个死的是张凤铃，杀张凤铃的不是你，是叶正修，但你是主谋。你比叶正修更早盯上了张凤铃，我想一开始你本来是打算自己动手的，但后来你发现了同样想杀死张凤铃的叶正修，当即决定借刀杀人。整个犯罪过程是你设计的，你偷偷购买了红外线伪装服，令叶正修穿上，这样就可以‘消失’在监控中。行凶前，在你的授意下，叶正修用某种方式令机械人管家暂时停止了工作，并且在机械人管家的手上留下了红砖的碎屑，以便将罪名嫁祸给机械人管家。”

郭铭冷笑了一下：“既然你们已经查出来了，那就是那个叶正修干的，凭什么说我是主谋？”

“叶正修被杀于石益村的一位叫赵武的村民家中，据我们调查，在他被杀前曾有一名中年男人去找过他，而且在他的一本日记中也写到，在他跟踪张凤铃准备行凶时被一名中年男人发现了。去石益村找叶正修和被叶正修写进日记的中年男人是同一个人，就是你！”左丘启指着郭铭，“我想很可能是因为叶正修不再任由你摆布了，你为了灭口，杀了他。杀人的方法很简单，你将一瓶加了氰化物的红酒送给了他。”

“照你这么说可能作案的人多了，凭什么说是我？”郭铭冷冷地看着左丘启。

“这是一起连环杀人案，只有你才具备作案条件和作案动机？”

“什么条件？什么动机？”郭铭探着头问。

左丘启没有回答，自顾自道：“第二个被杀的是李茂山，我们在李茂山的指甲中找到了一种名为mi3的液态致冷剂的固态物，这种致冷剂比较少见，但我们在你家暗室的地板上检测到了。”

“你要知道，这根本算不上证据。”郭铭依旧十分平静。

左丘启沉默了片刻，开口：“我这次引你来是为了确定两件事——你的犯罪动机和你究竟具不具备完成犯罪的能力。事实证明，你具备这个能力。”

“我不懂你的意思。”郭铭说。

“第三个被杀的是赵晴，她死于一间密室内，凶手是如何杀人的呢？答案很简单，凶手一直就在密室中，他就藏在‘机械人管家’里面，而你用实践证明了这个方法是可行的。”

“对，是可行的。”郭铭看着左丘启，轻松地笑了笑，“这也说明了躲在那个‘壳子’里的可能是任何人，但绝不可能是我，因为我在案发前已经离开了，监控录像可以为我作证。”

“这正是你的高明之处。”左丘启紧盯着郭铭，目光凌厉了起来，“你挑选赵晴作为目标，就是为了利用楼道口的监控，为你留下不在场证明。你用的方法也不难，就是将之前的方法倒过来——将机械人管家扮成人！”

在一瞬间郭铭的脸色变了，但很快又恢复了平静。

左丘启继续说道：“为了作案，你提前摸清了赵晴的出行规律，知道她中午会和机械人管家一起出门，下午3点左右回来。当天的过程应该是这样的。下午1点15分你背着双肩包进入了公寓楼，在包里面装着你制作的跟你的外表相近的仿真皮肤，你在郑坤的家里待到下午2点10分左右离开。在你离开郑坤家前，下午2点5分左右，穿有机械人管家壳子的你购买的第二代机械人管家已经进入了公寓楼。在地下室那间无人使用的储物间里，你们完成了身份的替换，你的机械人管家变成了你。你在储物间中静静地等待，下午2点50分，被害人赵晴和她的机械人管家进入了公寓楼，你用某种方法使赵晴的机械人管家停止了工作，赵晴想当然地认为机械人管家的能源不够了，于是她回家取充电设备，这时你趁机将赵晴的机械人管家移入储物间中，接着你穿上壳子，变成了机械人管家，取而代之。赵晴毕竟是老人，而你又伪装得极其逼真，她并没有发现，将你带进了她的卧室，在卧室里你顺利完成了谋杀。因为你已调查了赵晴许久，知道每个周六的下午金庆军都会来看赵晴，而那天刚好是周六。下午5点左右，你终于等到了金庆军，金庆军闯进屋里，看到了机械人管家，他当时情绪激动，根本不可能发现异常。你用装置屏蔽了手机信号，趁金庆军去另一个房间打电话报警的时间，悄悄地逃脱。之后，你回到储物间，将赵晴的血抹在她的机械人管家的手上，并毁掉了机械人管家的脑部芯片。”

“哈哈。”郭铭大笑了起来，“你的想象力真是丰富，照你这么说，确实有可能，但是证据呢？”

左丘启看向庄帅，庄帅拿出一叠照片，扔给了郭铭。照片上是一个严重破损，且表面布满深深的磨痕的机械人管家。

郭铭瞥了一眼，随意地问：“这是什么？”

“别装蒜了。”庄帅愤懑地瞪着郭铭，“这是你的机械人管家，你也知道，机械人管家内的主要零件都有编号，你就认了吧。”

“呵呵。”郭铭冷笑了两声。

庄帅猛地一拍桌子：“7月21日傍晚6点钟，你驾车经过了云奉山，我们找到了一个目击者看到你跟你的机械人管家上了山，经过搜寻，我们在一个山谷中找到了它，而你却在三个月前报警说你购买的第二代机械人管家丢失了。这点，你怎么解释？”

郭铭怔了一下，接着耸耸肩：“那你们可以为我加上一条罪名——报假警。”

“少来这套！”庄帅指着郭铭厉声说道，“机械人管家表面的磨痕就是证据，你对它进行了打磨，这样就算套上一层壳子，也不显眼。”

“我想你误会了，那只是一个小测试，看看它是否足够坚硬，要知道我曾经也搞过机械人研发。”郭铭从容地说。

“你……”庄帅忍不住站了起来。

左丘启伸手阻止了庄帅，他离开座位，慢慢地走到了郭铭身旁：“在我们对你家进行搜查前，你将自己作为诱饵引走我们，就是为了令一位跟你妻子十分相像的神秘女子脱身。不过，我们还是跟踪上了她，结果发现了这个。”

左丘启将一段影像放了出来，还是那个偌大的玻璃棺，那位年轻女子依旧安详地躺在里面。一直镇定的郭铭看到这段影像，双眼变得通红，嘴唇不断翕动着，似乎想要说什么，但无论如何也说不出。

“这是你的妻子余芳迎的遗体，因为一直泡在液态的mi3中，所以得以保存。其实她一直都在你的家中，是那位神秘女子将她带走的吧。不，不应该说是女子，其实它就是你的第一个机械人管家——经过你这个天才的改造后，获得新生的余芳迎。”左丘启说。

听到这儿，郭铭的眼泪终于流了下来。

“一年多前，明珠市发生了一起机械人管家伤人案，受害人是一位女孩，名叫楚艺婷。那个案子也是你做的，其实伤人的并不是机械人管家，而是伪装后的你。之后你又连杀张凤铃、李茂山、赵晴三人，你这么做只有一个目的，嫁祸给第二代机械人管家，停止机械人管家的升级，因为只有这样才能使第一代机械人管家的主脑继续保留，才能使你的余芳迎继续活下去！这就是你的动机！”

郭铭紧咬着嘴唇，血混杂着泪水流淌着，但他始终不发一言。

“你可以继续保持沉默，但这并没有用。我们都知道，机械人管家可以将它看到的、听到的都记录到脑部芯片中，且这部分记录是无法被篡改的。你一直将机械人‘余芳迎’当妻子看待，并跟它朝夕相处，它的脑部芯片中一定保留着你犯罪的证据。我们只需要找到它，就可以定你的罪。”

郭铭使劲埋着头，将自己的情绪都隐藏了起来，左丘启看到，他的拳头紧攥着，指甲深深地嵌进了皮肉里。

机械人“余芳迎”的搜寻工作毫无进展。

7.

三天后，深夜，明珠市公安局钱局长惊慌失措地冲进了特一科办公室，这时办公室里仅有左丘启、庄帅两人，钱局长开口一句话便激起了惊涛骇浪。

郭铭跑了。

这些天，郭铭一直被关在明珠市公安局附近的看守所里，就在不久前，意外发生了。因为是深夜，看守所里仅留了三名值班警员，主要的工作靠机械战警负责。当其他警员发现异常时，三名值班警员已经昏迷，机械战警们也已经瘫痪在地，而郭铭则不见了。

特一科四人迅速赶到了看守所，看守所的监控录下了当时的情景。有五名蒙面男子携带武器冲进了看守所，他们用毒气弹将三名值班警员迷昏，同时使用电磁武器对付机械战警。之后便看到，他们将郭铭带出了看守所。

“这……难道郭铭还有同伙？”关思颖说。

“不是，郭铭是被劫走的。”左丘启指着监控画面，说道，“可以看到他有挣扎的反应。”

“可恶，明明案子就要破了。”庄帅愤愤道。

突然，一阵铃声响起，左丘启接通了电话，视频电话的另一边是陈尚学焦急的面庞。

“启科长，刚刚有人给公安局打电话了，有重要线索！”

陈尚学播放了电话录音，那个声音一下子击中了左丘启的耳膜，是余芳迎的声音——左丘启曾在郭铭拍摄的余芳迎生前的视频中听到过，绝不会弄错。

“明天上午8点钟，月霞湖湖边。”左丘启反复听着这段录音。

翌日，特一科、薛降龙带领着一队刑警提前埋伏在了月霞湖湖边。7点30分左右，两辆灰色吉普车在湖边停了下来，从车上先后下来了六名男子。左丘启拿望远镜一看，吃了一惊，其中一名男子竟然是未来科技技术研发中心的楚主任，而另外五名男子极像闯入看守所的那些人。

五名男子拿着武器站在楚主任身旁，小心地审视着周围。7点50分左右，一名男子打开了吉普车车门，从车中拖拽出了一个被绑住的人，众人用望远镜一看——是郭铭。

“启科长，是否立刻实施抓捕？”薛降龙摩拳擦掌道。

“等等。”左丘启小声说。

之后没几分钟，众人看到从湖边的树林中款步走出了一个长发女子。众人看得清清楚楚，那张脸是余芳迎！

"机械战警准备，开始行动！"

随着左丘启一声令下，三个机械战警射出了六发麻醉弹，六名男子几乎同时中弹，仅过了几秒钟便倒在了地上。同时另有一个机械战警已经绕到了机械人"余芳迎"的身后，防止它逃跑。但令人没想到的是，"余芳迎"并没有跑，它一步步走到了郭铭面前，为郭铭解开了绳子。

"傻瓜，你……你为什么要来？为什么？！"郭铭一把抱住了"余芳迎"哽咽道。

"余芳迎"轻轻抚摸着郭铭那斑白的头发："几天不见，你又瘦了。"

郭铭激动得颤抖，热泪滴落在了"余芳迎"的肩头，顷刻他又突然怔住，猛地推开"余芳迎"："芳迎，你快走，快走！"

"余芳迎"看着朝她走来的左丘启等人，说道："已经来不及了。"话中透着一丝凄凉。

"怎么会？你……你是机械人？怎么会？"陈尚学呆呆地看着"余芳迎"，不断嘀咕道。

"那个电话是你打的？"左丘启问"余芳迎"。

"没错。""余芳迎"答。

"到底是怎么回事？"左丘启看了看倒在地上的那六个人问道。

"他们抓了我老公，威胁我出来，我知道他们想要什么——我脑子里的东西。有了那些就可以定我老公的罪，就可以消除公众的恐慌，挽回他们的损失。"

众人都一动不动地站着，像傻子一般看着"余芳迎"淡淡地说完这些话，在那一刻他们都感觉自己面对的是一个人类，是真正的余芳迎——郭铭的妻子。

郭铭已经哽咽得说不出话来，一向沉稳的他在“余芳迎”面前就像是个孩子。

半晌左丘启才问道：“为什么叫我们来？你应该知道我们发现你，意味着什么。”

“我只是担心我一个人救不了他。”“余芳迎”深情地注视着郭铭。接着又看向左丘启说：“能给我们几分钟的时间吗？”

“可以。”左丘启点头。

郭铭与“余芳迎”聊了许久，众人在一旁听着。他们聊的都是一些琐事，就像两个即将在车站分别的亲人。五分钟后，“余芳迎”最后一次紧紧抱住了郭铭，在他耳边说：“照顾好自己，这一次，彻底忘记余芳迎吧。”

他们被分别押送上了两辆警车，左丘启、关思颖、陈尚学在押送“余芳迎”的警车上。从上车开始，陈尚学便紧紧盯着“余芳迎”，几次欲言又止后终于问出：“你……你有余芳迎的记忆？”

“余芳迎”点了点头。

“你也有余芳迎对郭铭的爱？”陈尚学继续问。

“余芳迎”点点头，又摇摇头：“我是余芳迎，但也是我，我爱郭铭。”

关思颖惊讶地张大了嘴：“爱？”

“余芳迎”的嘴角翘了起来，做出了一个类似笑的表情。

“砰！”就在这时，一声极微小的爆炸声响起，“余芳迎”的头上冒出了一缕黑烟，同时弥漫出烧焦的味道。

“余芳迎”倒了下去。

警车在明珠市公安局门口停下，当郭铭看到死去的“余芳迎”时，顷刻间像化身为了野兽，数名警察都险些没有拉住他。郭铭的哭嚎如阵阵魔音久久萦绕在公安局的上空，萦绕在每个人的心里。

“余芳迎”死了，证据丢失了，但进了审讯室，郭铭却对左丘启说：“我认罪。我为了拯救她而犯罪，她却为了拯救我而自杀，或许这就是天命——人死如灯灭，不可逆改。”

郭铭供述了他的犯罪过程，他的供述也解开了左丘启的一些疑惑。

一年多前，郭铭伤了楚艺婷但并没有达到预期的效果，他不知如何是好。很快，一次偶然的机会，郭铭在明珠市图书馆的一本书中发现了一张打印的新闻稿——便是徐千所写的，记录了张凤铃、李茂山等老人的稿子。郭铭看到那些老人生活得并不幸福，甚至有人已有自杀的念头，就在那一刻，他萌生了杀人嫁祸给第二代机械人管家的念头，而杀那些老人可将他的负罪感降到最低。就在认定杀人的那一刻，郭铭便选择了几名老人，根据他们的实际情况制定了相应的杀人方案，张凤铃、李茂山、赵晴三人便包括在内。经过近一年的准备和徘徊，郭铭实施了犯罪。杀张凤铃并没有起到轰动的效果，为了迅速达到目的，郭铭又依次杀了李茂山、赵晴。

受郭铭的指示，叶正修曾经监视过张静，在发现张静被保护起来后，郭铭立刻选定了另一位老人——赵晴。

关思颖的“鸟证人”描述的在李茂山的住处附近徘徊的神秘男子正是郭铭，因为他进行了伪装，所以体型有变。

其他的犯罪事实跟左丘启的推断完全吻合。

郭铭供述了他藏匿犯罪工具的地点，警方找到了红外线伪装服、仿真皮肤以及机械人管家外壳，其中在机械人管家外壳上留有被害人赵晴的血迹。这些证据足以定罪。

在被押走前，郭铭单独见了左丘启。

两人沉默相对，许久郭铭开口："有一个问题，我一直想不明白，你是怎么猜出我的犯罪手法和犯罪动机的？"

"很重要吗？"左丘启说。

郭铭笑笑："老实说，我对我的设计自视甚高。"

左丘启淡淡地说："你的邻居提供了一条线索，他说你在大约一年前突然瘦了下来。后来，我又查了楚艺婷那个案子，你当时逃进了一家服装店的试衣间，当天你又去了那家服装店，店老板说你从试衣间里拿出了一个背包，背包里有一件很笨重的衣服。"

"就这两点？"郭铭吃惊地看着左丘启。

"店老板说他检查过试衣间，并没有发现你的背包，这说明你将背包藏了起来——应该是藏在隔间之间的缝隙中。这点很反常，引起了我的怀疑。我想那件笨重的衣服就是机械人管家的壳子，你将壳子反了过来，店老板看到的其实是壳子的内面。这点和你突然变瘦能对上，你减肥是为了能穿上那个壳子。"

又是一阵沉默。

"很难想到吗？"看到郭铭依旧震惊，左丘启说，"毕竟变成机械人管家是完成密室杀人的最简单的方法，有那些提示，足够推理出来了。"

"你果然不是一般人。"郭铭苦涩道，"还有动机，你是怎么猜出来的？"

"当我同时看到两个余芳迎时就已经猜到了，那个身手矫健，跳窗而逃的余芳迎绝不是人类更不是鬼，那就只有机械人这一种可能了。另外，很多与案子相关的事件都发生在约一年前——未来科技宣布将要关闭第一代机械人管家的主脑的时候，因此我认为这个案子是和机械人管家的升级有关的。”

“就凭这些你就能猜出如此令人难以置信的动机？”郭铭问道。

“不，”左丘启的目光中猝然多了一丝忧伤，他缓缓说道，“这并不是多么难以置信的动机。”

郭铭从左丘启的眼中看到了某种与他相似的东西，他释然了。

就这样沉默了许久，郭铭说：“你不想知道我是怎么做到的吗？”

“另一个余芳迎？”左丘启问。

郭铭点了点头。

左丘启向外看去，陈尚学朝他递出炙热的目光，但他还是对郭铭说：“有一些，永远无法被复制。”

郭铭笑了，注视着窗外那湛蓝的天空：“你说的对，我的芳迎在等我了。”

第四案　造梦者

昌庆市，一座临海的风景秀丽的热带城市，中国著名的海滨度假之城。得益于得天独厚的自然风光，旅游业快速推动了这座城市的经济，而最近几年又发生了一件大事，一座划时代意义的动物园——中国第一家史前动物园建成了。昌庆市的游客数量因此连年激增。

8月9日，夜。

史前动物园一片寂静，保安室内，一个人影突然闪出，在园区内悄悄地游荡。

凉风徐徐，明月皓白，周围不时传出奇异动物的叫声。这夜间景致仅有不多的人有机会欣赏，身为史前动物园保安的蒋腾便是其中之一。

平日里，忙碌了一天的蒋腾也只有在晚上才有空闲在动物园里逛逛，轻松地吸根烟。但这一次，他不再轻松，他的心脏像打鼓一般剧烈地跳，拿烟的手都有些抖了——这一次他有一个特殊的任务。

蒋腾是一个月前刚来史前动物园的。史前动物园的待遇丰厚，这让蒋腾远在千里之外、大山深处的父母十分高兴。更加高兴的是蒋腾的弟弟、妹妹，一个六岁，一个八岁，正是最具好奇心的年纪。他们没有钱来昌庆市旅游，更没有钱支付那近乎天价的史前动物园门票，但他们比谁都渴望，渴望看到那些史前动物们。

百般无奈，蒋腾想到了一个办法，他要将那些动物录下来。但是史前动物园对这方面管控得很严格，严禁拍照录像，白天即便是动物园的工作人员也找不到机会。蒋腾只能选择在深夜偷偷地录。

他弟弟最想看的是霸气的剑齿虎。

剑齿虎虎池呈圆形，深约十米，占地六千多平方米，周围有一道高三米多的钢化玻璃墙。此时，虎池内仅有一个电灯，发出十分灰暗的光，站在玻璃墙外根本什么都看不到。

蒋腾围着玻璃墙转了一圈，来到一个小门旁，他犹豫了一阵，从口袋中掏出一把钥匙——那是他从剑齿虎饲养员手上偷来的。蒋腾用钥匙将门打开，穿过玻璃墙，来到了剑齿虎虎池旁。

借着蒙蒙的灯光，蒋腾看到，虎池里有几只剑齿虎聚在了假山旁边的虎穴旁。蒋腾围着虎池，小心翼翼地绕到了那里，他将手机开到录像模式，但仅能录下模糊的虎影。

蒋腾连录了几次，都暗自摇头。为了他弟弟，蒋腾豁出去了，他鼓足勇气下了一个决定。

假山很高，尖尖的顶部距离虎池边缘仅有一米多，经过一番试探，蒋腾跳到了假山顶部，他嘴咬着手电往下照，双手紧紧抓着假山，一点点往下爬。他始终不敢看下面，他知道只要一不小心掉下去，就一定会命丧虎口，尸骨无存。

事情进展得很顺利，几分钟之后，他下到了假山中部，距离虎池底仅有四五米高。高度差不多了，他不敢贸然继续往下，便找了一个安稳的落脚处，尽量将身子转过来。这个位置看的比他想象的还要清晰，剑齿虎那长达三米的身躯，威风凛凛；那露在嘴外长十多厘米的尖牙，令人毛骨悚然。

蒋腾是第一次这么近距离地观看剑齿虎，他不停地深呼吸让自己的情绪平静下来，之后他从口袋中掏出手机就要录像。

这时，虎池里突然传来一声震耳欲聋的虎啸，一只体型更加高大、健壮的剑齿虎从远处走了过来。那只剑齿虎口中还衔着一大块肉，它将肉放在地上，朝另几只剑齿虎吼了几声。

一时间，蒋腾将注意力转移到了那块肉上。只看了一眼，他像被一道闪电击中，头皮如过电般酥麻，全身控制不住地发颤，差点从假山上掉下来。

那竟然是一条人腿！

1.

京古市，特一科办公室。

办公室里一片安静、祥和，左丘启正在窗台浇兰花，关思颖在喂小麻、小灰，秦雨寒、庄帅则在审阅一些案件的文件。陈尚学并不在办公室，一个人在实验室进行研究。

难得的清闲时刻，很快便被打破了。随着“叮”的一声提示音，办公室的门开了，赵部长缓步走了进来。

众人立刻停下了手头的工作，都面朝赵部长，站姿笔挺、表情严肃。

“大家都坐吧。”赵部长看向众人，神情严峻地说，“这一次，又有新案子需要大家出动。”

“是什么案子？”左丘启问道。

“昨晚，在昌庆市史前动物园剑齿虎园区虎池内发现了一具被严重啃食的尸体。”说着赵部长递出了一份卷宗。卷宗第一页有一张照片，照片里是一具残缺不全的尸体，尸体的头和半边身子都不见了，内脏和森白的骨头裸露着，全身布满了齿痕和爪印，惨不忍睹。

“真的好惨，不过会不会是失足掉入剑齿虎虎池被咬死的？”关思颖说。

“不是。”赵部长简短地解释，“尸体的头部是被锐器砍掉的，那才是他的死因。”

众人粗略地看了一下卷宗。

庄帅说道：“很显然，凶手将尸体扔进虎池是为了毁尸灭迹。尸体是史前动物园的一名保安在深夜意外发现的，如果没有那位保安，这具尸体就会被完全吃掉，不留一点痕迹。”

“这个推断未免太草率了。”秦雨寒不以为然，“还有很多毁尸灭迹的方法比喂老虎简单有效得多。”

赵部长打断了两人的讨论，下了命令：“死者的身份已经确定了，为天胜能源集团副总经理，张毅同。天胜能源集团、史前动物园都是在昌庆市乃至全国有巨大影响力的企业，这个案子必须尽快侦破！”

“立刻出发吧。”左丘启说。

当日，特一科全体成员乘飞机，飞往昌庆市。

昌庆市公安局的迎接队伍早已在机场等候。为首的是两位中年男人，一位白胖，满脸堆笑；一位皮肤黝黑、身材瘦削，显得有些木讷。两人分别是昌庆市公安局局长刘胜利以及重案组组长项建宏。

特一科众人拒绝了刘局长的款待，要求立刻赶往案发现场，重案组组长项建宏一同赶往。

“项组长，请先介绍一下史前动物园的基本情况吧。”在车上左丘启说道。

项建宏愣了一下，从包中拿出一份文件，照本宣科地读：“史前动物园建于三年前，分为食肉动物与食草动物两个园区。共有剑齿虎、剑齿象、猛犸象、短面熊、洞狮、恐狼、地懒、后弓兽等二十余种史前动物。这次出事的是剑齿虎园区内三个虎池其中的一个。”

“二十多种动物？”庄帅一脸惊讶，“它们是怎么被复活的？”

“这个下属不知。”项建宏说道。

众人的目光都投向了陈尚学，陈尚学无奈地耸了耸肩：“好吧，还是我来解释吧。其实很简单，要复活这些史前动物，就必须获取它们的DNA。被复活的史前动物多为更新世的，大多数仅灭亡了几万年。在这漫长的岁月中，有一些动物的尸体在特殊的环境下，被冰封或者被风干成了木乃伊，被较完整地保存了下来。在现代高度发达基因技术的支持下，完全可以从它们的尸体中提取到有效的遗传信息。”

“然后呢？这样就完了？”关思颖瞪着好奇的大眼睛。

陈尚学笑了笑：“这仅仅是开始，之后如何培养出胚胎，如何将降生的动物喂养长大，如何给它们提供合适的生存环境都是很大的难题。这些难题花了十多年时间才一一攻克，但就算如此，复活一只史前动物的成本依旧巨大，且成功率极低，所以每一只史前动物都是天价的宝贝。”

关思颖用期许的目光看着远处：“听你这么说，我真想快点看看那些动物。”

庄帅突然联想到了什么，兴奋地说：“对了，思颖，如果你能够跟那些剑齿虎交流的话，一定能发现重要的线索。”

这话将众人的注意力都吸引了，项建宏也忍不住看了过来，脸上满是诧异。

左丘启问：“思颖，有没有可能做到？”

“这个……我不知道。”关思颖犹豫了一下说，“我倒是对老虎的语言有一些研究，但是从来没有实践过，而且这次的对象是剑齿虎，恐怕……”

“试试吧，不必有压力。”左丘启安慰道。他也知道这个想法有些异想天开。

一番议论完，车里恢复了安静，左丘启不禁看了看始终一言不发的秦雨寒。她静静地靠在车窗上，目光始终看着窗外。

左丘启甚是不解，自从坐上飞机后，秦雨寒就一直沉默寡言，甚至有些心不在焉。这一点与她对待工作专注负责，甚至有些工作狂的性格不符。左丘启想开口问问，但想了想又作罢。

又过了半个多钟头，车拐进了一条宽敞的柏油路，在路口上立着一个巨大的中式牌楼，上面写有“史前动物园”五个烫金大字。柏油路上挤满了全国各地的车辆，路两旁还有众多的商贩，车只能龟速前行。终于到了停车场，一下车，众人便进入了人海当中。

庄帅踮起脚，左顾右盼：“我的天，这比庙会还热闹呀。”

“我们不是来玩的。”左丘启拍了他一下，严肃地说。

庄帅摊摊手：“知道知道。”

左丘启四处看看，并没有看到动物园的大门，他紧皱着眉头：“这样得走到什么时候？”

“您放心，动物园方面已为我们安排好了VIP通道，我们一会就能赶到。”项建宏回答。

在项建宏的带领下，众人渐渐挤出了人群，就在这时，左丘启突然顿住了脚步。他感觉有人抱住了他的腿。

在游人的大腿之间，有四五个蓬头垢面、穿着破烂的孩子，每个孩子手里都拿着一个装钱的罐子，他们不时地抱住周围的游人，用祈求的目光看着他们。

此刻，就有一个小女孩抱住了左丘启，女孩有些怕人，怯生生地不敢开口。

左丘启露出了少有的温和地笑，他摸了摸女孩的头，将一张钞票递到了女孩的钱罐里。

“启科长，小心是骗子。”项建宏提醒。

“没什么。”左丘启简单地说。他又走到几个小孩身旁，将一些钱放到了小孩的罐子里。

之后，左丘启准备离开，但他一扭头却发现，人群中有一个男人一直在偷偷地看他。那人十分怪异，大夏天竟然围着一条围巾，将脖子、脸都遮住，另外，他同样穿着破烂，应该也是一名乞丐。

左丘启目不转睛地看着那乞丐，直到他消失在他的视野里。

一个画面已深深地刻在了左丘启的脑海里，有那么一刹，他看到了那个乞丐的手——他的手是绿色的。

不久，众人离开了人群，来到了VIP通道前。VIP通道是一个人工隧道，通道前站满了守卫人员，游客们也很自觉，并没有人来这里。

VIP通道的出口就在史前动物园的大门旁，一出通道，众人便被这座气势恢宏的史前动物园吸引了。

整个动物园占地面积极大，两侧的铁围栏连绵不绝，似万里长城。

动物园的大门高数米，宽数十米，由多块颜色不同的巨型岩石组合而成，外表高浮雕有剑齿虎、猛犸象、短面熊、地懒等十余种大型动物，此外无一丝现代装饰，带着浓重的自然风貌，庄重大气。另外，在大门两侧有两个一比一塑造的猛犸象模型，高达3米、体长达5米的巨大身躯甚是吸引眼球。

走近后，左丘启注意到，大门及铁围栏上布满了监控，他问项建宏：“这些监控录像都看了吗？”

“都已经拿到了，但数量实在太多，共有500多个监控，全方位无死角遍布整个动物园的外围。我们动用了大量的警力，但还没有查看完毕。”

“抓紧。”左丘启说。

此时，在史前动物园的VIP入口前，共有十余人等候，为首的是史前动物园的张副园长。

张副园长热情地朝左丘启走来，微微躬身，奉承地说：“您一定就是启科长吧。我听刘局长说起过您的威名，没想到政府对我们如此重视，竟然请您来破案，由您亲自出手，那一定是手到擒来。”

听着这些奉承话，左丘启面无表情，他劈头便问：“我要见最了解剑齿虎园区的负责人。”

张副园长表情丰富的脸皮抽搐了一下，但很快又堆起了笑，拉了拉身旁一位三十多岁的青年，说道：“这位便是食肉动物园区的经理，也是剑齿虎园区的负责人，郑方。”

“郑经理，麻烦跟我们走一趟吧。”左丘启说。说完便径直走进了VIP入口，将张副园长晾在了一边。

一进动物园，左丘启便问：“郑经理，我在来的路上见到了不少乞丐，这是怎么回事？”

郑方脚步一顿，表情有些慌张：“这……这个……他们是不是骚扰到您了？其实……其实我们一直在加强管理，但是……”

左丘启不耐烦地打断：“他们是从哪儿来的？”

“我……我也不知道，史前动物园刚建成没多久，他们就出现了，这里可是块宝地，吸引点乞丐也没什么。”

左丘启眉头紧蹙，不再说话了。

最靠近动物园正门的是食草动物园区，之后便是食肉动物园区，剑齿虎园区在食肉动物园区的最外围。因为史前动物园面积广阔，众人只能乘坐游览车前往。路途比想象的要漫长，近一个小时的时间，游览车依次经过了象鸟、星尾兽、雕齿兽、披毛犀等十多种食草动物园区，这些园区都面积广阔，并且在动物栖息地边上还有一片被混凝土高墙隔出来的区域，里面盖了别墅。

“嗬，你们挺会玩呀，竟然把房子盖到动物园里来了？”庄帅轻蔑地笑笑。

“这……这是张副园长的主意。”郑方连忙解释，“这个项目给动物园带来了巨大的盈利，这里的每栋别墅都是中国最贵的。”

“怎么可以这样？难道不会影响到那些动物吗？”关思颖有些不悦地说。

郑方嗫嚅道：“影……影响很小吧。”

又过了半个钟头，众人终于到了食肉动物园区，接着拐了几道弯，便来到了剑齿虎园区前。

剑齿虎园区占地两万多平方米，周围有一圈高四米多的石墙，并有五米多高的铁门。因为发生了命案，园区的大门紧闭，并没有游客。

郑方向看守园门的保安示意，厚重的铁门被缓缓打开，众人开车进入园中。

“郑经理，这剑齿虎园区外面也布满了监控？”左丘启问。

郑方摇了摇头：“很不凑巧，这个园区的监控正在进行升级，已经停了一个多星期了。”

园区内共有三个虎池，出事的是中间的一个。众人停车步行，几分钟后来到了虎池前，虎池周围有一道高三米多的钢化玻璃墙引起了众人的注意。左丘启仔细打量着玻璃墙，并用力敲了敲。

郑方在一旁解释："启科长，这是最新的超高强度的钢化玻璃，绝对坚固，炸弹也炸不开。"

陈尚学检查了一番，冲左丘启点头。

玻璃墙表面十分光滑，根本没有着力点，在这种情况下，仅凭人力越过去几乎是不可能的。在玻璃墙中央有一道高一米多的玻璃门，是进入里面的唯一通道。

"这门的钥匙都谁有？"左丘启问郑方。

"我和三个剑齿虎饲养员。"

"是吗？那发现尸体的那个保安是怎么进去的？"左丘启追问。

"他……他从饲养员手里偷到了钥匙。"

"这么说，这个钥匙并不难弄到呀。"庄帅揶揄道。

郑方有些尴尬："这个……其实我们的安保措施已经很严格了。"

在左丘启的要求下，郑方打开了玻璃门。

等真正走到虎池边缘，众人才注意到，在虎池的中央位置有一个白粉画的人形图案。

"那是你们勘查的？"左丘启问项建宏。

"是的。"项建宏上前一步，说道，"据发现尸体的保安说，尸体是剑齿虎从远处叼来的，我们经过勘查发现，尸体被剑齿虎多次移动，但我们还是找到了尸体被最初抛落的位置。"

"奇怪呀。"庄帅挠着头，很是费解。

"是很奇怪。"陈尚学说，"尸体在虎池的中心区域，距虎池边缘至少有三十多米远，很难想象，凶手是怎样将尸体扔到那的，如果借助工具的话，显然多此一举。"

"这么大的虎池难道就没有监控吗？"左丘启蹙眉问道。

“是有监控，但只能看到虎穴周围的一片区域。”项建宏有些无奈地回答，“我们已经仔细看过了，没有任何发现。”

“现场勘验也没有其他发现？”左丘启打量着四周问。

项建宏叹了口气：“这正是我们头疼的地方，显然凶手清理了现场。”

关思颖并没有参与讨论，她的注意力在别处，她围着虎池转了起来，最后忍不住发问：“郑经理，剑齿虎呢？为什么没有看到？”

“是这样的，为了防止剑齿虎们破坏现场，也为了保障警官们的安全，我们将它们暂时关进了虎穴里。”说着郑方指了指远处的假山，“虎穴就在那个位置。”

关思颖正要朝那走，回头又拽了拽一直沉默的秦雨寒：“雨寒姐，你怎么了？陪我一起去看看好吗？”

秦雨寒挤出了一丝微笑，点了点头。

两人慢慢走到了靠近假山的位置，从高往下看，可见假山底部有一个黑漆漆的洞穴，隐约可以听到虎啸，但并没有看到虎影。

“警官，小心点呀。”郑方跟在后面紧张地喊。

“我要下去看看。”想了片刻，关思颖说。

“不可，万万不可呀。”郑方的脸变成了猪肝色，惊呼道。

“我要下去听一下它们的语言，尝试着与它们沟通，这也是破案需要。”关思颖认真地说。

“真……真的不行。”郑方直接挡在了关思颖身前，声音几乎带着哭腔。关思颖略显气愤地看着他。

“其实……老实说……”郑方犹犹豫豫道，“这种情况是第一次出现，那个关闭虎穴的铁门我们从未使用过，虽然理论上它能承受剑齿虎的撞击，但是……但是如果发生意外，这个责任我可是担待不起呀。”

此刻，左丘启走了过来，看着关思颖的眼睛：“有把握吗？”

“有一定把握，虽然我只听到了一些模糊的声音，但感觉跟老虎的叫声差不多。”

见关思颖目光坚定，左丘启说：“郑经理，说吧，怎么下去？”

“真……真要下去？”

“快说吧。”左丘启催促。

“有……有梯子，就隐藏在虎池的墙壁里。”说着郑方启动了机关。

很快，一个紧贴墙壁的竖直钢梯出现。

关思颖就要下去，秦雨寒拉住了她：“思颖，我跟你一起去吧。”

“我去！”话声一落，庄帅便抢先下了梯子。

“你们留在上面，我下去看看。”左丘启对秦雨寒等人说。

“启科长，您也要下去？”郑方显得既惊讶又惊慌，“张副园长再三交代过，一定让我保证您的安全。”

“我也要保证他们的安全。”说着，左丘启便下了钢梯。

“要命，要命呀。”郑方咬咬牙，哆哆嗦嗦地跟了下去。

众人依次下到虎池底部，还没走到虎穴口，便听到了一声高过一声的虎啸。

“剑齿虎的嗅觉很敏锐，它们已经觉察到我们了。”郑方解释。

众人小心翼翼地前进，就在快接近虎穴时，突然“砰”的一声巨响，一只体型巨大的剑齿虎撞在了铁栏杆上。众人终于得见剑齿虎的面貌。

它全身呈棕黄色，带有淡淡的黑色斑纹，两只如短剑一般的獠牙裸露在外，令人胆寒。剑齿虎冲着众人嘶吼，不断拍打着铁栏杆，口中发出一股难闻的腥臭味。

庄帅下意识地将关思颖护在身后。

郑方有些怕了，声音发颤：“启……启科长，还是回去吧，我……我让饲养员将它们的声音录……录下来给你们，不行吗？”

郑方话音刚落，又有两只体型较小的剑齿虎呼啸着冲了上来。三只剑齿虎不停地撞击着铁门，铁门发出“砰砰”巨响，很快，铁门周围，开始有碎岩石崩落。

“坏了坏了，门要坏了。”郑方吓得哭嚎了起来。

要不要撤退？左丘启犹豫了。

“别出声！”关思颖突然冲郑方喊。

郑方停止了哭嚎。这时，关思颖使用了发声器，一声声虎啸从她身上发出。不可思议的一幕发生了，刚才还张牙舞爪的三只剑齿虎安静了下来。片刻，最中间的那只剑齿虎冲郑方叫了一声。

“它口渴了。”关思颖解释道。

郑方夸张地张大了嘴，用一种无比惊异的目光看着关思颖。

一次跨越时间与物种的对话，达成了。

2.

就在剑齿虎园区内，众人根据现有线索简单分析了一下案情。左丘启当即安排了工作：关思颖留在史前动物园，继续与剑齿虎沟通；秦雨寒负责调查死者张毅同的社会关系；其余人则一起赶往昌庆市公安局。

刑警们已经提前将与本案相关的三个关键人物带到了公安局。左丘启依次对他们进行问话。

第一个问的是发现尸体的保安——蒋腾。蒋腾再次叙述了他发现尸体的经过。其间，他未看到任何可疑人，也未发现任何异常。

接着，左丘启又询问了另外两人，当晚看剑齿虎园区大门的保安——钱一翎、李海。

案发当天傍晚6点钟，钱一翎按照规定在剑齿虎园区的游客都离开后，关闭了园区的大门。之后，一直到晚上10点，他没有离开保安室半步，在这期间并未有人来剑齿虎园区。晚上10点之后，保安换成了李海，之后一切平静如常，直到11点左右，蒋腾来找李海聊天。11点半，蒋腾偷偷进入剑齿虎虎池，约11点45分时发现了尸体。五分钟之后，史前动物园内的公安便赶到了，将现场封锁了起来。

钱一翎、李海以及前来封锁现场的公安们都没有任何发现。

庄帅怀疑可能有游客并未离开剑齿虎园区，而是偷偷藏在园区内，伺机抛尸。对此，钱一翎给出了否定的回答，他十分确信，他关门时园区内并没有人。

询问结束，左丘启亲自查看了虎池内的监控录像，确实仅录下了虎穴周围的区域，仅从录像来看，一切正常。

没多久，法医上交了详细的尸检报告。

死者的头部确定是生前被砍下的，伤口十分整齐，包括脊椎骨在内都被砍断。据分析，杀人者臂力极大，使用的是一把新的菜刀，而且凶手是用左手杀人的。除此之外，尸体的其他损伤都是坠落伤以及剑齿虎造成的咬伤、虎爪划伤等。死者的死亡时间也被推断了出来，为当晚9点左右。

死者的头颅是被凶手扔入虎池之中，被吃入虎腹之内，还是在别处，尚无定论。早在案发初，昌庆市公安局便已指派大量警力寻找死者的头颅，但至今无任何发现。

凶手的犯罪手段极其残忍，是仇杀的可能性极大。经过分析讨论，众人都认同要想破案必须先解决两个至关重要的问题。

一、凶手是怎样进入剑齿虎园区并完成抛尸的？

二、第一犯罪现场在哪里？

关于第一犯罪现场，项建宏等警员们已进行了初步的调查，他们已到死者张毅同的家中进行了勘查，排除了凶手在张毅同家中犯案的可能。要想找出第一犯罪现场就需要明确被害人在8月9日晚上的行踪，左丘启已通知秦雨寒令她重点调查。

现在，特一科急需要更多的线索。

很快，线索来了，关思颖赶到了昌庆市公安局。经过与剑齿虎们长时间的沟通，她终于有了发现。

将它们的“叙述”经过转化和推理，得出了一条这样的信息：在虎池上面黑了的时候，食物（张毅同）掉进了虎池中央。

关思颖追问了一个问题：食物是怎么掉进去的。

剑齿虎回答：它们看到一个经常看它们的（指人）跳了进来，之后食物就掉进来了。

这两条信息包含着两条线索。第一条信息有提到黑了的时候，关思颖特地询问了郑方。郑方说，剑齿虎虎池外围有一圈灯，灯准时在晚上10点钟熄灭。于是便推断出了凶手抛尸的时间——晚10点到晚11点45分之间。

对于第二条信息，大家有不同意见。多数人认为，关思颖在转化剑齿虎的语言时出现了错误，或者剑齿虎表达了错误的信息，他们都不相信有人能跳过高三米多的玻璃墙。

“有什么不可能的？”关思颖的支持者庄帅说道，“如果借用一些工具，完全可以做到。”

“我不得不说，这不科学。”陈尚学开口道，“如果使用工具，显然只将尸体扔进去更简单。”

“启科长，您也认为我弄错了吗？”关思颖楚楚可怜地看着左丘启。

“破案不应受思维定式的束缚，我认为你说的有可能。”左丘启说。

关思颖展颜而笑，脸微红。

不管凶手跳过玻璃墙这条信息是真是假，至少都说明了一点，在案发当日晚10点到11点45分之间，凶手带着张毅同的尸体进入了剑齿虎园区。如果凶手有越过玻璃墙的能力，那么越过剑齿虎园区外围的石墙也不是不可能。下面有一点急需确认——凶手是游客、史前动物园内部的人，还是从外面偷偷潜入的。

就这一点左丘启与众人进行了讨论。

项建宏欲言又止，左丘启鼓励他发言。

项建宏说：“据我调查，每一位进入史前动物园的游客都有一张通行卡，每次入园和出园都必须刷卡，整个过程由电脑严格监管。另外，每次闭园前，都有专门的工作人员进行检查，确保所有的游客都出了动物园。抛尸发生在深夜，我认为这排除了游客作案的可能。”

左丘启点头，表示赞同。

关思颖说道：“可能犯案的内部人员分为两部分，一部分是当晚留在史前动物园的工作人员；另一部分是居住在史前动物园别墅区的住户。虽然人员众多，但可找到详细的名单，不难调查。”

“嗯，这方面的调查工作就交给你了。”左丘启看向关思颖，“可以派给你一部分警力。”

庄帅发表意见：“我有一个想法，凶手应该是史前动物园内部的人，而且第一犯罪现场就在史前动物园里。如果张毅同被杀于别处，凶手没必要进入层层戒备的史前动物园抛尸。据我推测，应该是张毅同先进入了史前动物园，之后被凶手杀害，凶手顺手在动物园内抛尸。将抛尸地点选在剑齿虎园区内也说明了凶手是内部人员，知道那里没有监控。”

“这个想法不错。”左丘启说，“目前来看，这是最合理的解释。”

去除游客通道，要想进入史前动物园仅有两种方式——翻越园区周围的铁围栏或走别墅区住户的专用通道，不管哪种方式都将受到全方位监控的监视。

左丘启当即下令，增加警力，继续查看所有的监控，同时对剑齿虎园区附近的区域进行勘查，寻找第一犯罪现场。

深夜，秦雨寒终于赶回了昌庆市公安局。警员们都在加班工作，特一科办公室里仅有左丘启、庄帅两人。

秦雨寒推门而入，步伐沉重，面露倦意。待她休息了会儿，左丘启问道：“调查得怎么样了？”

秦雨寒上交了一份文件：“这是张毅同的履历。”

“你简单说一下吧。”左丘启拿过文件，说道。

“张毅同毕业于华医大学微生物学专业，博士学历。毕业后即在天胜能源集团担任研究员。约十二年前，张毅同领导的团队在细菌发电项目上获得了重大突破。之后张毅同得到了天胜能源集团的重视，连连升职，约在5年前升任天胜能源集团副总经理。”

“嗯。”左丘启点头，“社会关系调查清楚了吗？”

“张毅同与妻子乔薇生有一个女儿，女儿现在美国读书。前去认尸的便是他的妻子乔薇。”

“有一件事我一直很好奇，尸体的身份为何这么快就被确定了？”庄帅问。

“张毅同与妻子的关系并不好，在案发前，约有半个月的时间，乔薇一直在找张毅同。她在网上无意间看到了寻尸启示，认为张毅同出了事，便去辨认，她通过尸体上的一块胎记认出，死者正是张毅同。”

“这是怎么回事？”左丘启精神一振，“张毅同失踪了半个月？”

“呵呵。”秦雨寒冷笑两声，“根本不是失踪，那段时间张毅同休了假，他一直跟情人苏敏在一起。”

“这个苏敏你问话了吗？”左丘启问。

“我刚查到苏敏的住处，还没来得及去，不过……”秦雨寒补充道，“我到张毅同的家和天胜能源集团进行了调查。张毅同住的是独栋别墅，与邻居们几乎没有往来，也没有仇怨。张毅同在公司里，与上司、下属们的关系处得都还不错，几乎没与人发生过冲突，除了一个人——天胜能源集团的另一位副总经理，吴越森。”

庄帅耐不住性子了：“你就快点说吧，他俩怎么了？”

“据我调查，天胜能源集团的总经理年事已高，正打算辞去总经理的职务，新任的总经理将从张毅同和吴越森两人中选出。最近一年来，两人一直在明争暗斗，而且据说张毅同已经握住了吴越森的把柄，吴越森在竞争中渐渐落了下风。”

左丘启的神情冷峻了起来："这么说，这个吴越森确实有很大的嫌疑。"

翌日早上，左丘启、庄帅、秦雨寒三人在吴越森的家中见到了他。

吴越森似乎对警察的造访并不感到意外，他神色如常地将三人领进了屋。

三人都坐在吴越森的对面。左丘启并没有立刻问话，他死死地盯着吴越森，观察着他的面部表情。吴越森看似镇定自若，但一些细微的表情还是暴露了他焦躁不安的情绪。

对峙了一会，吴越森沉不住气了，先开口："警官们，今日前来到底所为何事呀？"

"你的同事张毅同被杀的案子，我们依法向你询问几个问题。"

吴越森愣了一下，露出一个夸张的表情："他不是意外跌落剑齿虎虎池，被剑齿虎咬死的？"

"他是被谋杀的。"庄帅目光锐利，瞪了吴越森一眼，"被人砍掉了脑袋。"

"怎么会？张副总经理还这么年轻，正是为公司做贡献的时候，竟然被如此残忍地杀害，令人震惊，令人痛心呀！"

吴越森的"表演"令秦雨寒心生厌恶，她冷冷地说："据我们调查，你跟张毅同的关系并不好，你们经常在一些意见上起争执，在公司里有过激烈的争吵，甚至大打出手。另外，我们还调查到，你们同为总经理的竞选人，而且张毅同在竞争中占据上风。"

吴越森生硬地笑了笑："我们同为公司的高层领导，在一些意见上有分歧实属正常。我们虽然是竞争者，但都是各凭本事，公平公正地竞争。这绝不会影响到我们的私人关系。"

“是吗？”庄帅冷笑，“我听说，张毅同抓到了你的一些把柄。”

吴越森的脸皮抽搐了一下：“这是诬蔑，从没有这样的事。”

“案发时，8月9日晚上9点，你在哪里？”左丘启问。

“那天呀……”吴越森微微眯了下眼，“我想起来了，那天晚上7点多，我去了贤成路上的新月咖啡馆喝咖啡，一直到晚上10点左右才离开。”

“你一个人待了三个小时？你在干什么？”秦雨寒问。

“我带电脑去的，顺便整理了一下公司的文件——怎么了？”吴越森看到三人的表情有变，说道，“我有不在场证据很奇怪吗？你们根本就不应该怀疑我。”

“不奇怪。”左丘启淡淡道，“我们先告辞了。”

“他绝对有问题。”离开吴越森的家，秦雨寒说，“一个位高权重、手握巨额财富的人，杀人想必不用亲自动手。”

“难道是……雇凶杀人？”庄帅激动地说。

左丘启阻止了两人的讨论：“先去见一下苏敏。”

据秦雨寒调查，苏敏居住在昌庆市郊外的凤鸣山别墅区。别墅在苏敏的名下，是张毅同偷偷为其购买的。

三人乘车赶到了别墅区。很快，他们找到了苏敏的住处，一栋三层别墅，为典型的英式风格。

三人按响了门铃，片刻，一位金色长发、穿短裙的年轻女子打开了门。

“你们找谁？”女子有些疑惑地问。

左丘启出示了警证：“是苏敏女士吗？我们是警察，想问你几个问题。”

“那请进吧。”苏敏将三人让了进来。

进客厅坐下后，苏敏问：“你们想问什么？”

庄帅仔细打量着苏敏，她看上去很平静，没有半点忧伤。庄帅斟酌了一下，说：“看来你还不知道呀。”

苏敏皱了皱眉：“我不懂你的意思。”

“不好意思。”庄帅咳嗽了一下，“我就直说了，8月9日晚上，有人在剑齿虎虎池里发现了天胜能源集团副总经理张毅同的尸体。”

苏敏正准备喝水，水杯端到半空突然停住了，她手一抖，“啪”的一声，水杯掉在了地上，摔了个粉碎。苏敏眼中涌出了泪珠，她强忍了回去。

“这个……我……”她声音颤抖地说。

“我们调查过你，知道你跟张毅同的关系，现在张毅同已经死了，我认为有些事情也不需要隐瞒了。”左丘启紧盯着苏敏。

苏敏深呼吸了几下，将眼泪擦干：“好，我承认，我是毅同的情人，但我……我是真的爱他。”

“据我们调查，在案发前约有半个月的时间张毅同都住在你这里。”左丘启说。

苏敏点了点头。

“下面这个问题对案子很重要。”左丘启一脸严肃地问，“8月9日晚上，张毅同在哪里？”

“我想想。”苏敏凝眉沉思起来，“对了，我想起来了，那天下午6点左右，他接了一个电话，之后就行色匆匆地离开了家。”

“什么电话？”秦雨寒问。

“他没跟你说去哪儿吗？”庄帅问。

“他特地去远处接听的，我什么都没听到。而且，他走得很急，什么都没有说。”

接下来是长时间的沉默，众人都在沉思。

左丘启先开了口：“在出事前的一段时间，张毅同有没有什么异常？”

“没有。”苏敏摇了摇头，“他在公司里越来越得势，那段时间又休了假，过得挺开心的。”

“据你了解，张毅同有没有什么仇人？换句话说，你认为谁最有可能杀他？”庄帅问。

“这个……”苏敏想了许久，突然一拍手，“有一件事。毅同曾经跟我说过他想要雇几个保镖。我问他为什么，他说，有些人明的竞争不过他，暗地里可能会使一些阴毒的手段。我认为……认为他说的是吴越森。”

“最后一个问题。”左丘启问，“8月9日晚上9点至凌晨，你在哪里？”

“我自己一个人在家。”苏敏淡淡道。

“好，谢谢你的配合，如果想起了什么线索，一定通知我们。”左丘启说。

离开苏敏的家，三人暂回了公安局。

3.

苏敏的话给了左丘启很大的启发，那个打电话将张毅同约出去的人很可能就是凶手。警方在剑齿虎虎池内仅找到了张毅同的尸体，并没有发现他的手机，显然是凶手有意为之。这说明张毅同的手机里存有一些跟凶手相关的信息，凶手联络过他，甚至与他认识。很快，左丘启拿到了张毅同手机的通话记录清单，根据清单显示，在8月9日下午5点55分，有一个昌庆市当地的手机号给张毅同打了电话，通话时间仅57秒。另外，那个手机号码还曾在8月8日早7点给张毅同的手机发了一个彩信，彩信的具体内容不得而知。警方立刻查了那个号码，证实是一张复制卡，无法查出打电话的人。

仅从目前的线索来看，吴越森最为可疑，左丘启令庄帅对其进行细致的调查，并安排警力对其进行监视。

当天下午，最令左丘启关心的一个结果出来了。一百多名警察联合工作，将史前动物园周围以及别墅区住户专用通道的监控检查了一遍。

结果如下：案发当天并没有任何人翻越围栏进入史前动物园，当天通过专用通道进入史前动物园的人大部分都为别墅的住户，仅有10人为外来人员。经过调查，那10人都没有作案嫌疑。

这个结果，所有人都没有想到。从监控录像来看，案发当天，张毅同并没有进入史前动物园，也并没有看到有人带张毅同的尸体进入史前动物园。如此，张毅同的尸体是怎么出现在史前动物园里的呢？

左丘启特地将负责史前动物园保卫工作的赵科长叫到了公安局。

“张毅同会不会是通过游客通道进入的，而你们没有发现。”秦雨寒问。

“这绝不可能。”赵科长信誓旦旦地说，“我们对游客的管理是十分严格的，都是逐人检查。”

“很简单。”左丘启随意地说，“最可能的情况便是还有其他的通道。”

“这更不可能了。”赵科长立刻否认，“我们层层戒备就是为了防止有人逃票进入。”

左丘启说：“事实如何，只有调查过才知道。”

监控并没有带来预期的线索，左丘启立刻改变了调查方向，他想起了他在史前动物园附近看到的那些乞丐。警方打探得知，乞丐们就住在史前动物园后山上，那些人当中或许就有目击者。为了一查究竟，左丘启、秦雨寒两人一起赶往后山。

此时已是盛夏，山上树木茂密、野草横生，但在其中可见一条明显的小路，小路弯弯曲曲直通到半山腰。两人走了约有半个钟头，远处较平缓的山坡上开始冒出一些简陋的，树枝搭建的帐篷，帐篷周围还堆着一些杂物。

两人加快了步伐，当走近时见到了七八个乞丐，躺卧在帐篷底下。

左丘启几步跨到山坡上，喊了一句：“警察，都出来一下。”

一听这话，几个乞丐竟然钻了出来，拔腿就跑。

左丘启快步追了上去，揪住了一个乞丐的衣服：“跑什么？我们只是问几个问题，请配合一下。”

那是一位六十多岁的老人，他嘴唇抖动着：“您……您问什么？”

“这山上有多少乞丐？”左丘启问。

“不……不少，具体我也不知道，这你得问我们的老大。”

“你们还有老大？”秦雨寒吃惊道。

“是……是这样的。”老人摸着脑袋，扭捏地说，“这几年冬天有很多兄弟饿肚子，全靠老大弄来了一些鲜肉，烤了给我们吃。在我们心中，他就是我们的老大。”

“好吧，那你们的老大呢，我们要见见他。”秦雨寒说。

“他……他已经失踪一个多月了。”说着，老人的眼圈红了。

左丘启向四周看了看，有几个逃跑的乞丐正躲在角落里，偷偷往这看。左丘启拍了拍老人的肩膀，语重心长地说道：“把大家都叫过来吧，有些吃的给你们。”

听了这话，老人欢喜地走了，五六分钟，他带着十多个乞丐聚了过来。那些乞丐年龄多在五十岁以上，其中大部分都有残疾。

左丘启朝秦雨寒示意，秦雨寒从背包中取出了一些食物、生活用品分给他们。

等众人都拿到东西后，左丘启说：“有事需要大家帮忙，这个人你们见过吗？”说着，左丘启拿出了张毅同的照片给众人辨认。

乞丐们一一传阅，他们都小声说没有见过。

秦雨寒问：“几天前，史前动物园里发生了一起命案，你们知道吗？”

众人都摇头。

“你们好好想想，那天晚上来了许多警车。”秦雨寒补充道。

“警车？哦，我想起来了。”一位身材矮小的乞丐说。

左丘启一激动，一步跨到那乞丐身旁：“那天晚上，在史前动物园附近，你有没有见过什么可疑的人，或发现异常的事？”

那乞丐想了片刻，摇了摇头：“没有。”

“好吧。”左丘启点头，“这次谢谢你们了，我希望你们能将我们的话告诉更多的人，如果有人能提供线索，我另有酬劳。”

说着，左丘启将照片递给了那个乞丐。

“好的好的。”乞丐连连点头。

左丘启转身离开，走了两步又想起了什么，回头问道：“你有没有见过一些个子不高乞讨的孩子，还有一个手是绿色的人。”

“你……你说的是……”那乞丐竟怕得发抖，“绿……绿人。”

“什么‘绿人’？”左丘启上前抓住了乞丐的肩膀，“你认识他？”

“这……这个……”乞丐十分犹豫地说，“我知道他好像住在后面的那座山上，但是我劝你们不要去，因……因为那些孩子还有那个‘绿人’都中邪了。”

“中邪？”秦雨寒笑了笑，“那些孩子，我看着都挺健康的。”

“您……您有所不知。”乞丐瞪着眼，颤颤巍巍地说，“他们根本就不是孩子，而是十五六岁的少男少女。我们这有人见过他们，十年前就是那个‘绿人’带着那些孩子乞讨，十年过去了，‘绿人’变老了、身上的绿色更重了，但那些孩子们一点没变。”

“好，谢谢，我知道了。”左丘启快速地回答道。接着拉上秦雨寒，转身就朝后山走去。

“别去，你们别去，我们收了东西，不能害你们。”乞丐在后面喊。

左丘启和秦雨寒并没有回头，渐渐走远了。

之后的那座山面积很小，两人花了两个小时上山并将整座山仔细找了一遍。果真在山腰的缓坡上发现了几个简陋的帐篷，但并没有找到人。

离开时已近黄昏，秦雨寒站在一条岔路上，徘徊不前，她几次看向左丘启，欲言又止。

左丘启拽住了秦雨寒的手，注视着她：“雨寒，这段时间你时常心不在焉，是不是有什么心事？”

秦雨寒身子微微一抖，将手从左丘启手中抽了出来。

左丘启有些尴尬，别过头去，这时，秦雨寒突然说：“我妈在武怀市，我想她了。”

“昌庆市的临市？你家在那？”左丘启惊讶道。

“不……我已经没有家了。”秦雨寒眼中闪过一丝忧伤。

左丘启愣在原地不知该说什么，秦雨寒长长地呼出了一口气：“自从十岁起，我就没有见过我爸，而我妈患上了失智症，现在就住在武怀市福利院里。”

“对了。”左丘启恍然大悟，“你在武怀市的警校毕业，最初在武怀市公安局工作。”

“嗯。”秦雨寒目光深邃，陷入了回忆之中，“当时我在武怀市读书就将我妈接到了武怀市，毕业后我到武怀市公安局工作，因为工作繁忙我只能将我妈送到了福利院，后来我又调到了g省公安厅，但离得武怀市并不远，我也能时常看望我妈。但是，现在我来了特一科，已经……已经很久没去看过她了。”

“你妈年龄不大，为什么会得失智症呢？”左丘启问。

“因……因为脑部损伤，医生说很可能是长期受殴打所致。”不知是因为愤怒还是恐惧，秦雨寒的身子颤得厉害。

左丘启眼中含着火，厉声道：“是谁干的？！”

“我……我爸。”秦雨寒像失去了力气，身子瞬间瘫软了下来，“我爸酗酒成性，经常打我和我妈，我十八岁那年我妈终于无法忍受和他离了婚，但没过多久，我妈就得了那个病。”

“为什么不走司法程序？”左丘启问。

“没有证据。”秦雨寒的声音弱得像一缕烟。这是她第一次在他人面前褪去坚硬的外壳，显露那柔软而孤寂的灵魂。

左丘启在一瞬间明白了好多，他明白了秦雨寒那不同于一般女孩的强势、那冷冷的性格、那对男人潜意识的抗拒，甚至敌意。他看到受沉痛的往事打击而踉踉跄跄的秦雨寒，真想将她拥入怀中，他伸出手又收了回去。就在这一刻，秦雨寒的身子突然歪倒了，正好倒在左丘启的怀里。

左丘启一动不动，就这样让她靠着。许久，秦雨寒站直起来，她抹了抹眼睛，用轻柔的声音说："启科长，我想去看一下我的妈妈，可以吗？"

"当然可以。"左丘启轻轻拍了拍秦雨寒的肩膀，"我和你一起去一趟。"

秦雨寒露出了孱弱地笑："谢谢！"

两人坐车直奔武怀市，约晚上九点钟，终于到达了武怀市福利院。

福利院建在一个空旷、碧莹的湖边，周围空气清新，不时传来空灵的虫鸣。

在来的路上，秦雨寒已经联系了福利院的负责人。此时早已过了探望时间，但福利院的工作人员破例，将秦雨寒领进了福利院。

进入院楼，秦雨寒径直朝那个熟悉的房间走去。房间在走廊的尽头，几分钟的路如几天一般漫长，秦雨寒来到房前轻轻地敲了敲。她的动作轻柔，仿佛害怕惊扰什么。

"吱"一声门开了，一个戴眼镜、穿白大褂的年轻女护工探出头来。

看到秦雨寒，她一脸兴奋："雨寒姐，你可来了。"

"丽丽，最近辛苦了。"秦雨寒上前轻轻抱了抱她。

女护工摆了摆手：“雨寒姐，你又客气了，这都是我应该做的，你还是快看看你母亲吧，你这段时间没来她脾气一直不小，虽然她无法表达出来，但我能感觉到她是想见你。”

“嗯。”秦雨寒眼含泪花，使劲点了下头。

秦雨寒打开门走了进去，左丘启静静地跟在后面。在一张洁白的床上，仰靠着一位头发斑白，穿着宽大病服的妇人，妇人眼神空洞地盯着窗外，看着那轮明月。

“妈！”秦雨寒的眼泪终于涌出，她边哭喊着边朝前走。

妇人被声音吸引，扭转过头来，她脸上布满了皱纹，完全不像一个五十岁出头的人。妇人呆呆地看着秦雨寒，很快她空洞的眼中多了一丝不一样的神采。她微微向前伸手，咧开嘴笑了。

秦雨寒冲上前，紧握住妇人的手，泪滑落，滴滴晶莹。

左丘启站在一旁静静地看着。

月光正是最明媚的时候。

相聚的美好并没有维持多久，几小时之后，左丘启、秦雨寒的电话同时响了。两人相继接通，接着挂断，接着是长时间的沉默。

左丘启率先打破了沉默：“雨寒，你陪你妈多待会儿吧，我先过去。”

秦雨寒看了看身旁，她妈睡得正熟，嘴角还带着一丝笑意。据护工丽丽说，这么久，她妈第一次睡得如此香。秦雨寒几次犹豫还是开口说：“启科长，工作为重，我和你一起过去吧，等案子破了我再来看我妈。”

“好。”左丘启重重地点头，“我们一定尽快破案！”

8月12日，凌晨三点钟，史前动物园内又发生了一起命案。死者叫周鹏，为天胜能源集团D区经理。死者被发现于家中，头颅被砍掉，躺在客厅里。此案并没有报案人，死者在别墅多处安装了警报系统，凶手行凶后无意中触发了警报系统，系统自动报警。史前动物园里的公安10分钟内便赶到了案发地——猛犸象园区别墅区，并未发现任何异常。

猛犸象园区位于食草动物园区最外围，园区周围的院墙、院门与剑齿虎园区规格一致。不同的是，园区内仅有一个猛犸象饲养场，占地面积是剑齿虎虎池的五倍，饲养场外围有高约6米的高强度钢丝网，里面共有8只猛犸象。

发生命案的别墅区建于猛犸象饲养场中央，周围围有与钢丝网等高的玻璃墙。进入别墅区需通过专用的地下通道。

凌晨五点钟，左丘启、秦雨寒赶到了案发别墅。

项建宏与一众刑警们正在勘查别墅外的区域，见到左丘启、秦雨寒，众人敬礼示意。左丘启朝他们点了点头，跟秦雨寒进入了别墅里。

一过玄关，便看到周鹏的尸体躺在客厅边上。尸体背朝天，没有头颅，上半身的衣物被扒光，背上布满了刀割的伤痕。再仔细看，尸体左右手的手指都被砍掉，分散在一旁。尸体上方的房顶以及一旁的墙壁上可见明显的喷溅状血迹。

关思颖跟几位刑警在勘验现场，一名头发花白的老法医正在进行尸检。

“启科长。”关思颖最先见到了左丘启，走上前说道。老法医也站了起来，紧随其后。

“怎么样？有什么发现吗？”左丘启问。

关思颖先开口：“这次我们在案发现场提取到了几枚清晰的脚

印，可以推断凶手的身高约172cm，体重在55kg左右。根据步伐来看，凶手应该为身体健康、行动敏捷的成年男性。另外我们在脚印中提取到了一些泥土跟草屑，与猛犸象饲养场内的相同，因此凶手应该是通过猛犸象饲养场进入别墅的。另外，勘验工作还没有完成，尚未提取到指纹、毛发等其他物证。”

“做得好。”左丘启点头道。接着看向老法医问：“张法医，尸检进行得如何了？”

“长……长官。”张法医面对着左丘启显得有些紧张，“初步的尸检已经完成了，死者的死亡时间为凌晨3点左右，因为警报系统是凌晨3点报警的，可以判断，凶手行凶后不久便触发了警报系统。”

“其他发现呢？”左丘启问。

张法医拿出了一个物证袋，里面装着一把水果刀：“这是我们在厨房里发现的，凶器应该是一把与之相同的水果刀。根据血迹形态可以判断，死者生前被按压在地上，凶手用水果刀将死者的头颅一刀砍下，臂力惊人，而且凶手也是用左手行凶的。在死者死亡后，凶手脱掉他的上衣，用同一把水果刀将其后背割伤，并将其手指砍下。”

“启科长，那把水果刀还未找到，应该是被凶手带走了。”关思颖在一旁补充。

左丘启沉思片刻，看了看周围，问：“庄帅呢？”

“他带了几名刑警在勘验猛犸象园区外围的区域。”关思颖回答。

左丘启对秦雨寒说：“雨寒，你留下来帮忙勘验现场，我去庄帅那边看一下。”

左丘启通过地下通道绕到了猛犸象饲养场外围，数名刑警都聚集在一块区域里。走近后，左丘启一眼便看到了庄帅，令他意外的是，陈尚学竟然也在。

庄帅手拿扫描设备正全神贯注地盯着地面，陈尚学则在敲打着电脑，两人都没有注意到左丘启。当周围的刑警都站直敬礼时两人才反应过来。

“启科长，您什么时候来了？”庄帅站起来说。

“刚到。”左丘启随意地说，他目光紧盯着庄帅身旁的地面，那里留有一枚深深的脚印。

“已经扫描对比过了，和犯罪现场遗留的脚印同属一个人。”一直埋头看电脑的陈尚学抬头说道。

“是怎么形成的？”左丘启蹲下身子仔细打量着脚印，脚印前深后浅，最深处深入地面两厘米有余。

“右脚起跳，用力踩踏地面所致，而且没有助跑。”陈尚学回答。

左丘启愣住了：“这怎么可能？这得有多大的力量？”

“不是人类该有的力量。”陈尚学摸着下巴，思索着，“据说拳王泰森一拳有800kg重，而这原地起跳的一脚的力量已经接近了泰森的拳力。”

左丘启瞠目结舌。

“这还不算什么。”陈尚学苦涩地笑笑，指了指不远处的钢丝网，“您看看这个。”

左丘启随着陈尚学的目光看去，在钢丝网高约3米的位置有一块深深的凹陷，形如脚印。

左丘启惊讶得无以复加，陈尚学说：“您再等会吧，我已经通知了动物园的工作人员，机器马上就送到了。”

十几分钟后，几名工作人员推来了一个升降平台，左丘启、陈尚学通过平台升入空中，正对着钢丝网上的脚印。脚印同样前深后浅，深处竟深入钢丝网一厘米有余。

陈尚学手拿扫描仪进行扫描，说道：“这个钢丝网不是一般的坚固，能留下如此深的脚印，力量超之前那一脚的三倍，已经远超人类的极限。”

“这也是将你吸引过来的原因？”看到陈尚学那投入的模样，左丘启笑道。

“当然，这种超常的现象对每个科学家都有着莫大的吸引力，这人不借助机器就有如此能力，真如武侠小说中的侠客一般。”

“就算是侠客也要受到‘法’的管制。”左丘启严肃地说。

陈尚学没有回应，依旧沉浸在他的世界里。

4.

在猛犸象饲养场外围仅发现了这两枚脚印，待动物园的工作人员将猛犸象暂时转移之后，左丘启等人又到猛犸象饲养场里进行了勘验。但现场已遭到猛犸象的破坏，仅发现了几枚不完整的脚印，其中一枚在别墅区外围玻璃墙附近，可见，凶手用同样的方式翻越了玻璃墙，进入了别墅区。

当左丘启等人回到案发别墅时，所有的勘验工作已全部完成。

以项建宏为首的刑警们全面勘查了死者的别墅外围，发现了数枚脚印，另外查出凶手是通过破开三楼的窗户进入别墅内的，而那也是警报系统的漏洞所在。秦雨寒、关思颖等人将别墅内部仔细勘验了一遍，发现凶手只在客厅内杀人，未进入其他房间，也未进入厨房，说明凶器是凶手自带的。死者周鹏安装的警报系统很可能录下了凶手的影像，但影像已被凶手删除。除此，未有其他发现。

另一方面，关思颖尝试着与猛犸象进行沟通，但始终无法破解猛犸象的语言。

两名死者都是天胜能源集团的高层领导，他们的头颅都被砍下，凶手皆是左撇子。两个案子被并案侦查。

凶手在杀死死者后，将其后背割伤，并将其手指砍下，这是典型的泄愤行为。这也令特一科深信一个判断——凶手是报复杀人。显然，死者张毅同、周鹏都与凶手结有深仇。

众人各司其职。秦雨寒调用了大量的警力，查看猛犸象园区以及猛犸象饲养场内的监控，寻找可疑人。庄帅则调查被害人周鹏，并寻找周鹏与张毅同之间的联系。关思颖则继续尝试与猛犸象沟通。

左丘启独自一人在办公室，他看着记录案件细节的卷宗，沉思入定，只有手上拿着兰花香包，不时地放在鼻前嗅嗅。

项建宏推门而入。

左丘启放下卷宗，问："有发现吗？"

项建宏摇了摇头，有些沮丧道："凶器是最普通常见的水果刀，仅在昌庆市内就有数不清的商店销售。"

"意料之中。"左丘启淡淡道，他上前递给了项建宏一份文件："你立刻将这段话登在各大新闻网站及电视台。"

项建宏接过文件，上面写着：8月12日凌晨，史前动物园别墅区发生了一起入室杀人案，因凶手具有翻越高墙的能力，昌庆市公安局急征具有相同能力的跑酷、功夫能人。如果有能人能完成警方提供的项目，证明实力，警方将提供案件的部分细节，与能人一起破案。此外，能人还将获得十万元的奖励。

“启……启科长……”项建宏看着左丘启的脸色，十分犹豫地说，“将案件细节告诉非警务人员，有……有些不妥吧。”

“你误会了。”左丘启笑笑，“发布这个，是为了引凶手出来——当然也未必奏效，权当一试。”

“这……下属有些不明白。”项建宏摸着脑袋说。

左丘启解释：“周鹏安装的警报系统打乱了凶手的计划，凶手行凶后匆忙逃离，未来得及清理现场，因此现在他应该十分慌乱，他一定想知道警方都掌握了哪些证据。所以我以案件细节为诱饵，引他现身。另外，就算凶手不出现，那些翻墙高手们或许也会给我们带来一些启发。”

“好，我立刻去办！”项建宏说。

消息公布没多久，便有多人报名参加挑战。左丘启亲自安排了挑战项目。

顶尖的跑酷高手可以上接近4米的垂直平滑墙面。左丘启将第一次挑战的高度定为3.6米，并且明确，只要完成挑战就将获得一千元的现金奖励，并能进入下一轮。

第二天，挑战在昌庆市体育中心准时举行，围观者众多。

参加挑战的有三十多人，挑战结束，仅有五人成功翻越了3.6米的垂直平滑墙面。

稍作休息后，第二轮挑战紧接着开始，左丘启、陈尚学亲自赶到了现场观看。

第二轮墙面的高度增加到了3.7米，前四名挑战者接连失败，最后一名身材瘦高的小伙，成功完成了挑战。

摄像机记录下了小伙翻越墙的动作。

先是长距离的助跑，右脚起跳上墙，接着左脚、右脚在墙面上快蹬两下，身子跃起，双手抓住墙顶，利用臂力支撑翻越过墙。

挑战成功小伙欣喜若狂，但紧接着左丘启下令将墙的高度增加到了3.85米。

这一轮小伙连续尝试了3次都没有成功，可以看出他已经拼尽了全力。左丘启很失望，显然凶手并没有来。

挑战结束，围观的人群散去，小伙犹豫了一阵，来到了左丘启面前，不甘心地说："让我帮你们吧，我已经是这方面顶尖的高手了，要我说根本没有人能翻越3.85米的高墙。"

陈尚学摇了摇头："这个项目明显是身高者占优，你的身高只有185cm，这说明3.85米并不是人类的极限。"

小伙不服气地撇撇嘴，但很快又兴奋道："我知道有一个人可以上这个高度的墙。"

"哦？"左丘启来了兴趣，"你说说看。"

小伙捻着手指，笑笑："我提供线索是不是也有奖励啊。"

"可以。"左丘启爽快地答应。

小伙顿时兴致高涨，眉飞色舞道："在这附近的天鹰山上有一个道观，道观里的一位老道士会轻功，我曾经去拜师学艺，但被拒之门外。"

项建宏给了小伙奖励，将他打发走了。

去不去天鹰山众人意见不一，陈尚学认为，凶手绝不是那个道士，因为所谓的轻功并没有武侠小说中描写的那样神奇，只是一种练弹跳力的手段而已，和跑酷类似。凶手具有的超越人类极限的力量，不是练武就能练出来的。但左丘启还是认为有必要去一趟。

项建宏驾车载着左丘启、陈尚学朝天鹰山赶去。在路上，陈尚学接到了一个电话，挂了电话他匆忙地说："项组长，麻烦将车停一下。"

"怎么了？"左丘启疑惑道。

"是张法医打来的。"陈尚学解释，"他刚进行完细致的尸检，遇到了一件怪事，要我去看一下。"

"他没说什么事？"左丘启问。

陈尚学摇了摇头。

陈尚学中途下车，赶往昌庆市公安局，左丘启、项建宏则继续前往天鹰山。

天鹰山和史前动物园后山同属于一条山脉，两人来到山脚下，经过打听得知道观位于天鹰山南面。两人花了一个多钟头上山，顺利地找到了道观。

道观位于山顶之上，据说为明代建筑。进入道观，两人很快便找到了那位会轻功的道士。那道士年过四十岁，身材细挑，穿道袍，蓄长须。

两人表明了来意，道士很痛快地答应为两人表演上墙轻功。

道士将要翻越的是一面白色石砖墙，目测有4米多高。

运气几分钟之后，道士助跑冲向墙面，他在墙上连蹬了3步，顺利地翻越。不过，左丘启并不认同这个结果，道士翻越的墙面凹凸不平，有很多着力点，而凶手翻越的却是高6米多的光滑玻璃墙，可见两者的实力天差地别。

左丘启十分失望，但道士又提供了一条线索——几天前，他在史前动物园后山见过一个轻功高手。

那天他去山上采药，离开时天已经完全黑了。他在下山途中遇见了一个人，他只看到了几道影子，那人十分轻松地上了近十米高的岩石，几次跳跃便消失在他的视野里。

可惜的是，道士已经记不清具体是哪天。

经过考虑，左丘启决定再去一次史前动物园后山。

到达后山时已是傍晚，因为外出乞讨的乞丐们都已经回来了，山坡上多了不少帐篷。接受过左丘启食物的乞丐们都还认得左丘启，当左丘启走近时，他们都聚了上来。

其中一位年龄较大的乞丐说："警官，您又来了？"

"这次想问一件事，希望大家能够积极提供线索。"左丘启朝众人高声道。

"一定，一定。"大家接连回应。

接着左丘启便将道士跟他说的话，又说了一遍。

众人都听得张口结舌。

过了好半天，最初跟左丘启搭讪的老人家说："警官，您……您跟我们开玩笑呢？"

"你看像是开玩笑吗？"左丘启正色道。

"可是……可是……"老人家结结巴巴道，"您说的应该是武侠小说里面的内容吧，现实中怎么可能存在？"

"这大人物怎么像'八指'一样糊涂？"旁边一个十多岁的少年小声嘀咕。

老人家咳嗽了一声："小北，不能没有礼貌。"

左丘启对少年的冒犯并没有放在心上，他好奇地问："'八指'是谁？"

老人家脸色阴郁，话中多了一丝哀伤：“‘八指’是我们这的一个小伙，人长得白白净净，只是可惜右手少了两根手指，另外脑子也有些不灵光。他不太合群，经常捡一些破旧的书看，尤其喜欢看武侠小说，有时候还一边看书，一边练上面的动作。”

这话令左丘启心头一动，“八指”右手残疾，他一定是个左撇子，而凶手也是左撇子，这会是巧合吗？

“‘八指’现在在哪儿？我要见见他。”左丘启急切地问。

“这……这个……”老人家有些为难道，“我们已经有一个多月没见过他了。”

左丘启对众人说，如果见到“八指”立刻到最近的派出所报案。说完便跟项建宏一起赶回了昌庆市公安局。他心里一直挂念着另一件事，张法医在尸检时到底发现了什么？

到公安局后，左丘启直奔实验室。

实验室里，陈尚学正目不转睛地盯着显微镜，左丘启咳嗽了一声，他才反应过来。

“到底出了什么事？”左丘启问道。

“张法医尸检时，在死者的肺部发现了一种细菌。”陈尚学简明扼要地说。

“细菌？”左丘启愣了一下，“什么细菌？”

陈尚学拧着眉头：“我也是第一次见，正在跟更多的细菌学家进行交流。”

这令左丘启感到蹊跷，他凑到显微镜前看了看，细菌呈圆球状，表面布满了一些如钢钉一般的尖锐突起。

“这种细菌对人体有害吗？它的来源是什么？”左丘启问出了他

最关心的问题。

“目前来看没有危害，不然周鹏生前也不会安然无恙，不过，这种细菌有个不好的特点，只要环境稍微变化，它就有可能发生变异，而变异后的细菌的危害性是不可预测的。至于它的来源以及是如何进入周鹏体内的，目前还没有查出来。”

左丘启神色凝重。

陈尚学补充道：“不过，有一点可以放心，这种细菌并没有传染性。”

“你继续工作吧。”左丘启要离开实验室，陈尚学叫住了他：“启科长，雨寒和庄帅回来了，在办公室等您。”

“知道了。”

左丘启赶到了特一科办公室，轻轻推开了门。

秦雨寒坐在座位上，庄帅则站在一旁背对着她。左丘启无奈地摇摇头，这两个人性格迥异，就像一对冤家。

左丘启咳嗽了一声说：“交给你们的工作完成了？”

“是的。”两人同时说，接着对视一眼，都扭过头去。

左丘启看了看秦雨寒：“雨寒，你先说吧。”

“我与多名刑警一起查看了猛犸象园区和猛犸象饲养场内的监控，发现了两段可疑影像。”

秦雨寒将影像投射了出来。

第一段影像录于猛犸象园区院墙附近，可见一道黑影以极快的速度从空中跃过院墙，落地之后并没有停歇，快速跑动，似箭一般消失在监控中。第二段影像录于猛犸象饲养场内，更短，只见一道黑影快速闪过。

“这速度也太夸张了。”匪夷所思的影像将庄帅吸引了过来，“他比猎豹还快呀！”

影像的有效信息少得可怜，左丘启问：“能提取到清晰的面部图像吗？”

秦雨寒摇头：“已经试过了，只能推断出凶手为青年男性，身高为172cm，体重在55kg左右。身高和体重与通过脚印估算出的相同。”

左丘启的心被如潮水般的忧闷袭击，他无法遮掩脸上的失望。

秦雨寒用劝慰的口吻说：“启科长，要不我们再查一下史前动物园外围的监控，说不定可以拍到凶手的身影。”

左丘启摇头：“不必了，既然凶手第一次能躲过监控进入史前动物园，那么第二次他也一定可以做到，他甚至可以一直躲在史前动物园里伺机作案。”说完，他看向庄帅。

庄帅很有默契地说道：“我这段时间一直在调查周鹏。据我调查，周鹏的妻子和儿子在国外，他一人独居，与邻居、亲戚往来很少，没有怨仇。不过，他为人刻薄、刚愎自用，对待下属并不好，公司里多名同事对他有怨恨，但都不是大仇。”

就当左丘启认为又白忙一场时，庄帅突然话锋一转：“但是，我发现了一个很重要的线索。”

“别吊人胃口了，快说。”左丘启哭笑不得道。

“据我调查，张毅同和周鹏都是细菌发电项目开展初期的骨干成员。最初张毅同任研发组组长，周鹏便是他的助手，后来张毅同通过转基因技术，制造了一种新型细菌。那种细菌适宜在强碱性水中生存，细胞中含有一种紫色素，能将接受的大约70%的阳光转化成化学物质，在这个过程中可以产生电荷。这种新型细菌发电效率极高，突破了细菌发电的瓶颈，当即便得到了天胜能源集团的大力支持。后来，天胜能源集团还划分出了一个相对独立的D区，专门开发此项目。张毅同顺理成章地成为了D区的经理，而周鹏便是D区的副经理。但是……”话说到重点，庄帅清了清嗓子，语气加重了，“当时D区还有一位副经理，名叫何谦明，据说何谦明与张毅同、周鹏有无法调和的矛盾，项目开始没多久便被排挤出了天胜能源集团。”

“这么说，这个何谦明确实有些可疑。”左丘启说。

“还不仅如此。”庄帅继续说道，“何谦明被开除后便离开昌庆市回了老家，在老家待了十多年，但就在最近——张毅同被杀案发生后不久，有人在昌庆市见到了他。”

左丘启的心被揪了起来，他目光灼灼地看着庄帅：“快说，他现在在哪儿？”

“我也是刚刚查到，有人提供线索，何谦明租住了昌庆市郊区田清公寓的一套房子。”

不再多说，左丘启、庄帅立刻赶往田清公寓。

经过一番打听，两人找到了何谦明租住的房子，敲响了门。

开门的是一位中年男人，穿灰色衬衣，满头华发，脸上布满了皱纹。左丘启有些不敢相信自己的眼睛，何谦明应该只有五十岁出头，他试探着问：“你是何谦明先生？”

“没错，你们是？”

左丘启出示了警证：“警察，有个案子希望你能协助调查。”

何谦明表情平静：“可以，进来吧。”

何谦明领两人进入屋子，左丘启注意到他的左腿是瘸的。

入座之后，何谦明递过来两杯水。左丘启道谢，接过喝了一口，问：“听说你曾在天胜能源集团任职？”

何谦明淡淡道：“那都是十二年前的事了。”

庄帅随意地说：“哦，记得那么清楚？”

何谦明的手微抖了一下，但没说什么，干笑了两声。

庄帅用手指敲打着桌面：“你不想知道我们为什么案子而来的？你的前同事，张毅同和周鹏死了。”

“这我不知道，我离开公司后便没和同事们往来了。”

左丘启紧盯着何谦明，给其施压：“据我们调查，当初你跟张毅同、周鹏闹了很大的矛盾，之后你被他们排挤出了公司。不知你们之间有什么矛盾？”

何谦明愣了下，说道：“就是研发上的意见分歧，没什么。另外，离开公司是我主动要求的。”

“是吗？”左丘启笑笑，“当年离职后你便离开了昌庆市，你在老家待了十二年，为何在案发的这段时间又突然赶了回来？”

“只是突然怀念这里了，就这么简单。”

“8月9日晚上9点，以及8月12日凌晨3点，你在哪里？”庄帅问道。

“8月9日我还在老家，我是8月11日赶到昌庆市的，至于8月12日凌晨3点，我当然在睡觉。”

“8月9日你在老家，有谁能给你作证？”庄帅紧接着问。

何谦明摇了摇头：“我在老家也是一个人住，而且住的位置很偏僻。”

“好，如果想起什么新线索，还请联系我，这是我的私人号码！”左丘启递上了名片，说到最后，他特地加重了语气。

何谦明略微迟疑，接过了名片。

在离开前，庄帅扭头问道：“冒昧地问一下，你的腿是怎么受伤的？”

何谦明略微低头，有些伤感地说：“离开天胜能源集团后，我开了一家公司，做运输行业，但在一年前意外撞伤了腿。”

在回公安局的路上，庄帅说：“就目前的线索来看，何谦明是最可疑的，跟张毅同、周鹏比，他可谓晚景凄凉，完全有理由报复杀人。”

“你觉得他现在的体格能完成这两次犯罪？”左丘启问。

“这可不一定，凶手拥有的那种非人的力量不是体格能决定的，而且他有可能是装的。”

“吴越森还在继续调查吗？”左丘启转移了话题。

“我交给项组长负责了。”庄帅简单地说道。

左丘启看向窗外，不说话了。此次询问，他能感觉到何谦明知道一些案件的隐情，但又有难言之隐，所以他给了何谦明一张私人名片。他在等待着那个电话。

回到公安局，两人见到了关思颖。关思颖宣布，与猛犸象沟通的工作彻底失败了。至此，案件侦查陷入了僵局。

5.

几天后，一个出人意料的线索出现了。项建宏对吴越森的调查取得了重大突破。他来到特一科办公室，向左丘启递交了一份影像资料。

影像中，一个戴墨镜的高大男性，快步横穿了一条小路。

项建宏将影像放大，当那人的脸露出来时，特一科警员们大吃一惊——竟然是大名鼎鼎的公安部A级通缉犯，杀手，黑豹。

“这是怎么回事？”左丘启连忙问。

“这是8月2日，一个道路监控拍摄到的画面，其实早在7月底，我们的线人便提供了线索，杀手黑豹出现在了昌庆市。当时我们正全力追捕他，但是后来发生了张毅同被杀的案子，追捕便暂缓了。”

“黑豹，人称黑道第一杀手，身手极好，我之前任职的g省公安厅曾经与他交过手，但是他从我们最精锐的特警队手中逃脱。”秦雨寒看着影像说道。

左丘启有些不解道：“这确实是个重大发现，但是，这个杀手和案子有什么关系？”

“您接着往下看。”项建宏又放出了一段影像。影像拍摄于荒郊野外，黑豹正站在一辆黑色轿车旁，片刻从轿车里走出了一个人。那个人的面孔众人再熟悉不过——是吴越森。吴越森小心地朝四周看了看，接着将一个黑色手提箱交给了黑豹，之后便转身离开，消失在镜头中。黑豹则拿着手提箱进入轿车，将车开走。

“果然，这个家伙果然是雇凶杀人。”庄帅十分激动地说。

“你们是怎么拿到这段录像的？”关思颖问。

“录像拍摄时间为8月6日，当时正巧有两个驴友路过那里，发现有两个人很可疑，便录了录像。就在今天，有人认出录像中的人为杀手黑豹，于是拍摄者便报了警。”

“天网恢恢，疏而不漏。”秦雨寒冷冷地说。

项建宏继续说道：“我们已经调查过了，8月5日，吴越森从银行账户里取出了两百万元现金。”

左丘启点头，简短有力地说：“立刻抓捕！”

抓捕行动十分顺利，左丘启等人在吴越森的住处门口堵住了他。起初，吴越森拼命反抗，但当庄帅说出黑豹二字时，他瞬间瘫软，丧失了力气。众人将他铐住，带回了公安局。

审讯工作由庄帅、项建宏负责，左丘启旁听。

庄帅将吴越森拽到审讯椅上，重重地一拍桌子，喝道："老实交代吧，你是怎样雇杀手黑豹杀死张毅同、周鹏两人的？"

"黑豹？什么黑豹？"吴越森装出茫然的样子，抵赖道。

项建宏直接放出了吴越森与黑豹见面的影像，接着又扔出了一张带有黑豹照片的通缉令，指着影像和照片厉声问道："这个人是不是黑豹？这个人是不是你？"

吴越森拽了拽衣领，不敢看项建宏："这……这……我和他刚认识，只是见见面而已，我不知道他是杀手。"

"是吗？"项建宏不再说话，庄帅将一个银行账单猛地拍在桌上，"你看看吧，8月5日那天，你从银行里取出了两百万元。如果不是买凶杀人，你告诉我，那两百万元现在在哪？"

"我……我买了东西。"

庄帅揪住了吴越森的衣领："你买了什么？"

吴越森气势全无，身子如面条，一下子仰靠在了椅子上。过了半晌，他哆哆嗦嗦地开口："是，我……我雇了黑豹，但我只让他杀张毅同，而且我付了定金后就联系不上他了，我估计他耍了我。我敢肯定，张毅同不是黑豹杀的，一个职业杀手怎么会采用砍头抛尸这种笨拙的杀人方式？"

"用你来教我？"庄帅又揪住了吴越森。

吴越森低下头，不敢说话了。

一直在一旁沉默的左丘启突然问："你什么时候和黑豹失去联系的？"

"我想想……好像是……是8月9日。"

8月9号，正是张毅同被杀的那天，这两者之间有什么联系吗？

左丘启从吴越森口中得知他与黑豹联系时所打的手机号码。公安局技术部门很快便定位到了那个手机的位置，一个众人十分熟悉的地方——史前动物园后山。

特一科四人带领一队刑警很快便赶到了指定位置。技术部门只能将手机所在的范围缩小到方圆100米的区域。等真正赶到时，众人才发现，这个区域的大部分都在一个幽深的山谷里。这个山谷形成原因特殊，两面都是近乎垂直的绝壁，山谷里面则被茂密的植被遮掩，看不得全貌。

众人先在山谷附近进行了勘查，因为这里很偏僻，极少有人来，所有的证据都得以保留。不久，他们在山谷的一处绝壁边找到了多枚脚印，经过比对，他们惊讶地发现其中有两枚脚印与闯入周鹏家中凶手的脚印特征相符，可认定为同一人。

左丘启心中涌上了一种不祥的预感。他立刻下令，进入山谷里搜查。

刑警们早已准备好了工具，一个个垂降进入山谷深处。关思颖几次尝试都不敢下去，无奈，左丘启只能留在山崖边上陪她。

众人已经商定好，如果有发现，会用对讲机进行联系。

一个多小时过去，左丘启有些耐不住性子了，想联系庄帅、秦雨寒。他刚掏出对讲机打开，一阵电话铃声响起。左丘启看了一眼手机，是昌庆市本地的号码，而且是用公用电话打来的。

左丘启的心脏随着铃声剧烈跳动了起来，这是他一直在等待的那个电话吗？他深吸一口气，接通。

电话那边一直沉默，左丘启忍不住先开口：“喂，是谁？”

片刻后，一个微弱的声音传来：“凌号实验迟；2058年9月3日，仓库爆炸。”

对方只说了这一句，左丘启还没来得及问，电话便挂断了。虽然那人的声音很小，但左丘启还是听出来了，打电话的是何谦明。

“凌号实验迟，仓库爆炸。”左丘启反复琢磨着这句话。

到底是什么意思？

“启科长，启科长！”关思颖大声呼喊，将左丘启的思绪拉回。

“怎么了？”左丘启问。

关思颖指了指左丘启的腰间，对讲机中传出了秦雨寒的声音：“启科长，收到请回话。”

左丘启拿起对讲机：“雨寒，是我，说吧。”

那边的声音飘飘忽忽：“我们找到了黑豹的尸体。”

半小时后，左丘启下到山谷底见到了尸体。尸体位于茂密的灌木丛中，灌木丛一旁可见到尸体滚落的痕迹。秦雨寒说，根据现场勘验确定，尸体是从高空坠落，然后滚到灌木丛中。

法医并未前来，左丘启简单看了一下尸体，死者穿一身黑衣，衣服被岩石、树枝划破，露出里面青紫色的伤口。另外，死者的胸口有一大块凹陷了下去，像是被什么重物击中，那应该才是他的死因。

“仔细搜查现场，不要漏下任何东西。”左丘启下令。

两小时后，杀手黑豹的尸体被运到了昌庆市公安局，张法医立刻进行了尸检。尸检表明黑豹死于8月9日晚8点左右，凶手一脚踢断了死者的肋骨，断裂的肋骨刺破了死者的心肺，造成大出血及心肺功能丧失。另外，经过比对发现，死者胸口留有的脚印也与杀害周鹏的嫌疑人的脚印相符。可以推断，三起命案应该是同一人所为。

但是，黑豹与张毅同、周鹏并无任何交集，而且黑豹的死亡时间仅比张毅同早一个小时，据此左丘启推断，当晚极有可能是这样的——黑豹计划杀张毅同，但与同样要杀张毅同的凶手相遇，凶手出于某种目的，将黑豹杀害。

如此便得出了一条线索——当晚，张毅同很可能去过史前动物园后山，众人一直在寻找的第一犯罪现场应该就在那里。

此次找到黑豹的尸体，也为案件的侦查提供了一个新的方向。

黑豹随身携带了多种高科技武器，其中有一枚带录像功能的戒指，在被发现时仍处于开机状态。不过，戒指已经损坏，无法立即提取出信息。公安局技术部门已经全力出动，试图尽快攻克这个难题。

左丘启并不打算被动等待，他立刻安排了接下来的工作。

由庄帅、关思颖负责，调用大量警力对史前动物园后山大面积的区域进行拉网式搜查，寻找第一犯罪现场。而他则要调查另一条线索——何谦明所说的那句话。

“凌号实验迟”只是发音，到底是什么内容还无法确定，左丘启只能一点点去试探，直到他看到一篇题为《细菌发电项目最终在3号实验池完成》的报道才恍然大悟——何谦明所说的应该是0号实验池。

看了几篇报道，左丘启了解到所谓的实验池就是新型细菌的培养液，但是，网上仅提到了1号、2号、3号实验池，并没有0号实验池。

左丘启改搜索“2058年9月3日仓库爆炸”得出了海量的信息。他一一查阅，其中有一篇报道引起了他的注意。

报道是《昌庆日报》在2058年9月5日刊发的，仅有很短的篇幅。说的是9月3日，天胜能源集团发生了一起仓库爆炸事件，当时在仓库里的3名工人全部不幸身亡。天胜能源集团已经在接受相关部门的调查，并积极向遇难者家属进行赔偿。

当看到天胜能源集团的那一刻，左丘启便确定，何谦明所说的就是它。

左丘启接着搜索“天胜能源集团爆炸事件”，但发现除了那一篇外，没有其他报道。如此重大的事件，仅有一家媒体报道，且只有只言片语，实在很反常。

既然爆炸事件出了人命，那么昌庆市公安局一定记录在案，左丘启令秦雨寒尽快找出卷宗，而他则赶往了专门负责细菌发电的天胜能源集团D区，并顺利地见到了D区的新任经理，孙楚。

左丘启向孙楚询问仓库爆炸事件的细节。孙楚的回答很简单，他到公司才八年，并不清楚当年的事。当问到0号实验池时，孙楚则如此回答：“细菌发电项目经过1号、2号实验池的摸索，完成于3号实验池，并没有所谓的0号实验池。”

D区工作年份在丨年以上的员工并不多，左丘启 进行询问。他们的回答各不相同，但都是找了一个理由来说明，并不清楚当年的爆炸事件。这个回答令左丘启觉得更加可疑，他决定直接去天胜能源集团总部。

天胜能源集团的总经理唐兴民为人正直，关心慈善，在社会上极有名望，左丘启决定去见他。

在总经理办公室门外，一位年轻的男秘书拦下了他，左丘启表明了身份和来意，但那人并不让路。就在这时，办公室的门开了，一位五十多岁，头发花白，但目光炯炯、神态威严的男人走了出来。

“怎么回事？”男人厉声问道。

“总……总经理。”秘书的声音颤抖了起来，“这……这位警察想要见您。”

唐兴民看了看左丘启，说道：“你好，请进来吧。”

屋内还有一名女秘书，唐兴民令秘书给左丘启倒上了茶。

“这位警官，如果我没记错的话，你们的人曾经来公司调查过，也见过我，今日前来又有何事？”唐兴民开口。

“那我就直说了。”左丘启饮了一口茶，说道，“我想要知道两件事的细节——0号实验池以及发生在2058年9月3日的天胜能源集团仓库爆炸事件。”

唐兴民沉思一会儿，说道：“这些应该是D区的事吧，而且是十多年前的旧闻了，据我所知，实验池只有1号、2号、3号，当时我任副总经理，还去监督过他们的工作。至于当年的仓库爆炸事件，公司上下是禁止谈论的，我了解得也不多，只知道后来公安部门认定为意外，公司进行了赔偿，还问责了一批人。”

“这样呀。”左丘启有些失望。

“您为什么不询问一下D区的负责人呢？我想他们知道的更具体。”唐兴民说。

左丘启苦笑：“我从那边过来的，老实说，他们并不配合。”

听言，唐兴民起身拨打了一个电话，挂了电话，他说：“我联系了D区的陈建副经理，他在D区工作了十五年，您稍等一会儿，等他来了，我会让他给您个答复。”

“谢谢您的配合。”左丘启感激地说。

唐兴民摆了摆手："不要这么说，张毅同、周鹏都是我的好同事，我也十分希望案子能尽快侦破。"

半个钟头后，一位皮肤黝黑、干瘦的中年男人来到了唐兴民的办公室。

左丘启去D区时也曾找过这位陈建，但他声称在外地出差，现在却又出现在了这里。

"总经理，您找我？"陈建对唐兴民很是恭敬。

唐兴民指了指身旁的左丘启："这位是负责张毅同、周鹏的案子的警官，他要问你几个问题，你一定要好好配合。"

"好。"陈建点头。

"陈副经理，你知道0号实验池吗？"左丘启直接开问了。

陈建的嘴角抽动了一下，过了会儿说："只有1号、2号、3号实验池，0号实验池，我没有听说过。"

"是吗？"左丘启笑了笑。

"当然。"陈建点头。

"发生在2058年9月3日的仓库爆炸事件，我想知道更多的细节。发生爆炸的是哪个仓库？爆炸的原因是什么？死了哪三个工人？"

可以明显看出，陈建迟疑了。左丘启冷冷道："你不想说也没关系，我们可以随时查看当年的卷宗。"

"陈建，你有什么好隐瞒的？"唐兴民有些火了，瞪着陈建。

陈建低下头，声音低沉地说："爆炸的是一个储存细菌养料的仓库，发生爆炸的原因是煤气泄漏，张华、江承、景伟斌三名工人因此丧生。"

"为什么会煤气泄漏？"左丘启追问。

“这……我们的疏忽吧。”

左丘启注视着陈建的眼睛，声音大了起来：“当时仓库里只有那三名工人？爆炸事件有目击者吗？”

“只有那三个人；没有目击者，仓库的位置很偏僻，等我们赶去时爆炸已经过去了数分钟。”

询问完，左丘启离开了天胜能源集团，赶回昌庆市公安局。

在左丘启赶回公安局的途中，庄帅、关思颖带领的搜查警队已经搜查了数个山头。在一座小山的山腰上，庄帅、关思颖坐在一块岩石上休息，天气炎热，两人汗流浃背，庄帅拿出一瓶水递给了关思颖。此刻，两人所在的位置，离史前动物园不远，再往上爬一段距离便可以望见史前动物园内的短面熊园区。

休息过后，两人继续行动，庄帅走在最前面。但是，没走几步庄帅突然脚下一滑，从岩石上跌落了下来，重重地摔在地上。

“庄帅，你没事吧？”关思颖连忙下去扶他，却发现庄帅蹲在地上，像呆子一样直愣愣地看着前方。

关思颖连忙下去，拍了他肩膀一下：“喂，你怎么了？”

庄帅朝前指了指：“思颖，你不觉得那儿有些奇怪？”

关思颖朝庄帅所指的方向看去，在几块岩石的缝隙之间长满了茂密的灌木。

“有什么奇怪的？”关思颖不解道。

“石缝里不可能长那么茂密的植物呀。”说着，庄帅一步步走到了灌木丛前。他钻进了灌木丛里，过了一两分钟，关思颖听到他说：“咦，这里好像有个洞。”接着，只听到扑通一声，庄帅不见了。

庄帅眼前一黑，他只感觉到自己失去了平衡，身体像皮球一样滚落了下去。他不断磕在岩石上，全身上下如针扎一般疼痛，也不知过去了多久，终于落到了地上。

庄帅的身体像散了架，躺了数分钟才慢慢地爬起来。他从口袋里掏出了手机，手机屏幕已经摔得粉碎，而且并没有信号。原路返回是不可能了，庄帅只能借着手机的亮光，一点点往前走……

左丘启赶回公安局后，第一时间询问了秦雨寒查阅卷宗的结果。

卷宗里所写的内容不多，基本情况与左丘启调查到的相同，案件最后被定性为意外，是煤气泄漏引发的爆炸事件。在卷宗里，左丘启看到了张华、江承、景伟斌三人的照片，都是四五十岁左右的中年男人。

“这三个人都仔细调查过了吗？”左丘启问。

“他们的身份您一定想不到。”秦雨寒说，“他们在被雇用之前都是乞丐。”

左丘启确实吃了一惊，但很快又陷入了沉思。

秦雨寒接着说：“我问过天胜能源集团D区的负责人，他们回复说因为工作很简单，便照顾一下流浪汉、乞丐之类的弱势群体，让他们也能有个工作。”

左丘启冷笑，他并不认为事情如此简单。

“据说，天胜能源集团对那三个遇难者的家属们进行了赔偿，是否属实？”

“其实都是废话。”秦雨寒愤懑道，“他们三人一直流浪在外，根本就没有什么家属，也就不需要赔偿了。”

“一个亲人也没有吗？”左丘启皱了皱眉头。

“也不是，据景伟斌的奶奶说，景伟斌有一个五岁的女儿，应该一直跟他在一起。”说着，秦雨寒从卷宗中取出了一张照片。

一看到照片左丘启心潮起伏，血似沸水一般滚动。那个小女孩他见过，就在第一次去史前动物园时，他亲手将一张钞票放在了女孩的钱罐里。

左丘启如老僧入定，脑中不断回想着这样的画面——一位身材矮小的乞丐说：“他们根本就不是孩子，而是十五六岁的少男少女；十年过去了，‘绿人’变老了、身上的绿色更重了，而那些孩子们一点没变。”

确实，他们一点没变，看十多年前的照片也能一眼认出。

至此，左丘启确信，当年的仓库爆炸事件一定藏有猫腻，而有一个人一定跟当年的事件有关，那便是乞丐们所说的“绿人”。

“绿人”和孩子们曾住在史前动物园后山，左丘启打算通知庄帅、关思颖一并进行搜寻。他立刻给庄帅打电话，竟然打不通。想到凶手有着超出常人的力量和速度，左丘启有些不安了，就在这时关思颖的电话打了进来。

左丘启连忙接通，电话那边一个十分焦急的声音传来：“启科长，庄帅他……他掉进洞窟里了。”

“什么？”左丘启惊呼出声，“到底是怎么回事？你慢慢说。”

在电话里，关思颖将事情详细讲了一遍，并说明已经有刑警下去搜救了。得知庄帅出了意外，秦雨寒、陈尚学、项建宏表示要与左丘启一同赶往。

很快，众人赶到了史前动物园后山，在一座小山的山腰上聚集了许多警察，众人加快脚步，赶了过去。

关思颖从刑警队伍里走出，眼圈通红，有些哽咽地说：“启科长，都……都怪我。”

“没事。”左丘启上前拍了拍她的肩膀，安慰道，“现在情况怎么样了？”

关思颖揉了揉眼睛，道：“已经有五名刑警下去找了。”

左丘启朝身旁的一位刑警说：“给我准备好工具，我马上下去。”

“我也要去！”几乎同时，秦雨寒、陈尚学、项建宏三人说道。

“雨寒，你留下，这件事就交给男人来做吧。”左丘启不容置疑地说。

刑警们取来了岩降工具，左丘启、陈尚学、项建宏三人依次穿戴好，接着便钻进了狭窄的洞穴里。

在灯光照射下，他们发现脚下是一个坡度在七十度左右的斜坡，斜坡下面黑漆漆的，应该是极深。三人一点点往下降，大约五分钟后，终于到了洞穴底。众人粗略地观察了一下洞穴的面貌，认出这应该是一个地下溶洞。

先下来的五名刑警都有对讲机，左丘启用对讲机跟他们联络，得知五人部队已经深入到里面，但还未找到庄帅。

三人立刻出发，继续深入洞穴，十多分钟后，对讲机里一个十分激动的声音传来：“启科长，我们找到庄警官了。”

“他有没有事？”左丘启着急地问。

“只是受了一点轻伤，另外……另外我们还发现了一具尸体。”

“知道了，我马上过去。”左丘启说。

十几分钟后，三人隐约看到了灯光，前方有多人聚在一起。他们加快步伐，赶了过去。

庄帅慢悠悠地走了上来，有些不好意思地说：“都怪我太鲁莽，让你们担心了。”

左丘启欣慰地笑了笑："人没事就好。"之后也不废话，接着问："尸体在哪？"

"你们随我来。"

在庄帅的带领下，左丘启等人来到了洞穴的边缘。光照下，可以看到数块已经干涸的血迹，在一块血泊里，正侧卧着一具尸体——男性，穿着破烂。

左丘启下令，令刑警们勘验现场，陈尚学则负责检查尸体。

很快，刑警们提取了多处血迹，并发现了一些毛发和脚印，这些都将带回公安局进行检验。而陈尚学也说了他对尸体的判断：死者的死亡时间应为一个多月前，他身上有多处咬伤、爪印，有的深可见骨，伤口明显不是人类造成的，应该是一种猛兽所为。陈尚学认为，这种猛兽极可能是史前动物园所饲养的一种史前生物：短面熊。

现场已经勘验完，但洞穴还未到头，左丘启、项建宏两人继续向深处进发。一路上，他们发现了许多滴落状血迹，几分钟后终于走到了洞穴尽头。这时两人注意到，洞穴的顶部有一块区域，微微向内透着光，并且还悬挂着一个绳梯，绳梯上有干涸的血迹。

"启科长，我上去看看。"项建宏自告奋勇道。

"小心点。"左丘启说。

项建宏一步步走到了绳梯前，他用力拽了拽，绳梯很是坚固。之后他便抓住绳梯，小心谨慎地向上攀爬。当接近那块发光位置时，项建宏试探着推了推，这一推他便感觉到了，上面盖着一块石头，而光正是通过石缝照进来的。

项建宏用力推开了石头，空中立刻形成了一道光柱。

"喂，别上去！"左丘启突然想到了什么，朝上喊。但为时已晚，项建宏的半个身子已经探了出去。

接下来令人意想不到的事发生了，项建宏竟然脱手了，直直地从高空掉了下来。所幸，紧要关头他抓住了绳梯，绳梯应声而断，他这才摔在了地上。左丘启担心地冲过去，但项建宏自己慢慢站了起来。

左丘启问道："怎么回事？"

项建宏脸色煞白，不停喘着粗气，那模样不是摔得而是受到了惊吓："我……我刚探出身子便看到一个接近5米高的巨熊站立了起来，它不停地咆哮，伸出那如铁锅大小的熊掌朝……朝我拍来，我情急之下便松了手。"

"看来，陈尚学的判断是正确的。"沉默了片刻，左丘启说，"这个地下洞穴应该是跟史前动物园短面熊园区相通的，那名死者确实是被短面熊所杀。"

"这么说，这就是凶手避开监控进入史前动物园的方法？"项建宏激动道。

左丘启并未回答，淡淡地说："把大家叫过来勘验现场吧。"

数小时后，所有的勘验工作都已经完成，秦雨寒、关思颖与一队刑警留下来寻找"绿人"和孩子们，其他人则赶回了昌庆市公安局。

一赶到公安局，张法医便对新发现的死者进行了尸检，结果与陈尚学的判断相同。根据穿着判断，死者很可能是乞丐，刑警们将死者的面部照片交由史前动物园附近的乞丐辨认，多名乞丐都认识死者，声称死者就是他们失踪了一个多月的老大。刑警们调取了短面熊园区的监控录像，但监控并不能照到洞口所在的区域，大家查看了几起命案发生当天的录像，并无任何发现。

偶然间，左丘启想起了一位乞丐说过的话：死者曾经弄到一些鲜肉给他的同伴们吃。据此，左丘启用推理还原了事情的经过。

死者无意间发现通过地下洞穴可以进入短面熊园区，于是在乞丐们没有要到足够的钱和食物的时候，他便会冒着生命危险，偷偷潜入短面熊园区，盗取鲜肉。无数次冒险，无数次成功，但一次失败却令他断送了性命，这个代价实在太过沉重。

左丘启等人调查了许久，才查到了“乞丐老大”的身份，一位叫冯兆明的普通农民。

此次不仅仅是寻到了“乞丐老大”，众人的收获巨大。

在洞穴里提取的血迹中，有大量的血迹属于死者张毅同，其中还有喷溅状血迹，与切断颈总动脉形成的血迹相符。另外，众人还在地下洞穴中勘验到了大量的属于之前认定的犯罪嫌疑人的脚印。有如此众多的证据支持，毋庸置疑，地下洞穴便是众人苦苦寻找的第一犯罪现场。

案件取得重大突破，众人沉浸在喜悦之中，但没多久一个更大的发现来了。

6.

公安局技术部门终于提取出了杀手黑豹的戒指里的录像。从录像的最后一段画面中可以看到，一个人以极快的速度冲来，抬腿踢了一脚。仅看这段录像只能看到一个模糊的人影，技术人员将录像放慢并经过特殊处理，终于提取到了一个比较清晰的面部画面。众人一直在苦苦追寻的那个近乎“超人”的凶手终于露出了真面目。

他看上去很年轻，仅二十岁左右，怎么看都是一个很平常的小伙，并不像身怀绝技的人。

凶手的形象立刻令左丘启联想起了一个人，那个爱看武侠小说的白净小伙——“八指”。左丘启令刑警们拿着凶手的面部画面找那些乞丐们辨认，结果很快便出来了，多名乞丐一口咬定，那人就是“八指”。

如一剂兴奋剂打入众人心中，大家都认为这个案子要告破了。

根据录像画面以及乞丐们的描述，警方绘出了凶手“八指”的画像，立刻展开全国通缉。

几天过去，“八指”并没有找到，但秦雨寒、关思颖那边传来了好消息，她们查到了“绿人”和孩子们的下落。有人声称，在昌庆市兴泰区的人民公园见过他们。左丘启与秦雨寒、关思颖迅速赶到了人民公园。

左丘启等人在公园里打听了许久，有知情人说，那些人就住在公园附近的树林里，但三人进树林找了半天，并没有发现。左丘启决定，在公园里等。

数小时后，天气不再那么炎热时，公园的远处出现了几个身影：一个身材高大的男人，带着几个孩子慢慢悠悠地朝树林这边走来。

左丘启打了个手势，示意躲到树林里。

几分钟后，那几个身影终于靠近，“绿人”的装扮依旧怪异，左丘启一眼就认出了他。等他们走过来时，左丘启一声令下，三人立刻冲上去按住了“绿人”。“绿人”剧烈挣扎着，与他同行的五个孩子也上前捶打着三人，令他们放手。在挣扎中，“绿人”脖子上的宽大的围巾掉了，那一直被遮盖的面容终于露了出来。众人彻底呆住了——脖子以及半张脸都是绿色的。

"绿人"很害怕，疯狂地号叫着："放……放开我，我不……不知道，什么都不知道。"

"绿人"极度慌乱，此刻如果放开他，他一定会逃脱。无奈，左丘启等人只能一直控制着他，等警车赶到时，将他押上了警车。那五个孩子显然很关心绿人，不用左丘启他们说，也跟着上了车。

"绿人"和孩子们被分开询问。

左丘启、庄帅负责询问"绿人"，但很快两人发现"绿人"有些神志不清，并且对过去的事丧失了记忆。

对孩子们的询问也没有得到什么有用的线索，他们从小便跟"绿人"在一起，十多年前的事，早已忘记。

很快，陈尚学与医学专家们对"绿人"以及孩子们的身体进行了彻底的检查，结果令人震惊。在"绿人"的血液中有一种独特的未知细菌，细菌已存在了多年，但并没有影响到"绿人"的健康，只是令他的肤色起了变化。而"绿人"神志不清以及丧失记忆的症状应该跟精神受创有关，是心因性失忆症。

五个孩子的检查结果更令人意想不到。在孩子们的血液中也有一种未知的细菌，可能是受这种细菌的影响，孩子们的大脑以及身体的大部分器官都已经停止了发育，其实他们已经不是孩子了，最小的一个年龄也有15岁，最大的有19岁，并且有的孩子也患有心因性失忆症。

昌庆市警方认为凶手已经找到，没必要再对"绿人"及孩子们进行调查。左丘启驳回了这个观点，动用昌庆市最好的医疗条件对他们进行治疗。

不久，治疗有了成效，"绿人"渐渐想起了一些记忆片段。不过，对于他们体内的细菌，医生们还未找到杀死、清除的办法。

所有的警力都集中在了对“八指”的追捕上，一个多星期后，一条振奋人心的消息传来，昌庆市海关查获了一艘偷渡渔船，在船上发现了一名长相似凶手的偷渡者。因为警方多次强调，凶手极具危险性，海关关员们并没有惊动凶手，而是以查偷渡为名，将船扣押。

特一科四人全副武装带领着一支便衣特警部队，赶往昌庆市码头。

知道凶手有着高超的能力，庄帅、关思颖显得有些惴惴不安，但秦雨寒却很兴奋，摩拳擦掌。

左丘启说：“等一会儿都不要擅自行动，全部听从我的指挥。”

半个多钟头后，车抵达了昌庆市码头，特一科四人以及手拿黑皮箱的十名特警下了车。

一位穿制服的中年人以及一位三十岁出头的青年迎上前。

中年人朝左丘启微微躬身，客气地说：“您就是启科长？我是昌庆海关副关长宋伯梁。”

左丘启点头：“我是，辛苦你们了。”

“职责所在。”宋伯梁回答。接着，他朝码头边上的一艘挤满人的破旧渔船指了指：“那便是我们截获的偷渡船只，已经令他们停靠在码头边，周围已经被一队缉私警察团团围住。”

左丘启看到，确实有一队手握枪支的缉私警察整齐地站在海岸边。

“这位是谁？”秦雨寒看向宋伯梁身边的青年，问道。

“他便是发现偷渡船上的通缉犯的关员。”

左丘启打量着他，并拍了拍他的肩膀：“做得好，你确定是他吗？有多大的把握？”

“百分之百。”青年笃定道。

左丘启的目光凝重了起来，过了会儿说道：“缉私警察们留下，其他人先离开吧，这里很危险。”

说完这话，特一科四人和特警们慢慢地朝偷渡船走去。

缉私警察中一位指挥者走出相迎，朝左丘启敬礼道：“长官好，我是缉私警察一队的队长赵光复。”

左丘启点了点头，问道：“他在哪儿？”

“两点钟方向。”赵队长小声说。

左丘启朝那个方向看去，一眼便在人群中找到了“八指”。

左丘启在赵队长耳边说了几句。

很快，缉私警察们下令，令偷渡者们一人一人地下船。

船上有百余名偷渡者，几分钟后仅剩下十余人，“八指”便在那十余人中。左丘启死死盯着“八指”随时准备采取行动。

就在这时，意外发生了，两辆越野车横冲直撞，直接停在了码头前。从越野车上下来了八名穿迷彩服的中年男，朝左丘启等人走来。

赵队长站了出来，斥责道：“你们是谁？快走开，不要妨碍我们办案。”

为首的一位体型健硕、满脸络腮胡的中年男气势汹汹地走了过来。赵队长有些退缩了，鼓足一口气道：“好……好大的胆子，你们知道这位是谁吗？”说着看了看左丘启。

中年男看都没看赵队长，走向左丘启，笑了笑：“启科长，久仰大名，在下天鹰处——雷靖。”

左丘启愣了一下：“你是天鹰处的人？”

雷靖摘下了右手手套，手面上有一个金色的鹰头文身。

“既然您是特一科科长，这个文身您应该认得吧，做不了假。”雷靖说道。

“你们来做什么？”左丘启问。

雷靖朝船上指了指：“我们也是为他而来的，他身上有我们的一件东西。”

“这不合规矩吧。”左丘启有些不悦道，“他犯下了三起命案，案子归我们管。”说话时，左丘启用余光看着“八指”，“八指”依旧与偷渡者们混在一起，并无异样。

雷靖并不退让：“他涉嫌与人同谋偷盗我们天鹰处的机密物品，我们也有权力将他逮捕。”

特一科其余三人在一旁听着，庄帅沉不住气了，怒道：“什么天鹰处？没听说过，这个人是我们的。”

雷靖大笑：“那你应该多学习学习。”

庄帅一气之下要动手，被左丘启拦住。

“那你想怎么办？”左丘启问。

雷靖捋了捋络腮胡，笑笑：“不如这样，谁先抓住他，就优先处理谁的案子。”

“好。”左丘启点头，“那就开始吧。”

赵队长继续令偷渡者们一一下船。所有人都紧盯着船上的“八指”。起初，“八指”一直神色如常，但当船上只剩下两名偷渡者时，他如一支箭一样，眨眼间便跳入了海中。

左丘启早有预料，在那一瞬间，他第一个反应了过来，朝一名特警喊：“老郑，皮箱！”

那名特警听言，立刻将手中的黑皮箱扔给了左丘启。皮箱里有一套先进的潜水装备，左丘启迅速穿在身上，跳入海中。

左丘启开启了水下探测仪，很快便找到了“八指”。接着，在四肢穿戴的螺旋桨推进器的推动下，他以极快的速度向“八指”游去。使用这套装置速度可以达到人类极限游速的十倍，但左丘启没想到，只是比“八指”勉强快了一点。

十几分钟后，他终于接近了“八指”，就在这时，“八指”竟突然调转了方向，向海岸游去。很可惜，就在左丘启要抓住“八指”的脚时，“八指”跳上了岸。

左丘启暗道不好，以“八指”的速度只需要几秒钟便可以逃离。但“八指”没有得逞，另一个追捕者来了，雷靖背戴机械羽翼突然从天而降，一下子站在了“八指”面前。趁着这个空当，左丘启脱下了潜水装置，赶了过去。

两人前后包夹，但“八指”无心与他们缠斗，纵身一跃便从雷靖头顶跳过，要逃跑。

雷靖傻了眼，左丘启急中生智，厉声喝道：“大侠，敢不敢与我一战？”

雷靖看左丘启的目光像在看一个傻子。

但意想不到的是，正要逃跑的“八指”竟突然停了下来，主动面向左丘启一抱拳：“本大侠除暴安良，刚杀了两个暴吏和他们的走狗，但我不伤好人。”

左丘启见状，也抱拳说道：“大侠，我们只是切磋一下。”

“好吧，那我先出招了。”说着“八指”摆开了架势。

虽然早有心理准备，但当“八指”行动时，左丘启还是被震慑到了。

“八指”脚下一发力，像一个炮弹一样飞来，身后带起阵阵沙土。左丘启努力辨认，但只能看到一个模糊的影子。“八指”一脚踢来，重若万斤，这一脚直接踢中了左丘启的胸膛，就在被踢中的瞬间，左丘启侧了一下身子将大部分的力卸掉。但就算如此，左丘启依旧倒在了地上。

“启科长，您没事吧。”此刻其余人也赶了过来，关思颖跑在最前面，担心地喊。

左丘启慢慢站了起来，喊道：“你们都别过来，我没事。”

在来之前左丘启已经穿上了防护衣，因此他并无大碍。

“八指”朝左丘启一抱拳，佩服地说：“兄台真是厉害，竟然能受住我的大力夺命腿，想必内功深厚。”

左丘启笑了笑：“继续！”

听言，“八指”脚下生风，一边左右连续出拳一边冲来。左丘启连连后退，但速度明显不如“八指”。终于，“八指”出了一拳，直冲左丘启的面门。

庄帅、秦雨寒就要拔枪射击，但奇迹发生了，左丘启竟然接住了“八指”的拳头。“八指”也万万没有料到，愣住了，左丘启趁机朝他的脖子砍了一手刀，“八指”倒地。

左丘启赢了这场较量，将“八指”押上了车，带回昌庆市公安局。

在车上，庄帅、秦雨寒、关思颖三人都用崇拜的目光看着左丘启。

庄帅率先说道：“启科长，我真没想到，您原来是个武林高手，那一拳都能接住。”

左丘启忍俊不禁：“我怎么可能接下来？其实早在他踢那一脚时，我便在他腿上扎了一针特效麻醉剂，他已经丧失了力气。”

“哦，原来是这样。”庄帅说，“启科长，我还有一个问题，天鹰处是什么？”

“天鹰处是跟特一科类似的，国家航天局直属的特殊机构。”左丘启回答。

到了公安局没多久，“八指”便清醒了过来。警方很快便调查清楚了“八指”的身份，他名为刘志，祖籍华市某山村，家中无任何亲人。通过DNA比对确定，警方在地下洞穴中发现的数根毛发，属于嫌疑人刘志。诸多证据都证明了，凶手就是刘志。

刘志被牢牢地固定在了审讯椅上，左丘启、庄帅两人对他进行了审讯。

刘志很配合，他说他敢作敢当。

审讯结果在意料之外，情理之中。

审讯中，刘志始终沉寂在他的世界里，将左丘启、庄帅看作包庇贪官污吏的昏官。他声称，他杀死了两个暴吏和一个走狗，是为民除害，他是大侠。而他供述的犯罪过程更是天马行空。

刘志说他的智囊“呼浩”设计了整个行动过程，为他提供了详细的方案和路线图。他先是找到了张暴吏（张毅同）贪污的证据，然后要挟他，将他骗到了一个地下仓库，在仓库里，他将张暴吏斩首，并将血放干，之后携带着尸体按照路线图行动，最后跳入一个山谷中，将尸体扔在山谷的森林里，之后清理了自己的痕迹，离开。在杀张暴吏的过程中，张暴吏的“狗腿子”跟踪他，并现身跟他动手，他一脚将“狗腿子”踢下山崖。之后，他潜入了周暴吏（周鹏）的家，用刀将周暴吏斩首，并将周暴吏偷取的机密文件破坏，但当他要带走周暴吏的尸体扔进山谷时，周暴吏家中响起了怪声，他知道那是联络暗号，周暴吏的同伙们要到了，他只能放弃带走尸体，但破坏尸体泄愤。

左丘启特地审问了刘志，死者的头颅在哪里。刘志回答，他将头颅交给了“呼浩”。至于“呼浩”是谁，刘志表示誓死不说。

根据目前的状况来看，刘志的身体以及精神显然都不正常。左丘启要求立刻对其进行全面的检查。精神科医生仅进行了初步的检查，便断定刘志患有妄想症。

不久，所有的检查结果都出来了，刘志的身体一切正常，并未与常人有任何不同，除了在他的颅骨里长了一个奇怪的东西。医生们仔细分析了头颅CT片，但那种东西他们从未见过，无法判断是什么。

昌庆市公安局及昌庆市领导们都认为案子已经侦破，凶手为精神病患者，凶手颅骨中的东西并未影响到他的健康，没必要进行手术，应优先结案。

左丘启驳回了这个意见，要求马上进行手术。

手术室里，医生们揭开了刘志的头皮，发现在刘志的颅骨中嵌着四个圆形的类似纽扣一样的东西，那东西的一端在颅骨里，另一端则穿过颅骨，接触到了大脑皮层。医生们小心翼翼地将那四个装置取出，修复了刘志的颅骨，完成了手术。

陈尚学如获至宝，将那四个装置带走，进行研究。

一天后，陈尚学向左丘启汇报了一个惊人的结论。

刘志一直在一种特殊的梦游状态中，在梦里他成了一位除暴安良、武功盖世的大侠。凶手借助装置操控刘志的梦境，起到了一种类似催眠的作用，控制引导刘志的行为，并激发出了他的身体潜能。

人身体的潜能远比想象的要巨大。传闻，某国曾做过一个实验，在催眠状态下令一名普通青年拳击一棵粗壮的大树，树应声而断。

人的潜能能否通过梦境被激发？那个装置是如何操控人的梦境的？陈尚学表示，这是一个十分神秘的领域，他短时间内无法给出答复。

左丘启想起了天鹰处雷靖所说的“东西”，不知那东西是否指的是刘志颅骨里的神秘装置，但天鹰处的人并未前来。

案件侦查到此，真相已然大白。刘志是被利用的，有一个幕后真凶为刘志编织了一段梦，刘志按照凶手设计的梦境来行动，替凶手杀人。那个幕后真凶，依然逍遥法外。

真凶到底是谁？左丘启认为突破口在“绿人”身上。

数天后，“绿人”终于恢复了记忆，左丘启在病房里见到了他，他情绪激动，不停打骂着医务人员：“为什么让我恢复记忆？为什么？！为什么？！”

“绿人”想起了他的名字，他叫杨豪泽。从杨豪泽口中，左丘启等人得知了一个这样的故事。

十二年前，细菌发电项目刚刚起步，张毅同、周鹏领导的实验小组雇用了一批流浪的乞丐，共计32人，令他们在一个地下实验室工作。那个实验室很简陋，仅有几台设备以及一个异常巨大的水池，水池里满是绿色的液体。

他们工作时要穿防护服，工作内容就是往水池里添加各种东西。一开始一切正常，他们十分喜欢这份轻松的工作。但三四个月后，异常出现了，他们开始陆续有一些病症，每个人的病症都不相同，轻的只是咳嗽，严重的手脚已经开始不听使唤。张毅同亲自带了两名医护人员，对他们进行了体检。体检结果并没有公布，体检过后，他们正常工作，除了杨豪泽、张华、江承、景伟斌四人。他们四个感觉不对劲，偷偷逃出了实验室。但是，只有杨豪泽一个人真正逃脱了，其余三人在两天后又被抓了回去。

那31名乞丐再也没有回来，其中有一些人有孩子，杨豪泽便养了他们的孩子。时间长了，杨豪泽选择性遗忘了那段可怕的遭遇。

这便是他的故事。

杨豪泽提供了一个重要线索，那31名乞丐中有一人收养了一个孩子，那个孩子名叫弘平，十二年前已经在读大学。

警方很容易便查到了弘平的资料，上合科技大学本硕连读，学习脑科学专业，毕业后进入了国家航天局的一个下属单位工作。此外，有一个出乎所有人意料的发现，弘平竟是昌庆市公安局的通缉对象，早在一年前，弘平的单位领导就报案，声称他偷盗了国家航天局天鹰处某机密实验室的物品，并且下落不明。

弘平至今还未找到，左丘启下令再发通缉令，并悬赏寻找一切线索。

7.

通缉令发出后的第二天，一个阳光明媚的正午，一位穿蓝色方格衬衫，戴眼镜的青年漫步走进了昌庆市公安局。

公安局门口有两位年轻的男警察在闲聊，青年拍了拍其中一位警察的肩膀，男警察不耐烦地扭过头来：“你谁呀！你……你……”

男警察看到了青年的脸，话说一半惊讶得再也说不出来。青年正是弘平。

公安局审讯室，左丘启与弘平面对面。

弘平很平静，跟左丘启要了根烟，点上。

左丘启注视着那张如死水般沉寂的脸：“为什么来自首？”

弘平深吸了一口烟，长吐了出来："既然已经暴露了就跑不了，而且我不想让无辜的人替我顶罪。"

"为什么选择刘志？"

"因为他跟其他流浪者不一样，他心中有梦，只有有梦的人，我才能帮他圆梦，而且他跟我的养父一样，都是这个社会最微不足道的人，我要借他的手为我的养父、为那些微不足道的人报仇。"

"除杨豪泽、张华、江承、景伟斌外，其他被雇用过的乞丐怎么了？"

"答案你应该知道呀。"弘平又使劲吸了一口烟，"张毅同、周鹏那些人将他们当作工具，利用他们看管那恐怖的实验池，当被细菌感染后，他们就必须消失了，只有那样那个项目才能继续研究下去。他们消失得无影无踪，因为没人关心过他们在哪儿。"

左丘启的神色冷了下来，他使劲攥着拳头，骨头咯咯作响。沉默了几秒钟，他说："你放心，我一定会亲自彻查。"

弘平低下了头，他的眼圈红了。

"供述一下你的犯罪过程吧。"左丘启说。

"刘志已经说过了吧。"弘平抬起头，淡淡道，"他说的智囊'呼浩'就是我，是我用'造梦装置'操控了他，是我找到了张毅同贪污的证据，令刘志利用那些证据要挟张毅同。至于他说的地下仓库，便是我偶然发现的能进入史前动物园的地下洞穴。山谷是剑齿虎虎池，'狗腿子'是杀手黑豹，机密文件是警报系统录下的影像，那些都是刘志梦里的场景。"

"为什么要将尸体扔进剑齿虎虎池？"左丘启问。

"一方面是为了泄愤，另一方面是想要利用那个地下洞穴避过监控，给你们制造难题。”

“为什么要杀黑豹？”

“那是个意外，黑豹和刘志遭遇了，他招惹了刘志，我并不能完全控制刘志。”

“你为何对史前动物园内的布置那么了解，是不是还有同伙？”左丘启逼问道。

弘平笑了笑：“没有同伙，我早在一年前便制定了这个计划，经过一年的秘密调查，我对史前动物园了如指掌。”

“尸体的头颅在哪儿？”

“这个我不想说，而且已经不重要了吧。”弘平看着左丘启。

“最后一个问题。”左丘启站了起来，走到了弘平身旁，“据我们调查，你从天鹰处某实验室偷盗了‘造梦装置’，我私下问过国家航天局的领导，他们说天鹰处下属实验室确实有一个研究人梦境的项目，但是是研究让人在睡梦中进行航天训练，并不是让人在梦游状态下获得‘超能力’。天鹰处的人说，他们怀疑你在刘志头部植入了东西，因此对刘志进行了追捕，但刘志颅骨中的东西并不是他们的‘造梦装置’。对此你怎么解释？那个东西到底是什么？从哪里来的？”

“很简单。”弘平摊了摊手，笑道，“我把‘造梦装置’改造了，别忘了，我是脑科学专业毕业的。”

“就这么简单？一年时间你能做到？”

“能。”弘平点了点头。

虽然案子还有少许的疑点，但并不影响大局。第二天结案了。刘志在作案时被精神控制，属完全无刑事责任能力，将留其在医院继续接受治疗，而弘平则被押往看守所。

押送过程由项建宏负责，但左丘启要求一起前往。

数名武警押着弘平，左丘启、项建宏在前，众人一起走出了公安局。

一切都发生得太快了，一颗子弹带着疾风从左丘启耳边擦过，击中了弘平的头部，紧接着第二颗子弹又来了，但打偏了。弘平倒地，武警们将左丘启、项建宏团团围住。

一名武警捡起了弹头，说道："是QZU119老式狙击步枪，最大射程为1500m，狙击手应该在两点钟方向。"

QZU119老式狙击步枪，左丘启愣住了，一两秒后反应过来，如疯了一般，拼命从一名武警手中夺过了望远镜，朝两点钟方向看去。

两点钟方向有众多的建筑，但狙击手一定会选择最安全的位置，左丘启迅速锁定了一栋高二十层左右的烂尾楼。

通过望远镜他清楚地看到，一名长发女子匆匆地跑下了楼，她穿着一件淡蓝色的上衣，头上别着一朵洁白的兰花，她步伐轻盈，完全不像一个杀手，似一个精灵。

刹那间，左丘启扔下了望远镜，他如一头发狂的猎豹冲上马路，朝着那栋烂尾楼冲去。在那栋楼里，有着他的一切。

奔跑中，左丘启脑中闪过了这样的画面。

15年前，他与玄和兰第一次接触到了枪械训练，学狙击课程时，每人都要挑选一把属于自己的狙击枪。兰很不幸运，最后一个选择，当时只剩下了一把30年前的古董枪——QZU119。他和玄都想将自己的枪换给兰，但兰拒绝了，她说那把枪跟她一样都是被遗弃的孩子，她要留下它。之后数年，兰一直使用那把狙击枪。

那个女子是兰，左丘启绝不会认错，兰并没有死！他太渴望见到她了，他越跑越快……

他根本没有听到，那一阵急促的汽车喇叭声，一辆轿车直直地撞向他，他腾空而起，在落地前他想，自己怎么如此没有理智了？

一切都是因为她，也只有她才能做到。

左丘兰。

图书在版编目（CIP）数据

未来犯罪. 第1季 / 影三人著. — 南京 : 江苏凤凰文艺出版社, 2017.7
ISBN 978-7-5594-0248-6

Ⅰ. ①未… Ⅱ. ①影… Ⅲ. ①长篇小说—中国—当代 Ⅳ. ①I247.5

中国版本图书馆CIP数据核字(2017)第085312号

书　　名　未来犯罪. 第1季
作　　者　影三人
出版统筹　黄小初　周亚林
责任编辑　姚　丽
策划编辑　王　磊
责任监制　刘　巍　江伟明
出版发行　江苏凤凰文艺出版社
出版社地址　南京市中央路165号，邮编：210009
出版社网址　http://www.jswenyi.com
印　　刷　北京富达印务有限公司
开　　本　880×1230毫米 1/32
字　　数　200千字
印　　张　11
版　　次　2017年7月第1版　2017年7月第1次印刷
标准书号　ISBN 978-7-5594-0248-6
定　　价　38.00元